制作足球

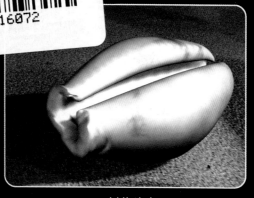

作雪碧易拉罐

制作金属倒角文字

制作海螺

制作苹果

制作石桌石凳

制作烟雾环绕的山峰

制作体积光夜景

3ds max 8 中文版设计基础

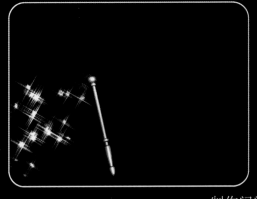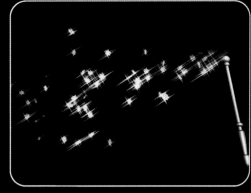

制作闪闪发光的魔棒

制作茶壶倒水动画

制作眼球转动动画

制作飞旋的飞机

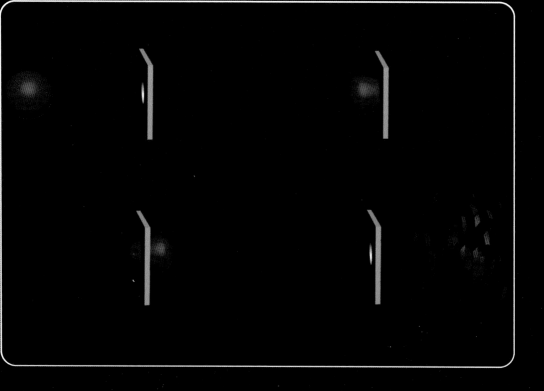

制作小球穿过木板后爆炸的动画

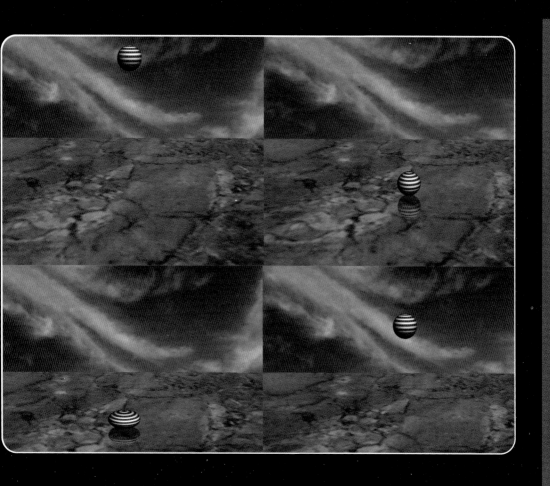

制作弹跳的小球

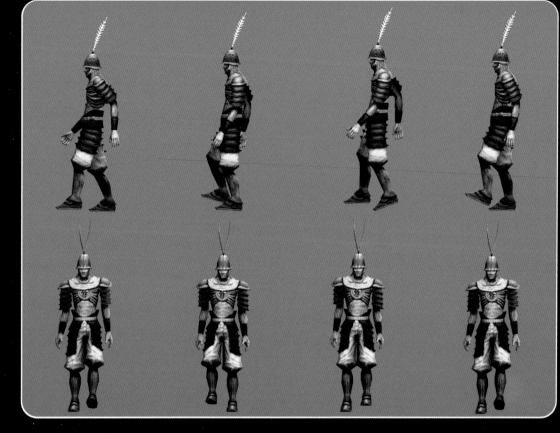

人物行走动画

制作人物翻跟头动画

动漫游戏系列教材

3ds max 8 中文版设计基础

张 凡 李 岭 张 帆 等编著

机械工业出版社

本书精选的均是关于动漫和游戏制作的基础实例。学生学习本书后能够快速地掌握 3ds max 8 中文版的基本内容和使用方法，并为下一步的动漫和游戏专业课的学习打下坚实的基础。本书配套光盘中包含了大量高清晰度的多媒体影像文件。

本书可作为大中专院校相关专业学生和培训班学员的教材，也可供从事动画和游戏设计的初、中级用户参考。

图书在版编目（CIP）数据

3ds max 8 中文版设计基础 / 张凡等编著. —北京：机械工业出版社，2006.12
（动漫游戏系列教材）
ISBN 7-111-20566-9

Ⅰ. 3… Ⅱ. 张… Ⅲ. 三维—动画—图形软件，3ds max—教材
Ⅳ. TP391.41

中国版本图书馆 CIP 数据核字（2006）第 155105 号

机械工业出版社（北京市百万庄大街 22 号 邮政编码 100037）
策 划：胡毓坚
责任编辑：蔡 岩
责任印制：洪汉军
中国农业出版社印刷厂印刷

2007 年 1 月第 1 版·第 1 次印刷
184mm×260mm·20.25 印张·2 插页·496 千字
0001—5000 册
定价：35.00 元（含 1CD）

出 版 说 明

　　随着全球信息社会基础设施的不断完善，人们对娱乐的需求开始迅猛增长。从 20 世纪中后期开始，世界各主要发达国家和地区开始由生产主导型向消费娱乐主导型社会过渡，包括动画、漫画和游戏在内的数字娱乐及文化创意产业，日益成为具有广阔发展空间、推进不同文化间沟通交流的全球性产业。

　　进入 21 世纪后，我国政府开始大力扶持动漫和游戏行业的发展，"动漫"这一含糊的俗称也成为了流行术语。从 2004 年起，国家广电总局批准的国家级动画产业基地、教学基地、数字娱乐产业园至今已达 16 个；全国超过 300 所高等院校新开设了数字媒体、数字艺术设计、平面设计、工程环艺设计、影视动画、游戏程序开发、游戏美术设计、交互多媒体、新媒体艺术与设计和信息艺术设计等专业；2006 年，国家新闻出版总署批准了 4 个"国家级游戏动漫产业发展基地"，分别是：北京、成都、广州、上海。根据《国家动漫游戏产业振兴计划》草案，今后我国还要建设一批国家级动漫游戏产业振兴基地和产业园区，孵化一批国际一流的民族动漫游戏企业；支持建设若干教育培训基地，培养、选拔和表彰民族动漫游戏产业紧缺人才；完善文化经济政策，引导激励优秀动漫和电子游戏产品的创作；建设若干国家数字艺术开放实验室，支持动漫游戏产业核心技术和通用技术的开发；支持发展外向型动漫游戏产业，争取在国际动漫游戏市场占有一席之地。

　　从深层次上讲，包括动漫游戏在内的数字娱乐产业的发展是一个文化继承和不断创新的过程。中华民族深厚的文化底蕴为中国发展数字娱乐及创意产业奠定了坚实的基础，并提供了广泛而丰富的题材。尽管如此，从整体看，中国动漫游戏及创意产业面临着诸如专业人才缺乏、融资渠道狭窄、缺乏原创开发能力等一系列问题。长期以来，美国、日本、韩国等国家的动漫游戏产品占据着中国原创市场。一个意味深长的现象是，美国、日本和韩国的一部分动漫和游戏作品取材于中国文化，加工于中国内地。

　　针对这种情况，目前各大专院校相继开设或即将开设动漫和游戏的相关专业。然而，真正与这些专业相配套的教材却很少。北京动漫游戏行业协会应各大院校的要求，在科学的市场调查的基础上，根据动漫和游戏企业的用人需要，针对高校的教育模式以及学生的学习特点，推出了这套动漫游戏系列教材。本套教材凝聚了国内外诸多知名动漫游戏人士的智慧。

整套教材的特点为：

➠ 三符合：符合本专业教学大纲，符合市场上技术发展潮流，符合各高校新课程设置需要。

➠ 三结合：相关企业制作经验、教学实践和社会岗位职业标准紧密结合。

➠ 三联系：理论知识、对应项目流程和就业岗位技能紧密联系。

➠ 三适应：适应新的教学理念，适应学生现状水平，适应用人标准要求。

➠ 技术新、任务明、步骤详细、实用性强，专为数字艺术紧缺人才量身定做。

➠ 基础知识与具体范例操作紧密结合，边讲边练，学习轻松，容易上手。

➠ 课程内容安排科学合理，辅助教学资源丰富，方便教学，重在原创和创新。

➠ 理论精炼全面、任务明确具体、技能实操可行，即学即用。

动漫游戏系列教材编委会

前　　言

进入 21 世纪，我国的艺术领域、特别是数字艺术领域空前的繁荣昌盛，数字娱乐产业发展迅猛，从 2004 年到现在，国家广电总局批准的国家级动画产业基地、教学基地、数字娱乐产业园达 16 个。2006 年，经国家新闻出版总署批准的"国家级游戏动漫产业发展基地"4 个：北京，成都，广州，上海。同时，300 所高等院校新开设了相关专业。

2004 年底我国的网络游戏产业产值达到 24.7 亿元，2005 年中国网络游戏规模已达到 37.7 亿元，比 2004 年增长 52.6％。据预测，2010 年中国网络游戏出版市场收入将达 172 亿元，年复合增长率达到 35.5％。北京动漫出版物、电视/网络播映市场规模，2004 年为 0.53 亿元，2005 年为 0.89 亿元，年均增长率为 67.92％。中国的数字娱乐市场潜力巨大，迅速培养出一批动漫和游戏专业的优秀人才已成为动漫游戏行业的迫切要求。

培养社会紧缺人才的核心内容之一是要有优秀的教材。为满足社会和高新技术企业对动漫和游戏专业优秀人才的巨大需求，北京动漫游戏行业协会和机械工业出版社多次召开动漫游戏设计新课程研讨会，通过交流经验，研究需求，共同策划和编写了这套"动漫游戏系列教材"。

3ds max 是制作游戏和三维电脑动画片的专业软件。本书是北京动漫游戏行业协会推出的课程体系中必修的一门专业基础课"3D 动漫和游戏设计基础"的指定教材。由于动漫和游戏的后期合成均在后期软件中完成，因此本书没有将 3ds max 的 Video Post(视频特效)作为单独的章节具体讲解，而是通过"8.3.3 制作闪闪发光的魔棒"实例，对 Video Post 中常用的"镜头效果高光"特效进行了具体应用。同时本书添加了制作角色动画必须使用的 Character Studio 的相关知识，使学生完成本课程的学习后能够独立完成一些角色的肢体动画，并为进入后期动漫动画的制作打下基础。

为了便于大家学习，本书配套光盘中包含了大量高清晰度的多媒体影像文件。同时，北京动漫游戏行业协会与数字中国（www.chinadv.com.cn）合作在论坛中开设了"教材答疑"专区，来解答大家在学习过程中遇到的问题。对于本书的最新及相关更新内容请登陆网站：www.chinadv.com.cn查阅。

本书内容丰富、结构清晰、实例典型、讲解详尽、富于启发性。所有实例均是高校教学主管和骨干教师（中央美术学院、中国传媒大学、清华美术学院、北京师范大学、首都师范大学、北京工商大学传播与艺术学院、天津美术学院、天津师范大学艺术学院、山东理工大学艺术学院、河北艺术职业学院）从教学和实际工作中总结出来的。同时也是全国所有热爱数字艺术教育的专业制作人员经验和智慧的结晶。

参加本书编写工作的还有：李岭、程大鹏、郭开鹤、李建刚、宋兆锦、韩立凡、冯贞、孙立中、李营、王浩、李波、刘翔、李松、关金国、于元青、、朱仕茹、陈海波、肖立邦、许文开等。

感谢您阅读本书，请将您的宝贵建议和意见发送至：jsjfw@mail.machineinfo.gov.cn。

北京动漫游戏行业协会

3ds max 8 中文版设计基础

目　　录

出版说明

前言

第1章　初识 3ds max 8 ··· 1

　1.1　3ds max 8 介绍 ·· 1

　1.2　3ds max 8 对计算机硬件的要求 ································· 3

　　1.2.1　最低硬件配置 ··· 3

　　1.2.2　推荐硬件配置 ··· 4

　1.3　3ds max 8 的操作界面 ·· 4

　　1.3.1　菜单栏 ··· 5

　　1.3.2　主工具栏 ··· 5

　　1.3.3　视图区 ··· 5

　　1.3.4　命令面板 ··· 6

　　1.3.5　动画控制区 ·· 6

　　1.3.6　视图控制区 ·· 7

　1.4　课后练习 ··· 8

第2章　基础建模 ··· 9

　2.1　建模基础 ··· 9

　2.2　二维基本样条线建模 ·· 9

　　2.2.1　共有参数 ··· 9

　　2.2.2　创建二维基本样条线 ······································ 11

　2.3　三维基本造型建模 ·· 19

　　2.3.1　创建标准基本体 ··· 19

　　2.3.2　创建扩展基本体 ··· 26

　　2.3.3　建筑模型 ·· 30

　2.4　课后练习 ·· 32

第3章　常用编辑修改器 ··· 34

　3.1　认识编辑修改器命令面板 ·· 34

　3.2　常用的编辑修改器 ·· 36

　　3.2.1　"编辑样条线"修改器 ···································· 36

　　3.2.2　"车削"修改器 ·· 43

　　3.2.3　"挤出"修改器 ·· 44

　　3.2.4　"倒角"修改器 ·· 45

　　3.2.5　"倒角剖面"修改器 ······································ 46

　　3.2.6　"弯曲"修改器 ·· 47

3.2.7 "噪波"修改器 …………………………………………………… 49

3.2.8 "锥化"修改器 …………………………………………………… 49

3.2.9 "路径变形（WSM）"修改器 ………………………………… 50

3.2.10 其余常用修改器 ………………………………………………… 52

3.3 实例讲解 …………………………………………………………………… 55

3.3.1 制作石桌石凳 …………………………………………………… 56

3.3.2 制作足球 ………………………………………………………… 59

3.3.3 制作金属倒角文字 ……………………………………………… 63

3.4 课后练习 …………………………………………………………………… 68

第4章 复合建模和高级建模 …………………………………………………… 70

4.1 复合建模 …………………………………………………………………… 70

4.1.1 变形 ……………………………………………………………… 70

4.1.2 水滴网格 ………………………………………………………… 72

4.1.3 布尔 ……………………………………………………………… 75

4.1.4 放样 ……………………………………………………………… 77

4.2 高级建模 …………………………………………………………………… 88

4.2.1 网格建模 ………………………………………………………… 88

4.2.2 多边形建模 ……………………………………………………… 97

4.3 实例讲解 …………………………………………………………………… 106

4.3.1 制作海螺 ………………………………………………………… 106

4.3.2 制作挎刀 ………………………………………………………… 109

4.4 课后练习 …………………………………………………………………… 116

第5章 材质与贴图 …………………………………………………………… 118

5.1 材质编辑器的界面与基本命令 …………………………………………… 118

5.1.1 材质编辑器的界面 ……………………………………………… 118

5.1.2 材质样本球 ……………………………………………………… 118

5.1.3 材质编辑器工具条 ……………………………………………… 119

5.2 材质的参数面板设置 ……………………………………………………… 121

5.2.1 "明暗器基本参数"卷展栏 …………………………………… 121

5.2.2 "基本参数"卷展栏 …………………………………………… 125

5.2.3 "扩展参数"卷展栏 …………………………………………… 125

5.2.4 "超级采样"卷展栏 …………………………………………… 126

5.2.5 "贴图"卷展栏 ………………………………………………… 126

5.2.6 "动力学属性"卷展栏 ………………………………………… 130

5.3 材质类型 …………………………………………………………………… 130

5.3.1 "混合"材质 …………………………………………………… 131

5.3.2 "双面"材质 …………………………………………………… 132

5.3.3 "多重/子对象"材质 ………………………………………… 132

5.3.4 "顶/底"材质 ………………………………………………… 133

5.3.5	"光线跟踪"材质	134
5.3.6	Ink'n Paint 材质	135
5.3.7	其他材质类型	137
5.4	贴图类型	140
5.4.1	"位图"贴图	141
5.4.2	"棋盘格"贴图	141
5.4.3	"渐变"贴图	144
5.4.4	"噪波"贴图	145
5.4.5	其他贴图	146
5.5	实例讲解	147
5.5.1	制作雪碧易拉罐	147
5.5.2	制作苹果	151
5.6	课后练习	160
第6章	场景	161
6.1	灯光	161
6.1.1	光的基本概念	161
6.1.2	灯光类型	161
6.2	环境	172
6.2.1	环境大气的概念	172
6.2.2	环境参数设置	172
6.3	摄影机	181
6.3.1	摄影机的种类	181
6.3.2	摄影机的参数	181
6.3.3	摄影机视图按钮	184
6.4	实例讲解	185
6.4.1	制作烟雾环绕的山峰	185
6.4.2	制作体积光夜景	188
6.5	课后练习	192
第7章	动画与动画控制器	193
7.1	动画制作基础理论	193
7.1.1	动画基础知识	193
7.1.2	制作动画的一般过程	193
7.2	轨迹视图	194
7.2.1	菜单栏	194
7.2.2	编辑工具栏	195
7.2.3	树状结构图	200
7.2.4	轨迹视图区域	201
7.2.5	视图调整按钮	201
7.3	动画控制器	201

7.3.1　动画控制器概述 ‥‥‥‥‥‥‥‥‥‥‥‥‥‥‥‥ 201
7.3.2　常用动画控制器 ‥‥‥‥‥‥‥‥‥‥‥‥‥‥‥‥ 203
7.4　实例讲解 ‥‥‥‥‥‥‥‥‥‥‥‥‥‥‥‥‥‥‥‥‥‥ 209
7.4.1　制作弹跳的小球 ‥‥‥‥‥‥‥‥‥‥‥‥‥‥‥‥ 209
7.4.2　制作飞旋的飞机 ‥‥‥‥‥‥‥‥‥‥‥‥‥‥‥‥ 213
7.4.3　制作眼睛注视动画 ‥‥‥‥‥‥‥‥‥‥‥‥‥‥‥ 216
7.5　课后练习 ‥‥‥‥‥‥‥‥‥‥‥‥‥‥‥‥‥‥‥‥‥‥ 219
第8章　粒子系统与空间扭曲 ‥‥‥‥‥‥‥‥‥‥‥‥‥‥‥‥ 221
8.1　粒子系统 ‥‥‥‥‥‥‥‥‥‥‥‥‥‥‥‥‥‥‥‥‥‥ 221
8.1.1　创建粒子系统 ‥‥‥‥‥‥‥‥‥‥‥‥‥‥‥‥‥ 221
8.1.2　粒子种类 ‥‥‥‥‥‥‥‥‥‥‥‥‥‥‥‥‥‥‥ 221
8.2　空间扭曲 ‥‥‥‥‥‥‥‥‥‥‥‥‥‥‥‥‥‥‥‥‥‥ 236
8.2.1　创建空间扭曲 ‥‥‥‥‥‥‥‥‥‥‥‥‥‥‥‥‥ 237
8.2.2　使用空间扭曲 ‥‥‥‥‥‥‥‥‥‥‥‥‥‥‥‥‥ 237
8.2.3　“力”空间扭曲的种类 ‥‥‥‥‥‥‥‥‥‥‥‥‥ 237
8.3　实例讲解 ‥‥‥‥‥‥‥‥‥‥‥‥‥‥‥‥‥‥‥‥‥‥ 243
8.3.1　茶壶倒水 ‥‥‥‥‥‥‥‥‥‥‥‥‥‥‥‥‥‥‥ 243
8.3.2　制作小球变形后的爆炸动画 ‥‥‥‥‥‥‥‥‥‥‥ 249
8.3.3　制作闪闪发光的魔棒 ‥‥‥‥‥‥‥‥‥‥‥‥‥‥ 253
8.4　课后练习 ‥‥‥‥‥‥‥‥‥‥‥‥‥‥‥‥‥‥‥‥‥‥ 257
第9章　character studio 技术 ‥‥‥‥‥‥‥‥‥‥‥‥‥‥‥ 258
9.1　character studio 基础知识 ‥‥‥‥‥‥‥‥‥‥‥‥‥‥ 258
9.1.1　Biped ‥‥‥‥‥‥‥‥‥‥‥‥‥‥‥‥‥‥‥‥‥ 258
9.1.2　Physique ‥‥‥‥‥‥‥‥‥‥‥‥‥‥‥‥‥‥‥ 277
9.2　实例讲解 ‥‥‥‥‥‥‥‥‥‥‥‥‥‥‥‥‥‥‥‥‥‥ 287
9.2.1　制作人物翻跟头动画 ‥‥‥‥‥‥‥‥‥‥‥‥‥‥ 288
9.2.2　制作人物行走动画 ‥‥‥‥‥‥‥‥‥‥‥‥‥‥‥ 302
9.3　课后练习 ‥‥‥‥‥‥‥‥‥‥‥‥‥‥‥‥‥‥‥‥‥‥ 311

第 1 章　初识 3ds max 8

3ds max 8 作为当今世界上广为使用的三维动画制作软件，在诸多领域得到了广泛的应用。通过本章学习应掌握以下内容：

- 了解运行 3ds max 8 的系统要求
- 熟悉 3ds max 8 的操作界面
- 掌握工具栏中常用工具的使用方法

1.1　3ds max 8 介绍

3ds max 是当今世界上应用领域最广，使用人数最多的三维动画制作软件，为各行业（建筑表现、场景漫游、影视动画、角色游戏、机械仿真等）提供了一个专业、易掌握和全面的解决方法。3ds max 8 支持大多数现有的 3D 软件，并又有大量第三方的内置程序。比如内置的 character studio 是一个为高级角色动画及群组动画提供理想扩展方案的插件，通过它我们可以方便地在动画片中制作各种角色动画。同时 3ds max 与 Discreet 的最新 3D 合成软件 combustion 完美结合，从而提供了理想的视觉效果。

3ds max 应用在如下一些主要领域：

1. 电脑游戏

当前许多电脑游戏中大量地加入了三维动画的应用。细腻的画面，宏伟的场景和逼真的造型，使游戏的欣赏性和真实性大大增加，使得 3D 游戏的玩家越来越多，3D 游戏的市场不断壮大，图 1-1 为 3ds max 在游戏中的应用。

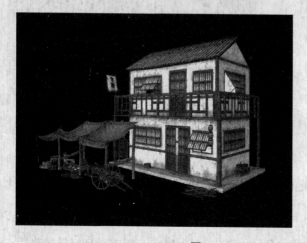

图 1-1　3ds max 在游戏中的应用

2．影视制作

现代制作的电影和电视都大量地使用了 3D 技术，3D 技术所带来的震撼效果在电影和电视中的应用更是层出不穷，如图 1-2 所示。

图 1-2　3ds max 在影视制作中的应用

3．工业制作行业

由于工业产品变得越来越复杂，其设计、改造也离不开 3D 模型的帮助。例如在汽车工业上的应用，如图 1-3 所示。

4．军事技术

3ds max 被广泛地应用在军事上，比如导弹飞行的动态研究，以及爆炸后的飞行轨迹等。如图 1-4 所示为用 3ds max 制作的飞机模型。

图 1-3　汽车模型　　　　　　　　　　　　图 1-4　飞机模型

5．建筑装修行业

3ds max 在建筑装修行业的应用有着很长的历史，利用它可以模拟出各种现实生活中的建筑效果图，如图 1-5 所示。

6．动漫行业

目前我国大力扶植动漫产业，3ds max 在三维动画片制作领域发挥着举足轻重的作用，

图 1-6 为利用 3ds max 完成的动画片中的逼真的角色画面。

图 1-5 3ds max 在建筑装修行业的应用

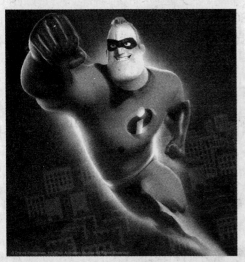

图 1-6 3ds max 在动画片中的应用

1.2 3ds max 8 对计算机硬件的要求

1.2.1 最低硬件配置

3ds max 8 所要求的系统配置并不太高。一般家用电脑配上 Windows 2000、Windows xp 操作系统就可以运行。为满足一般性的学习需要，其最低配置为：

◆ 计算机 CPU：至少 P3 以上，建议使用 P4。CPU 的主频越高越好，这是影响软件运行速度的重要因素。

◆ 内存：128MB。最好配备 256MB 以上。目前 256MB 的普通 DDR 内存仅售 300 元人民币左右，因此新购机器建议内存最低为 256MB。

◆ 显卡：要求显卡至少支持 1024×768 真彩或更高的分辨率（建议使用图形设计专用

显卡带 3D 功能），显存 8MB 以上。

◆ 显示器：建议使用至少 17 英寸的大屏幕显示器，至少支持 1024×768×75Hz（刷新率）。

◆ 硬盘：目前市场上至少是 40GB 的。建议使用质量更好的硬盘，如果你的作品或其他资料由于硬盘出现故障而无法读出，会非常令人头痛。建议使用 120GB 的硬盘空间。

◆ 其他部件：其他部件没有特殊要求，建议买个顺手耐用的三键鼠标与一块高保真的声卡（为动画配音用）。

1.2.2 推荐硬件配置

◆ CPU：P42.0GHz 以上或双 CPU

◆ 内存：512MB

◆ 硬盘：40GB 以上

◆ 显示器：19 英寸纯平显示器，分辨率为 1280×1024

◆ 显卡：支持 1280×1024×64 位的 AGP 8X 显卡，3D 加速显示卡（硬件支持 OpenGL 和 Direct3D）

◆ 光驱：最大 52 倍速 CD-ROM

◆ 鼠标：3D 光电鼠标

◆ 其他：声卡和音箱，TCP/IP 兼容网络，视频输入/输出设备，游戏杆，MIDI 设备。

1.3 3ds max 8 的操作界面

3ds max 8 的操作界面可分为：菜单栏、主工具栏、视图区、命令面板、动画控制区和视图控制区几部分，如图 1-7 所示。

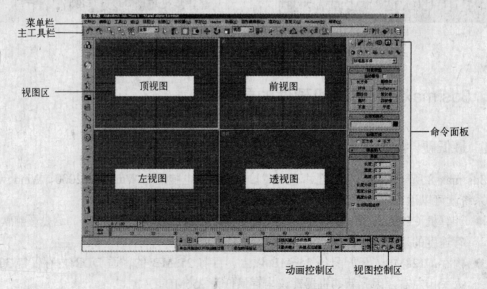

图 1-7 3ds max 8 的操作界面

1.3.1　菜单栏

菜单栏位于工作界面的最上方，3ds max 8 的所有操作都能通过菜单实现，只不过这种方式不是最简单的调用方式，通常通过命令面板和工具栏来调用比较方便。3ds max 8 的菜单栏包括以下菜单："文件"、"编辑"、"工具"、"组"、"视图"、"创建"、"修改器"、"字符"、reactor、"动画"、"图形编辑器"、"渲染"、"自定义"、MAXScript、"帮助"共 15 个菜单。

1.3.2　主工具栏

工具栏位于菜单栏的下方，由多个图标和按钮组成，它将命令以图标的方式显示在工具栏中，此工具栏包括用户在今后的制作过程中经常使用的工具，使用起来非常方便。它包括如下按钮：

撤销		重做	
选择并链接		断开当前选择链接	
绑定到空间扭曲		选择对象	
按名称选择		矩形选择区域	
圆形选择区域		围栏选择区域	
套索选择区域		绘制选择区域	
窗口选择方式		交叉选择方式	
选中并操作		选择并移动	
选中并旋转		选择并匀称缩放	
选择并非匀称缩放		选择并挤压	
使用轴点中心		使用变换坐标中心	
使用选择中心		材质编辑器	
三维捕捉锁定开关		二维捕捉锁定开关	
2.5 维捕捉锁定开关		角度捕捉切换	
百分比捕捉切换		微调器捕捉切换	
编辑已命名的选择集		镜像	
对齐		迅速对齐	
法线对齐		放置高光	
对齐摄像机		对齐到视图	
曲线编辑器		层管理器	
图解视图		键盘快捷键覆盖切换	
自动栅格		阵列	
渲染场景对话框		快速渲染（Active shade）	
快速渲染（产品级）			

1.3.3　视图区

3ds max 默认有顶视图，前视图，左视图和透视图四个视图。通过这四个视图我们可以

3ds max 8 中文版设计基础

模拟自然界中的真实场景。

每个视图都包含很多垂直和水平线，这些线组成了 3ds max 的栅格。栅格的作用是为了便于捕捉。其中每个视图中都有黑色垂直线和黑色水平线各一条，这两条线叫主栅格，这两条线在三维空间的中心相交，交点的坐标是 X=0、Y=0 和 Z=0。其余栅格都为灰色显示。

顶视图，前视图，左视图不能产生透视效果，这就意味着在这些视图中同一方向的栅格线总是平行的，不会相交。透视图可以产生透视效果，视图中的栅格线可以相交。

视图控制区是可以进行调整的。方法：执行菜单中的"自定义→视图配置"命令，在弹出的对话框中选择"布局"选项卡，从中可以选择需要的布局方案，如图 1-8 所示，单击"确定"按钮即可。另外我们还可以通过手动调节的方式进一步改变视图布局。方法：将鼠标指针移动到视图的边缘，变为箭头形状时，拖拽鼠标即可改变视图大小。

1.3.4 命令面板

它位于 3ds max 界面的右侧，如图 1-9 所示。它包括 ▨（创建）、▨（修改）、▨（层次）、▨（运动）、▨（显示）和 ▨（工具）六个面板。每个面板中都有自己的选择集，例如 ▨（创建）面板中包含创建 ▨（几何体）、▨（图形）、▨（灯光）、▨（摄像机）、▨（辅助物体）、▨（空间扭曲）和 ▨（系统）对象的工具。

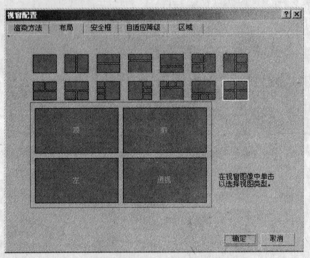

图 1-8 视图配置窗口   图 1-9 命令面板

1.3.5 动画控制区

动画控制区位于屏幕的右下方，如图 1-10 所示。它主要用于录制和播放动画以及设置动画的时间。它的按钮的主要功能如下：

▨（设置关键点）：按下此按钮可以在当前位置增加一个关键点。这一功能对角色动画制作非常有用，可以用少量的关键帧就能实现角色从一种姿势向另一种姿势的变化。它的快捷键是<K>。

自动关键点：该按钮用于打开或关闭自动设置关键点的模式。当打开时，该按钮将变成红色，当前活动视图的边框也会变成红色，此时任何改变都会记录成动画。再次按下该按钮，将关

6

闭动画录制。

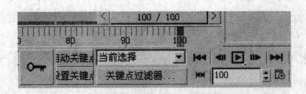

图 1-10　动画控制区

设置关键点：按下该按钮，将打开关键点设置模式。关键点设置模式允许同时对所选对象的多个独立轨迹进行调整。设置关键点模式给了你何时对什么对象进行关键点设置的全部权利。

关键点过滤器：按下该按钮将弹出如图 1-11 所示的对话框，在这里可以设置"全部"、"位置"、"旋转"、"缩放"、"IK 参数"、"对象参数"、"自定义属性"、"修改器"、"材质"和"其他"关键点过滤选项。

图 1-11　设置关键点过滤器

（转至开头）：按下该按钮，可以使动画记录回到第 0 帧。

（上一帧）：按下该按钮，可以使动画记录回到前一帧。

（播放动画）：按下该按钮，开始播放动画。

（播放选定对象）：按下此按钮，只播放被选择对象的动画，同时视图中只显示被选择的对象。

（停止动画）：按下此按钮将停止动画播放。

（下一帧）：按下该按钮，可以使动画记录回到后一帧。

（转至结尾）：按下该按钮，可以使动画记录回到最后帧。

（关键点模式切换）：当设置了关键点模式后，按下此按钮可以在关键点之间进行移动。

（时间配置）：按下此按钮，将会弹出如图 1-12 所示的"时间配置"对话框。在这里我们可以设定帧速率、时间显示、播放速度、动画时间和关键点步幅等参数。

1.3.6　视图控制区

视图控制区中的工具用于对各个视图进行灵活的显示控制。3ds max 8 可以根据激活视图的不同类型，在视图调整工具中自动组合不同的视图调整按钮。

（缩放）：按下此按钮，可以在激活视图中模拟拉近或远离对象。

（缩放所有视图）：按下此按钮，可以同时放大和缩小所有视图。

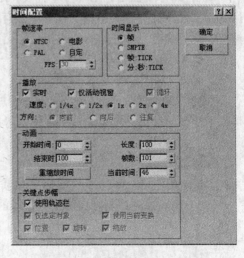

图 1-12　"时间配置"对话框

（最大化显示）：按下此按钮，可以放大激活视图中的所有对象，直到最大化显示。

（最大化显示选定对象）：按下此按钮，放大激活视图中的选定对象，直到它填满当前视图。

（所有视图最大化显示）：按下此按钮，可以同时放大所有视图中的所有对象，直到它填满当前视图。

（所有视图最大化显示选定对象）：按下此按钮，可以同时放大所有视图中的选定对象，直到它填满当前视图。

（视野）：按下此按钮，可以在透视图中控制视图的宽度。

（缩放区域）：按下此按钮，可以通过拖动鼠标来缩放选定对象。

（平移视图）：按下此按钮，可以拖拽鼠标来左右上下移动视图。

（弧形旋转）：按下此按钮，可以通过拖拽鼠标公共轴来旋转视图。

（弧形旋转选定对象）：按下此按钮，可以通过拖拽鼠标绕选定对象来旋转视图。

（最大化视图切换）：按下此按钮，可以用当前视图填满屏幕，再次按下这个按钮会重新显示出所有四个视图。

1.4 课后练习

1．填空题

（1）3ds max 8 的操作界面可分为：_____、_____、_____、_____、_____和_____6部分。

（2）3ds max 8 的菜单栏包括_____、_____、_____、_____、_____、_____、_____、_____、_____、_____、_____、_____和_____共 15 个菜单。

2．选择题

（1）每个视图都包括许多垂直线和水平线，这些线组成了 3ds max 的栅格。栅格的作用是为了便于捕捉。其中每个视图中都有黑色垂直线和黑色水平线各一条，这两条线叫主栅格，这两条线在三维空间的中心相交，交点的坐标是（　　）。其余栅格都为灰色显示。

    A．X=0　Y=0　Z=0　　　　　　B．X=1　Y=1　Z=1

    C．X=3　Y=3　Z=3　　　　　　D．X=5　Y=3　Z=1

（2）单击按钮，可以在当前位置增加一个关键点。这一功能对角色动画制作非常有用，可以用少量的关键点实现角色从一种姿势向另一种姿势的变化。它的快捷键是（　　）。

    A．G　　　　B．W　　　　C．K　　　　D．Q

3．问答题

（1）简述 3ds max 8 的主要应用领域。

（2）简述视图控制区中各工具按钮的作用。

第 2 章 基 础 建 模

在动漫和游戏制作中，我们经常在 3ds max 8 中自带的基本二维形体和三维造型的基础上创建其他模型。比如，利用长方体制作人头造型等。通过本章学习应掌握以下内容：

- 了解各种造型对象的参数
- 掌握创建基本的二维形体和三维造型的方法

2.1 建模基础

在 3ds max 8 中可以创建两种模型：一种是平面的，包括面片和二维形体；另一种是立体的。也就是三维基本造型。

平面和立体的关系：平面图形没有厚度概念，只有长和宽的概念，也就是说只有 X 和 Y 两个轴向；立体模型除了包含长和宽的概念，还具有厚度的概念，也就是说具有 X、Y、Z 三个轴向。

模型和实物的关系：3ds max 8 自带许多二维和三维模型，比如长方体和球体，使用它们可以创建简单虚拟的模型，但是这种模型和现实中存在的复杂实物是不同的。3ds max 8 所要表现的就是用简单的模型来模拟现实中的复杂实物。

二维图形是由一条或者多条样条曲线组成的对象，样条曲线是由一系列顶点定义的曲线。每个顶点包含定义它的位置坐标信息，以及曲线通过顶点方式的信息。样条线中连接两个相邻顶点的部分称为线段。二维图形可以通过 （修改）面板中的编辑修改器生成三维造型。

下面我们将具体介绍二维基本样条线和三维基本造型的建模方法。其余建模方法我们将在以后章节中进行具体讲解。

2.2 二维基本样条线建模

3ds max 8 提供了"线"、"矩形"、"圆"、"椭圆"、"弧"、"圆环"、"多边形"、"星形"、"文本"、"螺旋线"和"截面"11 种二维基本样条线，如图 2-1 所示。

2.2.1 共有参数

"名称和颜色"，"渲染"两个卷展栏是任何一个基本样条线所共有的。接下来说明一下它们的主要参数。

图 2-1 样条线面板

3ds max 8 中文版设计基础

1. 二维对象的"名称和颜色"卷展栏

在 3ds max 场景中的每一个对象都有各自的名称和颜色。在对象刚被创建时，系统会赋予其默认的名称和颜色。

如果更改它的名称，可以直接在名称栏中进行输入；如果要更改它的颜色，可以单击"名称和颜色"卷展栏中的颜色块，在弹出的图 2-2 所示的"对象颜色"对话框中选择相应的颜色后单击"确定"按钮即可。

2. "渲染"卷展栏

"渲染"卷展栏用于设置二维对象的渲染属性，如图 2-3 所示。

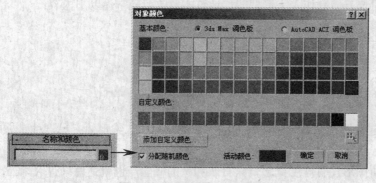

图 2-2   "对象颜色"对话框

图 2-3   "渲染"卷展栏

- "厚度"数值框用于设置二维对象的粗细程度，图 2-4 为不同"厚度"的比较。

"厚度"为5

"厚度"为15

图 2-4   不同"厚度"的比较

- "边数"数值框用于设置样条线横截面图形的边数，图 2-5 为不同"边数"的比较。

"边数"为3

"边数"为30

图 2-5   不同"边数"的比较

- "角度"数值框用于设置横截面的角度。
- 选中"可渲染"复选框后二维对象才可以进行渲染。

● 选中"生成贴图坐标"复选框后，二维对象会自动生成贴图坐标。

选中"显示渲染网格"复选框后，二维对象将在视图中显示实际厚度。

2.2.2　创建二维基本样条线

1. 线

直线和曲线是各种平面造型的基础，任何一个平面造型都是由直线和曲线组成的。生成"线"的方法有两种：一种是使用鼠标；另一种是使用键盘键入。

方法一：鼠标生成"线"的方法如下：

1）单击 （创建）面板中的 （图形）按钮，进入图形面板。

2）单击"线"按钮，设置参数如图 2-6 所示。

提示：这些参数是决定样条线之间是光滑还是有棱角的。"初始类型"选项组决定了在视图中移动鼠标引出线的开端部分的类型。单击"角点"，表示用鼠标单击创建折线时，拐点是不光滑的，适用于绘制直线和折线；单击"平滑"，表示拐角处光滑，适用于绘制曲线。

3）在顶视图中，利用鼠标单击三个不同的点就可以生成一个角度折线，如图 2-7 所示。然后单击鼠标右键结束创建工作。此时可以看到折线拐点处是不光滑有棱角的。

图 2-6　"创建方法"卷展栏

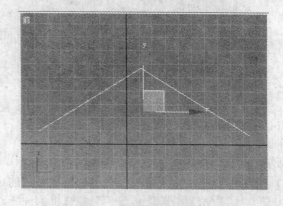

图 2-7　创建的角度折线

4）为进一步说明步骤 2 中所说的"初始类型"设置，继续进行下一步的操作。在创建面板"创建方法"卷展栏中将"角点"改为"平滑"，如图 2-8 所示。再在顶视图的其他地方重复步骤 3 的操作，得到另一条样条线，如图 2-9 所示。从中可以看出这是一条平滑的样条线。

提示：拖动类型选项组的设置决定了移动鼠标时创建的节点类型。"角点"使每个顶点都有拐点而不管是否拖动鼠标生成；"平滑"则在顶点处产生一个不可调整的光滑过渡；"Bezier"和"平滑"正好相反，它将产生贝塞尔曲线，这是一种曲度可调节的曲线，可以通过两个调节杆来调节曲线的的曲度大小。

5）当要完成一个封闭曲线的生成时（即起点和终点重合时），会弹出如图 2-10 所示的对话框，单击"是"按钮可使所生成的线闭合。只有闭合的曲线，其拉伸后的结果才能生成实体。

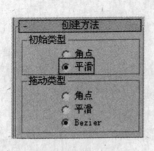

图 2-8 设置"初始类型"参数

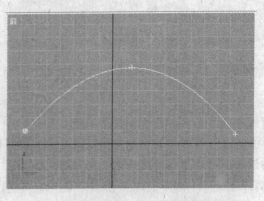

图 2-9 "初始类型"为"平滑"后的样条线

方法二：键盘输入方法如下：

激活顶视图，按下"线"按钮后展开"键盘输入"卷展栏，如图 2-11 所示，依次输入坐标值（-100，-50，0），按下"添加点"按钮，按照此方法再依次输入（-150，0，0）、（-100，50，0），然后单击"完成"按钮，结束输入操作即可。

图 2-10 "样条线"对话框

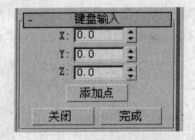

图 2-11 "键盘输入"卷展栏

2．圆

创建圆的方法比较简单，以下将在圆的创建过程中使用渲染，具体的创建过程如下：

1）在 （创建）命令面板上单击对象名右边的小色块，打开"对象颜色"对话框，选择一个颜色，并取消"分配随机颜色"复选框的选择，单击"确定"按钮，如图 2-12 所示。这样以后建立的所有对象都将以刚才选择的颜色来显示。

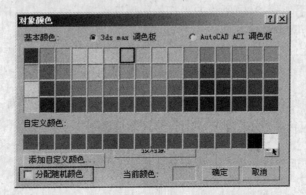

图 2-12 取消勾选"分配随机颜色"复选框

2）激活顶视图，单击 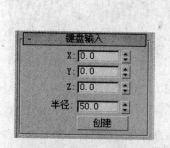（创建）面板中的 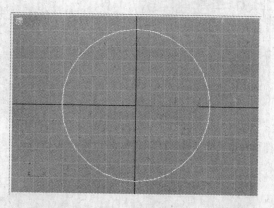（图形）按钮，出现图形命令面板，再单击"圆"按钮，展开"键盘输入"卷展栏，如图 2-13 所示，输入圆心坐标点和圆半径，按下"创建"按钮，得到的结果如图 2-14 所示。

图 2-13　输入圆心坐标和半径

图 2-14　创建的圆

3）利用工具箱上的 按钮，选择视图中的"圆"。然后进入 修改面板，展开"渲染"卷展栏，选择"可渲染"复选框，如图 2-15 所示。接着激活透视图，单击工具栏中的 按钮，渲染后结果如图 2-16 所示。

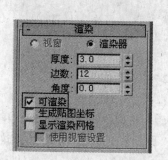

图 2-15　选中可渲染选项

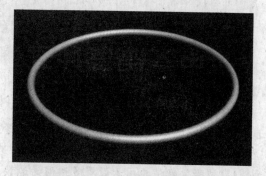

图 2-16　渲染圆环后的效果图

3．弧

"弧"的创建过程与"圆"类似，具体创建过程如下：

1）激活顶视图，单击 （创建）面板中的 （图形）按钮，然后在出现的图形命令面板中单击"弧"按钮，展开"键盘输入"卷展栏，如图 2-17 所示。

2）输入弧所在圆的圆心坐标点（X、Y、Z）、半径、"从"和"到"，然后单击"创建"按钮，结果如图 2-18 所示。

4．多边形

多边形创建过程如下：

1）单击 （创建）面板中的 （图形）按钮，然后在出现的图形命令面板中单击"多边形"按钮。

2）展开"键盘输入"卷展栏，设置参数如图 2-19 所示。然后单击"创建"按钮，结果如图 2-20 所示。

图 2-17　设置"弧"的参数

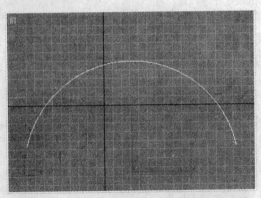

图 2-18　创建的弧

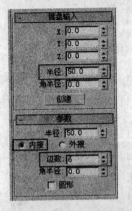

图 2-19　多边形的参数设置

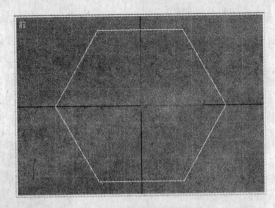

图 2-20　创建的多边形

提示：选择"内接"选项时，"半径"值为显示的多边形的外接圆半径；选择"外接"选项，"半径"值为显示的多边形的内切圆半径；选择"圆形"复选框，所绘的多边形显示为圆；"边数"数值框用于设置多边形的边数。

5. 文本

在 3ds max 中所有的文字都被定义为二维对象，这些文字对象在被建立后，可以再被改变大小、字型和渲染效果等。下面就来创建文字，具体创建过程如下：

1）单击 （创建）面板中的 （图形）按钮，在出现的图形命令面板中单击"文本"按钮。

2）在"参数"卷展栏的文本框中输入文字"数字中国"，如图 2-21 所示。

3）选择文字后，可以在"参数"卷展栏顶端的字符列表中选择所需的字型。

4）在"大小"数值框中输入字号大小，默认值为 100.0，改为 80.0。

5）在"字间"和"行间距"数值框中可以设置字间距和行间距，默认值都为 0.0。

6）按钮 I 和按钮 U 是设置所选文字倾斜和加下划线的，可根据需要决定是否选择。按钮 （左对齐）、 （居中）、 （右对齐）和 （两端对齐）是设定所选文字的对齐方式。

7）设置完毕后在顶视图中单击，结果如图 2-22 所示。

图 2-21　文本的内容和参数设置

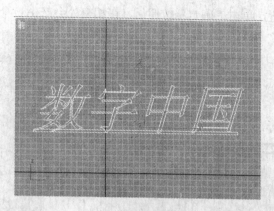

图 2-22　创建的文字

6. 截面

截面是通过截取三维造型的剖面而获得的二维造型。具体创建过程如下：

1）激活顶视图，单击 （创建）面板中的 （几何体）按钮，然后在出现的面板中单击"茶壶"按钮。接着调整"键盘输入"卷展栏和"参数"卷展栏中的参数，如图 2-23 所示。最后在"键盘输入"卷展栏中单击"创建"按钮，则视图中显示出创建的三维对象——茶壶。

2）单击 （创建）命令面板中的 （图形）按钮，然后单击其中的"截面"按钮，设置"截面参数"卷展栏中的参数，如图 2-24 所示。接着在顶视图中以茶壶为中心创建一个较大的矩形网格，并将其移动至茶壶高度的某个位置，此时该网格与茶壶相交的地方会出现一个黄色线框，此处将截取茶壶的剖面来获得二维图形。

3）利用工具箱上的 工具，将矩形网格移动到合适的位置，如图 2-25 所示。此时黄色线框也随之移动。

图 2-23　茶壶的参数设置

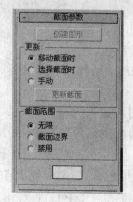

图 2-24　"截面参数"卷展栏

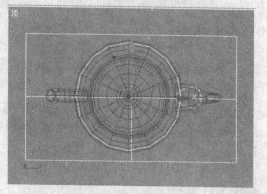

图 2-25　移动截面位置

4）单击"截面参数"卷展栏中的"创建图形"按钮，在弹出的对话框中按如图 2-26 所示设置，单击"确定"按钮后，在相交处会产生一个茶壶横截面，如图 2-27 所示。

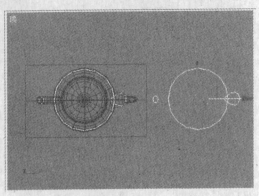

图 2-26 "命名截面图形"对话框   图 2-27 生成的茶壶截面

7. 矩形

矩形的创建过程如下：

1）激活顶视图，单击 （创建）面板中的 （图形）按钮，然后单击"矩形"按钮，接着在顶视图中单击并拖动创建一个矩形。

2）在"参数"卷展栏中将"长度"设置为 50.0，"宽度"设置为 100.0，将"角半径"设置为 10.0，如图 2-28 所示，结果如图 2-29 所示。

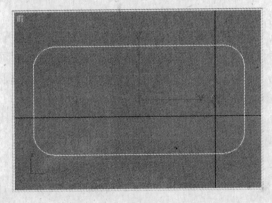

图 2-28 矩形的参数设置   图 2-29 创建的矩形

3）选择矩形，进入 （修改）面板，修改参数如图 2-30 所示，结果如图 2-31 所示。

8. 椭圆

椭圆的创建方法与矩形类似，具体创建过程如下：

1）激活顶视图，单击 （创建）面板中的 （图形）按钮，然后单击其中的"椭圆"按钮。

2）将"键盘输入"卷展栏按如图 2-32 所示设置，然后单击"创建"按钮，生成的椭圆如图 2-33 所示。

图 2-30 修改矩形的参数

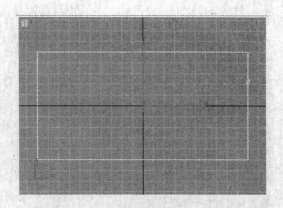

图 2-31 修改参数后的矩形

图 2-32 椭圆的参数设置

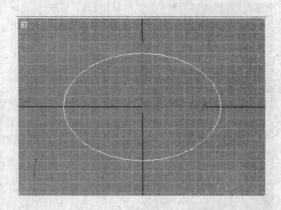

图 2-33 创建的矩形

9. 圆环

圆环的具体创建过程如下：

1）激活顶视图，单击 ▧（创建）面板中的 ◔（图形）按钮，然后单击其中的"圆环"
按钮。

2）在"键盘输入"卷展栏中按如图 2-34 所示设置参数，其中"半径 1"是圆环内环的
半径参数，"半径 2"是圆环外环的半径参数。然后在"键盘输入"卷展栏中单击"创建"
按钮，则顶视图中即可显示出创建的二维对象——圆环，如图 2-35 所示。

10. 星形

星形的具体创建过程如下：

1）激活顶视图，单击 ▧（创建）面板中的 ◔（图形）按钮，然后单击其中的"星形"
按钮。

2）在"键盘输入"卷展栏和"参数"卷展栏中设置参数，如图 2-36 所示。然后在"键
盘输入"卷展栏中单击"创建"按钮，此时视图中即可显示出创建的星形，如图 2-37 所示。

提示：在"参数"卷展栏中，"点"是设置星形的角的个数的参数，"变形"是设置扭曲角度
的，"圆角半径 1"和"圆角半径 2"用于设置星形的内外倒角半径；在"参数"卷展
栏中，"半径 1"和"半径 2"分别为星形的内外半径设置参数。

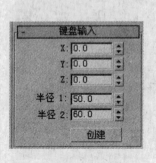

图 2-34　圆环的参数设置

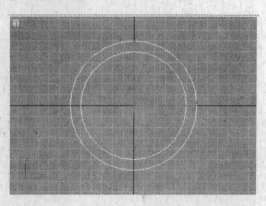

图 2-35　创建的圆环

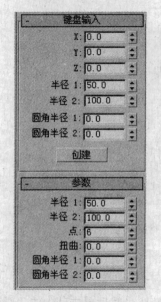

图 2-36　星形的参数设置

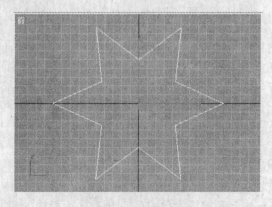

图 2-37　创建的星形

11. 螺旋线

螺旋线是 3ds max 中唯一具有三维高度值的二维图形，它经常被用来制作弹簧等螺旋状对象。它的具体创作过程如下：

1）激活顶视图，单击 [img]（创建）面板中的 [img]（图形）按钮，然后单击其中的"螺旋线"按钮。

2）在"键盘输入"卷展栏和"参数"卷展栏中设置参数，如图 2-38 所示。然后在"键盘输入"卷展栏中单击"创建"按钮，此时视图中即可显示出创建的螺旋线，如图 2-39 所示。

提示：在"参数"卷展栏中，"圈数"用于设置螺旋线的参数，"偏移"用于设置螺旋线的偏心程度，"顺时针"为顺时针螺旋线，逆时针为逆时针螺旋线，"半径 1"和"半径 2"分别为星形的内外半径设置参数。

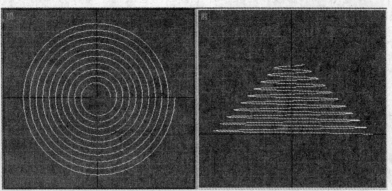

图 2-38　设置螺旋线的参数　　　　　　图 2-39　创建的螺旋线

2.3　三维基本造型建模

3ds max 8 提供了"标准基本体"和"扩展基本体"两类基本造型。

2.3.1　创建标准基本体

3ds max 8 中有 10 种简单的标准基本体，他们分别为："长方体"、"圆锥体"、"球体"、"几何球体"、"圆柱体"、"管状体"、"圆环"、"四棱锥"、"茶壶"和"平面"，如图 2-40 所示。

1．长方体

使用长方体可以创建任意形状的正方体和任意宽度、长度、高度的长方体。长方体的具体创建过程如下：

1）单击 ![创建] （创建）面板中的 ![几何体] （几何体）按钮，然后单击其中的"长方体"按钮。

2）在顶视图中单击并拖动即可创建长方体的底面。然后松开鼠标后在视图中继续移动，在长方体的高度位置单击鼠标，确认高度，此时视图中即可显示出创建的长方体，如图 2-41 所示。

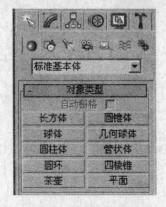

图 2-40　"标准基本体"面板

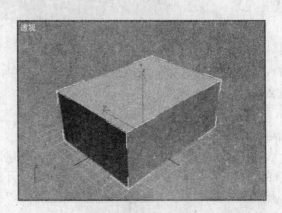

图 2-41　创建的长方体

3）进入 ✏ （修改）面板，在"参数"卷展栏中对长方体的参数进行修改，如图 2-42 所示，结果如图 2-43 所示。

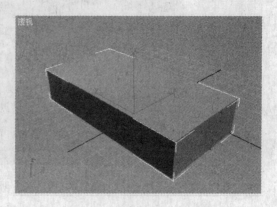

图 2-42　改变长方体的参数　　　　　图 2-43　改变参数后的长方体

提示："长度分段"、"宽度分段"和"高度分段"可分为设置长方体长、宽和高的段数。

2. 球体

球体的创建和修改与长方体相似。球体的具体创建过程如下：

1）单击 ✎ （创建）面板中的 ◉ （几何体）按钮，然后单击其中的"球体"按钮，在顶视图中单击并拖动即可创建球体，如图 2-44 所示。

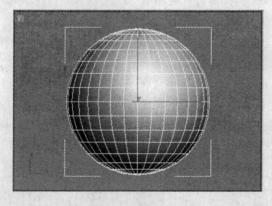

图 2-44　创建的球体

2）进入 ✏ （修改）面板，在"参数"卷展栏中，将"半球"数值改为 0.5，如图 2-45 所示，结果如图 2-46 所示。

3. 圆柱体

圆柱体的具体创建过程如下：

1）单击 ✎ （创建）面板中的 ◉ （几何体）按钮，然后单击其中的"圆柱体"按钮，接着在顶视图中单击并拖动产生圆柱体的底面，再松开鼠标在高度位置上单击，产生圆柱体的高度，则视图中即可显示出创建的圆柱体，如图 2-47 所示。

2）进入 ✏ （修改）面板，在"参数"卷展栏中，对圆柱体参数进行再次设置，如图 2-48

所示。

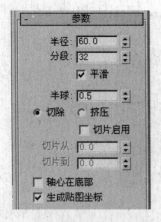

图 2-45 改变球体的参数

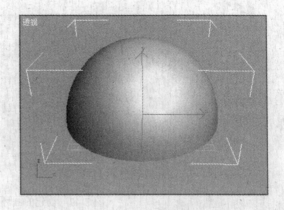

图 2-46 改变参数后的球体

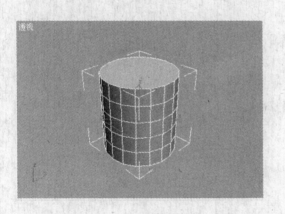

图 2-47 创建的圆柱体

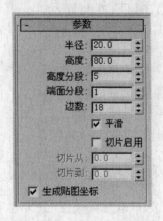

图 2-48 改变圆柱体的参数

4. 圆环

圆环在现实生活中处处可见，如汽车轮胎、救生圈、各种各样的轮子都要用到圆环几何体。圆环的具体创建过程如下：

1）单击 面板中的 按钮，然后单击其中的"圆环"按钮，在顶视图中单击并拖动鼠标，确定圆环一侧的大小。接着放开鼠标左键，拖动鼠标挤出圆环。最后单击鼠标左键建立圆环，如图 2-49 所示。

2）进入 面板，在"参数"卷展栏中设定"分段"都为 4，如图 2-50 所示，结果如图 2-51 所示。

3）重新设定"分段"数为 30，然后选中"切片启用"选项，设置参数如图 2-52 所示，结果如图 2-53 所示。

5. 茶壶

茶壶的具体创建过程如下：

1）单击 面板中的 按钮，然后单击其中的"茶壶"按钮。接着在顶视图中从中心拖动鼠标指针，当认为茶壶的大小合适时，释放鼠标即可。在默认情况下创建的茶壶对象是完整的，如图 2-54 所示。

图 2-49　创建的圆环

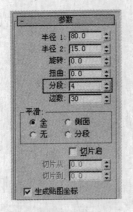

图 2-50　将圆环"分段"设为 4

图 2-51　将圆环"分段"设为 4 的效果

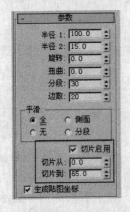

图 2-52　设置"切片启用"参数

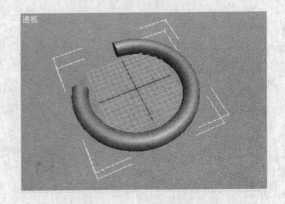

图 2-53　设置"切片启用"参数的效果

　　2）在"参数"卷展栏中"茶壶部件"分为："壶体"、"壶把"、"壶嘴"和"壶盖"四部分，如图 2-55 所示。

　　3）选中不同的选项会显示不同的效果，如图 2-56 所示。

图 2-54　创建的茶壶

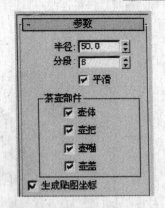

图 2-55　"参数"卷展栏

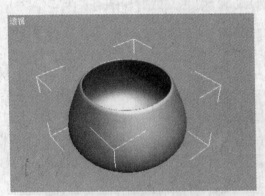

壶体

壶把

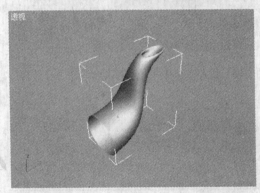

壶嘴

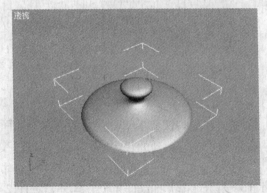

壶盖

图 2-56　选中不同选项显示的效果

3ds max 8中文版

6. 圆锥体

圆锥体也是几何体中一个比较常见的对象，圆锥体的具体创建过程如下：

1）单击 （创建）面板中的 （几何体）按钮。然后单击其中的"圆锥体"按钮，创建一个如图 2-57 所示的锥体。

2）进入 （修改）面板，选中"切片启用"选项，设置参数如图 2-58 所示，结果如图

3ds max 8 中文版设计基础

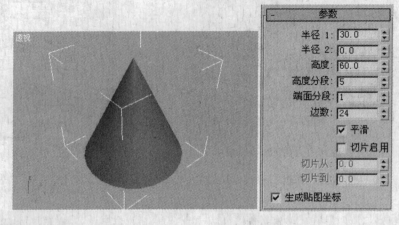

图 2-57 创建圆锥体

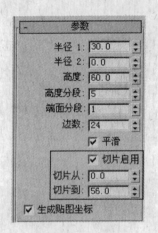

图 2-58 设置"切片启用"参数

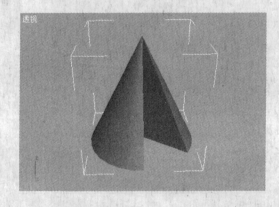

图 2-59 设置"切片启用"参数的效果

7. 几何球体

几何球体与球体不同，它是由三角形曲面来构成球面的，基于这个原因，在应用某些修改器时有它自己独到的优势，比如应用 FFD 变形修改器。创建几何球体的具体过程如下：

1）单击 （创建）面板中的 （几何体）按钮，然后单击其中的"几何球体"按钮，在顶视图中单击并拖动即可创建球体，如图 2-60 所示。

2）进入 （修改）面板，在"参数"卷展栏中设置三种基点面类型，如图 2-61 所示。图 2-62 为不同类型的效果。

8. 管状体

管状体用来生成圆管或棱管等的基本形状，如图 2-63 所示。其参数面板如图 2-64 所示。通过观察可以发现，圆管参数面板与圆柱参数面板的大多数参数功能基本相同，唯一区别之处在于圆管对象需要两个半径值来定义管的内外半径。

9. 四棱锥

四棱锥是一种底面为矩形，侧面为三角形的几何体，如图 2-65 所示，比较类似于古埃及的金字塔形，所以四棱锥几何体非常适合于建筑物的建模（例如屋顶）。四棱锥的创建比较简单，其参数面板如图 2-66 所示，参数含义如下：

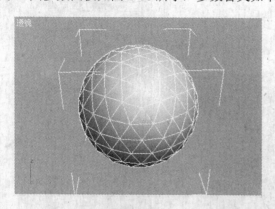

图 2-60　创建几何球体　　　　　　　　图 2-61　几何球体的参数面板

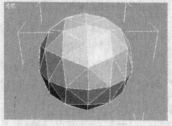

四面体　　　　　　　　　　　八面体　　　　　　　　　　二十面体

图 2-62　选择不同基点面类型的效果

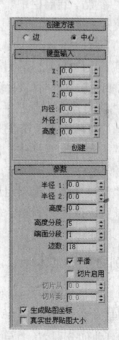

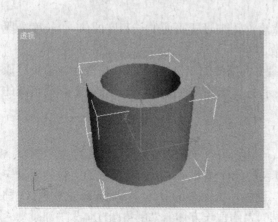

图 2-63　创建管状体　　　　　　　　　图 2-64　管状体的参数设置面板

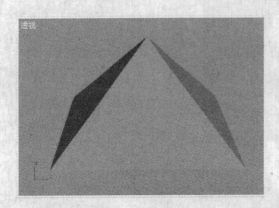

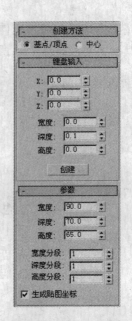

图 2-65　创建的四棱锥　　　　　　图 2-66　四棱锥的参数设置面板

- "创建方法"卷展栏中定义了两种创建四棱锥底面的方式：一种是基点/顶点；另一种是中心。"基点/顶点"表示从一角到其对角来创建四棱锥的底面，"中心"表示从中心向外来创建四棱锥的底面。
- "键盘输入"卷展栏中通过直接输入底面的"宽度"，"深度"值和四棱锥的"高度"值来创建棱锥。
- "参数"卷展栏中，"宽度"和"深度"值用来设置底面的长宽值，"高度"值指四棱锥的高度值。

10. 平面

平面属于平面多边形网格的一种特殊形式，如图 2-67 所示。在渲染的时候，可以通过调整缩放参数来使平面扩展到任何程度，其参数面板如图 2-68 所示，参数含义如下：

- "创建方法"卷展栏中，"矩形"表示从一角到其斜对角的方式来创建平面，"正方形"表示创建一个正方形平面。
- "参数"卷展栏中，"长度"和"宽度"用来设置平面的长和宽的值，"长度分段"和"宽度分段"用来设置长宽的段数。
- "渲染倍增"选项组用来定义渲染时平面缩放的比例，"缩放"值表示在渲染时原始长宽缩放的比例因子，"密度"值表示在渲染时平面长宽方向上段数倍增或倍减的比例因子。

2.3.2　创建扩展基本体

扩展基本体是相对于标准基本体更为复杂的几何体单元。在创建面板的下拉列表框中选择"扩展基本体"，将会弹出"扩展基本体"面板，如图 2-69 所示。3ds max 8 中有 13 种扩展基本体，他们分别为："异面体"、"环形结"、"倒角长方体"、"倒角圆柱体"、"油罐"、"胶囊形"、"纺锤形"、"多边体"、"L-Ext"、"C-Ext"、"环形波"、"棱柱"和"软管体"，如图 2-70

所示。

图 2-67　创建的平面

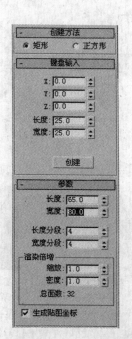

图 2-68　平面的参数设置面板

图 2-69　扩展基本体面板

3ds max 8中文版

这里主要介绍"软管体"的使用方法：

1）在左视图中创建一个半径为 10，高度为 30 的圆柱体。

2）在前视图中利用镜像工具镜像出圆柱体，按如图 2-71 所示设置，单击"确定"按钮，结果如图 2-72 所示。

3）选择扩展基本体中的软管体，单击"绑顶到对象轴"选项，然后在左视图中绘制软管，设置软管直径如图 2-73 所示。

4）在"软管参数"卷展栏中单击"选定顶部对象"按钮后，在视图中拾取一个圆柱，看到圆柱白框闪烁一下，表示绑定成功。

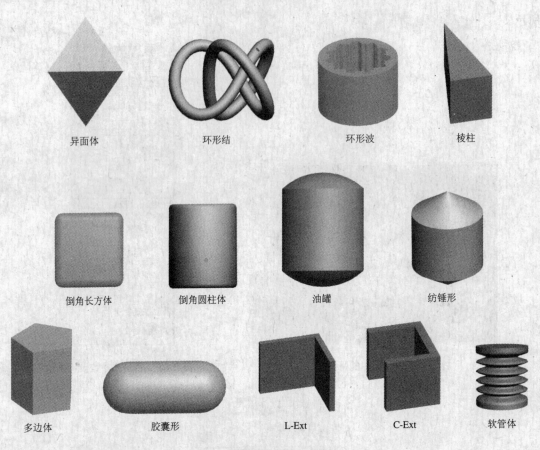

异面体	环形结	环形波	棱柱
倒角长方体	倒角圆柱体	油罐	纺锤形
多边体	胶囊形	L-Ext	C-Ext	软管体

图 2-70　13 种扩展基本体

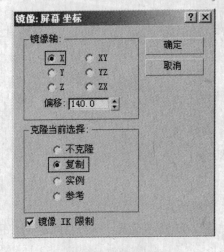

图 2-71　镜像对话框

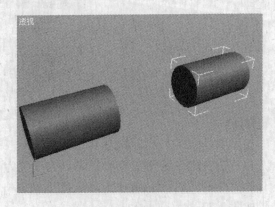

图 2-72　镜像后效果

5）同理单击"选定底部对象"后，在视图中拾取另一个圆柱，结果如图 2-74 所示。

6）将"绑定对象"选项组下的两个"张力"值均设为 0，如图 2-75 所示，结果如图 2-76 所示。

图 2-73 设置软管直径

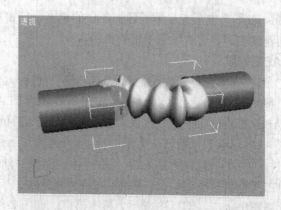

图 2-74 软管绑定后的效果

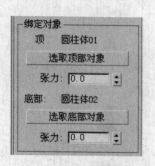

图 2-75 将"张力"值设为 0

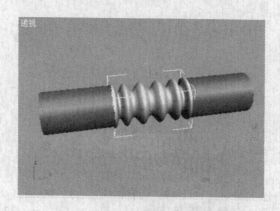

图 2-76 将"张力"值设为 0 的效果

7）开始录制动画。在第 0 帧处打开 <u>动画关键点</u> 按钮，移动其中一个圆柱体到图 2-77 所示的位置；然后在第 100 帧移动圆柱体到如图 2-78 所示的位置，此时可以发现软管体随圆柱体的位置变化而进行伸缩。

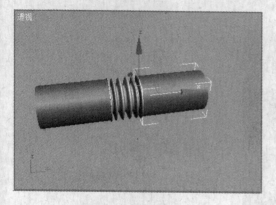

图 2-77 缩小圆柱体的距离

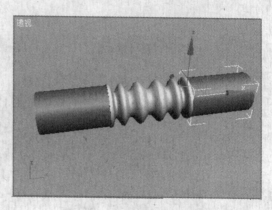

图 2-78 拉大圆柱体的距离

2.3.3 建筑模型

在 3ds max 8 中系统自带了各种各样的树木、门窗和楼梯模型。利用这些模型我们可以快速地创建出动画和游戏场景中的相关对象。

1. AEC 扩展

AEC 对象其实是建筑模型的简称。在 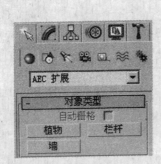（创建）面板下 （几何体）面板的下拉列表中选择"AEC 扩展"选项，可以打开如图 2-79 所示的 AEC 扩展面板。

在 AEC 扩展面板中包括植物、栏杆和墙三种建筑对象，下面我们通过创建一棵树木模型来了解 AEC 对象的一般创建方法。

1）进入 （创建）面板下 （几何体）面板，然后在下拉列表中选择"AEC 扩展"选项，单击"植物"按钮，在"收藏的植物"卷展栏中选择一种植物模型，如图 2-80 所示。然后在顶视图中单击，即可生成一个树木模型，如图 2-81 所示。

图 2-79　AEC 扩展面板

图 2-80　"收藏的植物"卷展栏

2）在"参数"卷展栏中可查看树木模型的参数，如图 2-82 所示。调节这些参数，植物形状会随之更改。

图 2-81　创建的植物

图 2-82　"参数"卷展栏

2．楼梯

楼梯是建模中的一个难点，图 2-83 所示的楼梯如果用传统的建模方法来创建的话，需要花费不少时间，但在 3ds max 8 中这些问题都迎刃而解。

图 2-83　楼梯示意图

在 （创建）面板下 （几何体）面板的下拉列表中选择"楼梯"选项，可以打开如图 2-84 所示的楼梯创建面板。3ds max 8 提供了四种类型的楼梯。下面我们通过创建一个螺旋形楼梯来了解楼梯的一般创建方法。

1）在 （创建）面板下 （几何体）面板的下拉列表中选择"楼梯"选项，然后单击"螺旋形楼梯"按钮，接着在顶视图中创建如图 2-85 所示的楼梯模型。

2）选定楼梯模型，进入 （修改）面板，在"参数"卷展栏中可查看楼梯模型的参数，如图 2-86 所示。调节这些参数，楼梯形状会随之更改。

图 2-84　楼梯面板

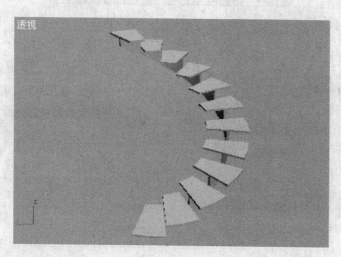

图 2-85　创建的楼梯

3．其他建筑模型

3ds max 8 除了树木和楼梯外还提供了门和窗户等建筑模型，它们的创建面板如图 2-87 所示。创建方法比较简单，这里就不再多述。

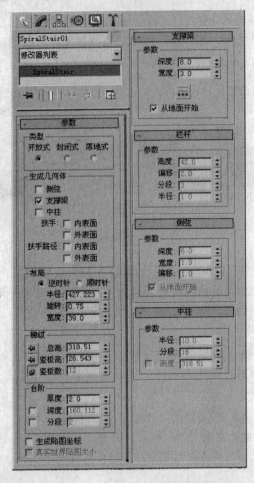

图 2-86　楼梯参数命令面板

图 2-87　门窗创建面板

2.4　课后练习

1. 填空题

（1）3ds max 8 提供了 11 种二维基本样条线，它们分别是＿＿＿＿、＿＿＿＿、＿＿＿＿、＿＿＿＿、

_____、_____、_____、_____、_____、_____和_____。

（2）3ds max 8 中有 10 种简单的标准基本体，它们分别是_____、_____、_____、_____、_____、_____、_____、_____、_____和_____。

2．选择题

（1）对于茶壶体，我们可以根据需要，显示出其不同的部位，下面哪些属于相关的显示选项。

    A．壶体　　　　　　B．壶把　　　　　C．壶嘴　　　　　　D．壶盖

（2）AEC 对象是（　　　）的简称。

    A．人物模型　　　　B．工业模型　　　C．建筑模型　　　　D．基本模型

3．问答题

（1）简述平面和立体的关系。

（2）简述创建螺旋线的方法。

（3）简述使用软管体创建动画的方法。

第3章　常用编辑修改器

在上一章中我们讲解了创建基本模型的方法，本章我们将讲解如何利用 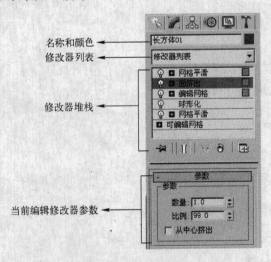（修改）面板中的编辑修改器对基本模型进行修改，从而得到更加复杂的模型。通过本章学习应掌握以下内容：

- 掌握"编辑样条线"修改器的应用
- 掌握"车削"、"挤出"、"倒角"和"倒角剖面"修改器的应用
- 掌握"编辑样条线"、"噪波"、"锥化"、"FFD 修改器"、"拉伸"和"网格平滑"修改器的应用
- 掌握"晶格"、"扭曲"、"置换"、"面挤出"、"球形化"、"弯曲"和"网格选择"修改器的应用

3.1　认识编辑修改器命令面板

编辑修改器是 3ds max 的核心部分，3ds max8 自带了大量的编辑修改器，这些编辑修改器以堆栈方式记录着所有的修改命令，每个编辑修改器都有自身的参数集合和功能。我们可以对一个或多个模型添加编辑修改器，从而得到最终所需要的造型。

编辑修改器命令面板分为"名称和颜色"、"修改器列表"、"修改器堆栈"和"当前编辑修改器参数"四个区域，如图 3-1 所示。

图 3-1　编辑修改器面板

1．名称与颜色

用于显示当前所选对象的名称和在视图中的颜色。我们可以在名称框中重新输入新的名称来实现对所选对象的重命名，并可以通过点取颜色框来改变当前物体的颜色。

提示：当所选物体还未指定材质时会使用此颜色作为材质颜色。一旦指定了材质，它就失去了对所选对象的着色性质。

2．修改器列表

修改器列表中的编辑修改器分为：选择修改器，世界空间修改器和对象空间修改器 3 类。在修改器列表处单击，可以打开全部编辑修改器的列表，从中我们可以选择所需的编辑修改器。

3．修改器堆栈

修改器堆栈中包含所选对象和所有作用于该对象的编辑修改器。通过修改器堆栈我们可以对相关参数进行调整。

在修改器下方有 6 个按钮，通过它可以对堆栈进行相应的操作。

- 锁定堆栈：用于冻结堆栈的当前状态，能够在变换场景对象的情况下，仍然保持原来选择对象的编辑修改器的激活状态。
- / 显示最终结果开/关切换：可以控制显示最终结果还是只显示当前编辑修改器的效果。 为显示最终效果， 为显示当前效果。
- 使唯一：当对多个对象施加了同一个编辑修改器后，选择其中一个对象单击该按钮，然后再调整编辑修改器的参数，此时只有选中的对象受到编辑修改器的影响，其余对象不受影响。
- 从堆栈中移除修改器：单击该按钮可以将选中的编辑修改器从修改器堆栈中删除。
- 配置修改器集：可以通过该工具配置自己需要的编辑修改器集。配置方法：单击该按钮，在弹出的快捷菜单中选择"配置修改器集"命令，如图 3-2 所示。然后在弹出的对话框中从左侧选择要添加编辑修改器，接着拖入右侧按钮中，如图 3-3 所示。最后单击"确定"按钮，完成配置修改器集，结果如图 3-4 所示。

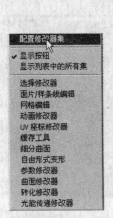
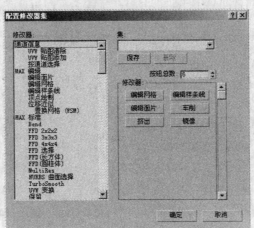

图 3-2　选择"配置修改器集"命令　　　图 3-3　添加编辑修改器集　　　图 3-4　完成配置的修改器集

4．当前编辑修改器参数

在修改器堆栈中选择一个编辑修改器后，可以在当前编辑修改器参数区对该修改器的参数进行再次调整。

3.2 常用的编辑修改器

3ds max8 提供了大量的修改器，其中"编辑样条线"、"锥化"、"噪波"、"挤出"、"车削"、"FFD"、"网格平滑"、"球形化"、"路径变形（WSM）"和"面挤出"修改器是比较常用的几种。下面我们就来说明一下这些修改器的使用方法。

3.2.1 "编辑样条线"修改器

我们虽然可以利用图形创建工具来产生很多的二维造型，但是这些造型变化不大，并不能满足用户的需要。所以通常是先创建基本二维造型，然后通过"编辑样条线"修改器对其进行编辑和变换，从而得到我们最终所需的图形。

"编辑样条线"修改器是专门编辑二维图形的修改器。它分为顶点、线段、样条线 3 个层级，如图 3-5 所示。在不同层级中我们可以对相应的参数进行调整。

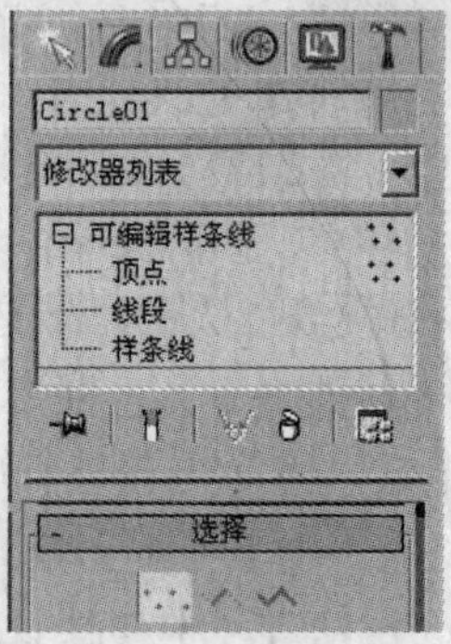

（1）编辑"顶点"

利用编辑样条线修改器对二维图形进行编辑时，顶点的控制是很重要的，因为顶点的变化会影响整条线段的形状与弯曲程度。

对"顶点"进行编辑的过程如下：

1）在前视图中绘制一个简单的二维图形，如图 3-6 所示。

图 3-5　"编辑样条线"的三个层级

2）进入 (修改) 面板，在修改器列表位置单击鼠标，然后在弹出的修改器列表中选择"编辑样条线"修改器。接着进入 顶点层级，选择视图中的相应顶点即可进行编辑移动、变形等操作。此时选中的顶点显示如图 3-7 所示，"顶点"层级参数面板如图 3-8 所示。

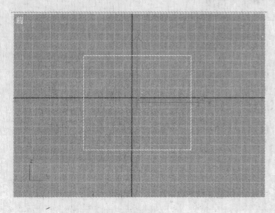

图 3-6　原图

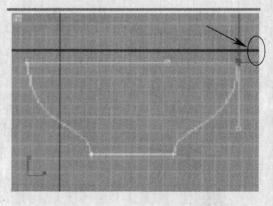

图 3-7　修改后效果

图 3-8　"顶点"层级参数面板

编辑"顶点"主要参数解释如下：

- "锁定控制柄"复选框：在选取两个以上的控制顶点后，如果希望同时调整这些顶点的控制杆，则选中该选项。
- **断开**按钮：单击此按钮后，可以将已选取的控制起始点变为控制结束点，并将它所连接的两条线段分开。
- **细化**按钮：它允许在不改变二维物体形状的情况下添加节点。
- **焊接**按钮：用于连接两个控制节点，后面的数值为焊接的最大距离，当两点之间的距离小于此距离时，就可以焊接在一起。
- **熔合**按钮：不需要间距，即可熔合任意两点。
- **连接**按钮：它用来连接存在间距的两个顶点。使用时将一个顶点拖到另一个顶点上，即可连接。
- **插入**按钮：这个按钮可对二维图形增加控制点的同时改变物体的形状。
- **设为首顶点**按钮：选择一个顶点后单击该按钮，可以将该顶点作为起始点。
- **循环**按钮：首先选中二维物体上的一个顶点，单击此按钮，则按逆时针方向将下一个顶点变为起始点。再次单击依次循环。
- **创建线**按钮：单击此按钮后，可以在当前选择的图形上画线，而且所画的任何新线

3ds max 8 中文版

都是所选取的二维图形的一部分，而不是一个独立的对象，如图 3-9 所示。

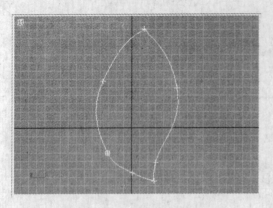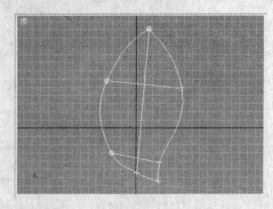

图 3-9　"创建线"后的效果

- **附加** 按钮：单击此按钮，可以给选中的二维图形加上其他的二维图形，也就是把两个二维图形合并为一个二维图形。
- **附加多个** 按钮：与"附加"按钮的功能类似，这个按钮可以将多个二维图形附加到选中的对象上。
- **圆角** 按钮：可对二维图形进行圆角处理，如图 3-10 所示。
- **切角** 按钮：可对二维图形进行切角处理，如图 3-11 所示。

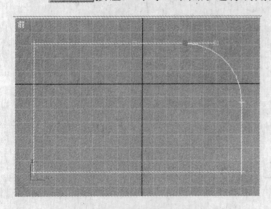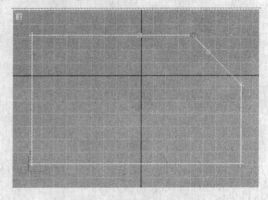

图 3-10　对二维图形进行"圆角"处理　　　　图 3-11　对二维图形进行"切角"处理

（2）编辑"线段"

对"线段"进行编辑的过程如下：

1）进入 （修改）面板，在修改器列表位置单击鼠标，然后在弹出的修改器列表中选择"编辑样条线"修改器。

2）进入 （线段）层级，选择视图中的相应线段即可进行移动、变形等操作编辑。此时选中的"线段"显示如图 3-12 所示，"线段"层级参数面板如图 3-13 所示。

编辑"线段"主要参数解释如下：

- **断开** 按钮：可以将线段分为两段或多段。单击该按钮后，在被选中二维图形的线段或顶点上单击，可以使此单击点或此顶点所相连的线段分开，如图 3-14 所示。

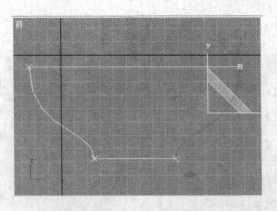

图 3-12   选中"线段"的显示效果

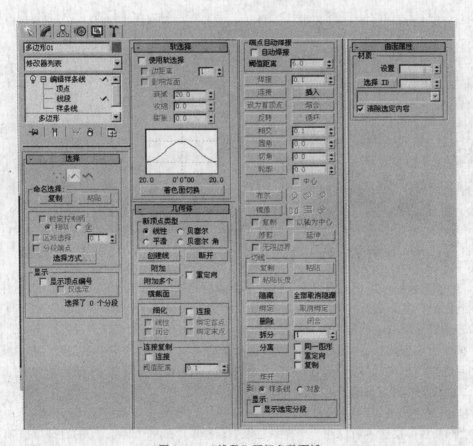

图 3-13   "线段"层级参数面板

- █细化█按钮：它可以使二维物体在不改变形状的同时增加节点。单击此按钮，在被选中二维物体的线段上单击可以添加节点，从而增加了可以编辑的"线段"数目。如图 3-15 所示。

- █隐藏█按钮：在二维物体上选中一段线段，再单击此按钮可以将此"线段"隐藏。如图 3-16 所示。然后单击█全部取消隐藏█按钮，可以将隐藏的"线段"重新显现。

- █拆分█按钮：可以将被选中的二维物体的线段等分增加节点，如图 3-17 所示。后面

3ds max 8中文版

的数值为等分增加节点的数目。

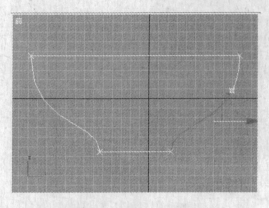

图 3-14 "断开"后的效果

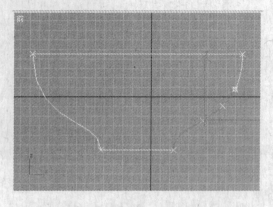

图 3-15 "细化"后的效果

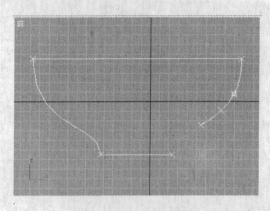

图 3-16 "隐藏"后的效果

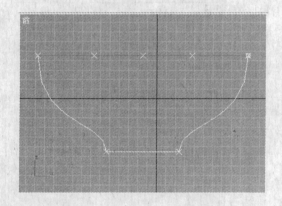

图 3-17 "拆分"后的效果

● 分离 按钮：可以将被选中的线段分离为新的线段。按钮后有三个选项：选中"同一图形"复选框后，单击 分离 按钮，被选中的线段将分离在原处；选中"重定向"复选框后单击该按钮，所分离的线段将在该二维图形的中心轴点对齐；选中"复制"按钮后单击此按钮，则选取的线段将在原处复制；同时选中"重定向"和"复制"复选框再单击此按钮，则选取的线段将保留在原处，而复制分离的线段会对齐在该二维图形的中心轴点。

（3）编辑"样条线"

在"样条线"层级，可以在一个样条对象中选择单个或多个样条，并且可以对它们进行"轮廓"、"布尔"等操作。

对"样条线"编辑的过程如下：

1）在前视图中绘制两个简单的二维图形，如图 3-18 所示。

2）进入 （修改）面板，在修改器列表位置单击鼠标，在弹出的修改器列表中选择"编辑样条线"修改器。然后进入 （样条线）层级，将它们"附加"成一个整体。接着选择视图中的相应"样条线"即可进行"轮廓"、"布尔"等操作。此时选中的"样条线"显示如图 3-19所示，"样条线"层级参数如图 3-20 所示。

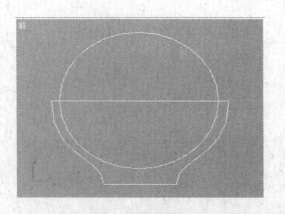

图 3-18　创建的图形

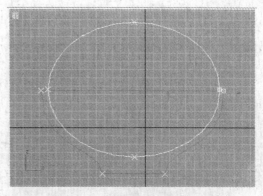

图 3-19　选中"样条线"显示效果

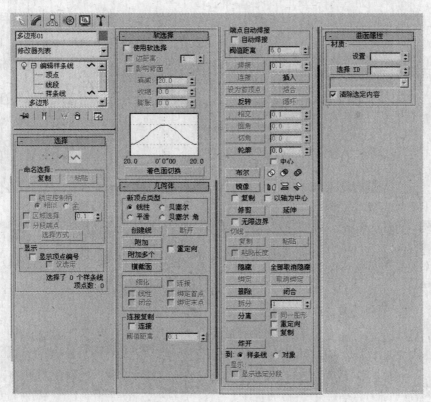

图 3-20　"样条线"层级参数面板

编辑"样条线"主要参数解释如下：

- 轮廓 按钮：生成一个所选择样条的拷贝，并且依据其右边文本框中的数值来向内或向外进行偏移，如图 3-21 所示。当"中心"复选框被选中时，初始样条和复制样条将同时依据要求的数值向相反的方向偏移。

- 布尔 按钮：在二维的环境下对所选择的两个封闭样条进行布尔操作，有 ⊘ 并集、⊘ 相减和 ⊘ 相交三种情况。"并集"表示合并两个重叠的样条，重叠的部分被移走；"相减"表示从第一个样条中减掉两个样条重叠的部分；"相交"表示只保留两个样条的重叠部分。图 3-22 为不同布尔运算后的结果。

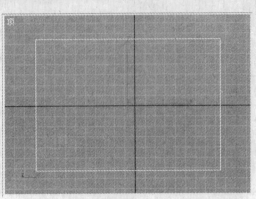 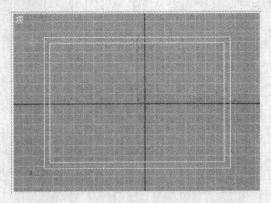

图 3-21 "轮廓"前后效果

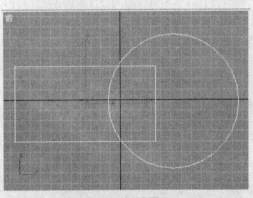 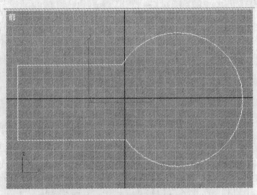

附加在一起的两个图形　　　　　　　　　　　　　　并集

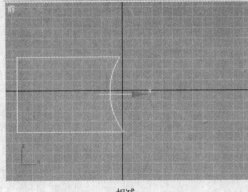 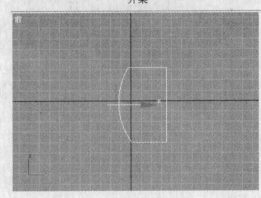

相减　　　　　　　　　　　　　　　　相交

图 3-22 布尔效果

- **镜像**按钮：用来镜像样条。它包括 ▣ 水平镜像、 ▣ 垂直镜像和 ◇ 双向镜像三种不同的方式。
- **修剪**按钮：用来清除一个样条型中两相交样条交点以外的多余部分。
- **延伸**按钮：用来延长一个样条到另一个样条上，并且与另一个样条相交。
- **闭合**按钮：用来封闭被选择的样条，使该样条成为封闭样条。
- **炸开**按钮：将样条对象中的每段都分离成独立的样条。与 **分离** 相比，它更快捷。

3.2.2 "车削"修改器

"车削"修改器是通过二维轮廓线绕一个轴旋转从而生成三维对象。它的原理类似于制作陶瓷。我们通常利用它来制作花瓶、水果等造型。

它的参数面板如图 3-23 所示。参数面板的解释如下：

- 度数：用于控制旋转的角度，范围从 0～360°，要产生闭合的三维几何体都要将这个值设为 360°。
- 焊接内核：选中该选项后，系统自动将这部分表面平滑化。但是这个操作有可能不够精确，如果还要进行其他操作，最好不要选中该项。
- 翻转法线：用于将物体表面法线反转过来。法线是与物体表面垂直的线，只有沿着物体表面法线的方向才能够看见物体，比如通过基本几何体命令创建出的几何体，其法线方向是向外的，如果在几何体内部，是什么都看不见的。
- 分段：用于提高旋转生成物体的段数。"分段"数值越高，物体越平滑，如图 3-24 所示。

图 3-23 "车削"设置

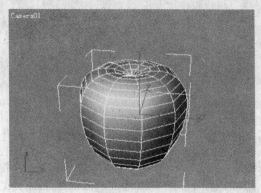

"分段"为 10

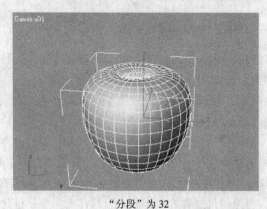

"分段"为 32

图 3-24 不同"分段"值比较

- "封口顶端"和"封口末端"：用于控制旋转后的物体顶端和末端是否封闭。
- 方向：用于控制表面轮廓将哪个轴向作为旋转轴，方向栏中有"X"、"Y"、"Z"三个轴向可供选择，图 3-25 所示的为选择不同轴向旋转后的结果。

3ds max 8 中文版设计基础

  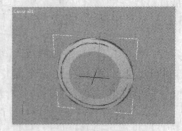

X轴　　　　　　　　　Y轴　　　　　　　　　Z轴

图 3-25　不同方向的比较

- 对齐：用于控制旋转中心的位置。有"最小值"、"中心"、"最大值"三个按钮可供选择。图 3-26 所示为三种情况的比较结果。

 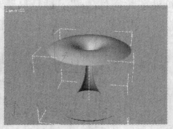 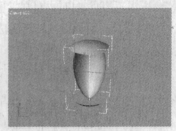

最小值　　　　　　　　中心　　　　　　　　最大值

图 3-26　选择不同对齐方式的比较

- 输出：用于控制生成物体的类型，有"面片"、"网格"和"NURB"三种类型可供选择。这三种类型也是 3ds max8 中三维对象的 3 种基本性质。

3.2.3　"挤出"修改器

"挤出"修改器主要用于将二维样条线快速挤压成三维实体。它的参数面板如图 3-27 所示。

"挤出"修改器面板的参数解释如下：

- 数量：用于控制拉伸量。
- 分段：用于定义拉伸体的中间段数。
- 封口：用于控制挤出物体是否封闭"顶端"和"底端"。
- 输出：用来决定生成的拉伸体是以面片、网格还是 NURB 曲线的形式存在。

下面我们将利用"挤出"修改器创建一个三维立体文字，操作步骤如下：

1）在前视图中利用"文字"工具二维文字"中国传媒大学"，如图 3-28 所示。

图 3-27　"挤出"面板

2）选择文字造型，执行修改器命令面板中的"挤出"命令，设置挤出参数为 35，结果如图 3-29 所示。

44

图 3-28 输入文字　　　　　　　图 3-29 "挤出"后的效果

3.2.4 "倒角"修改器

"倒角"修改器与"挤出"修改器一样，也是用于将二维样条线快速挤压成三维实体。与"挤出"修改器相比，"倒角"修改器更加灵活，它可以在"挤出"三维物体的同时，在边界上加入直形或圆形倒角。它的参数面板如图 3-30 所示。

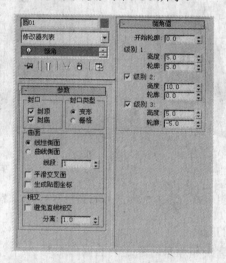

图 3-30 "倒角"面板

"倒角"修改器面板的参数解释如下：

- 封顶：设置开始截面是否封顶。
- 封底：设置结束截面是否封顶。
- 变形：用于创建变形的封闭面。
- 栅格：用栅格模型创建顶盖面。
- 线性侧面：设置内部边为直线模式，如图 3-31 所示。
- 曲线侧面：设置内部边为曲线模式，如图 3-32 所示。
- 线段：片断数。
- 平滑交叉面：设置交叉面为光滑面。
- 生成贴图坐标：对对象创建贴图坐标。

图 3-31　"线性侧面"效果　　　　　　图 3-32　"曲线侧面"效果

● 避免直线相交：避免相交产生的尖角。图 3-33 为选中"避免直线相交"选项前后的比较。

选中前　　　　　　　　　　　　选中后

图 3-33　选中"避免直线相交"选项前后比较

● 分隔：设置边界线的间隔。
● 开始轮廓：设置轮廓线和原来对象之间的偏移距离。
● 级别 1/级别 2/级别 3：设置倒角三个层次的高度和轮廓。

3.2.5　"倒角剖面"修改器

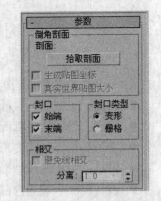

"倒角剖面"修改器也是一种用二维样条线来生成三维实体的重要方式。在使用这一功能之前，必须事先创建好一个类似路径的样条线和一个剖面样条线。它的参数面板比较简单，参数与"倒角"十分相似，如图 3-34 所示。

图 3-34　"倒角剖面"面板

下面我们使用"倒角剖面"修改器制作一个屋顶木线效果。具体创建过程如下：

1）创建两条样条线，如图 3-35 所示。

2）选择轮廓线，执行修改器中的"倒角剖面"命令，然后单击"拾取剖面"后拾取视图中的剖面图形，结果如图 3-36 所示。

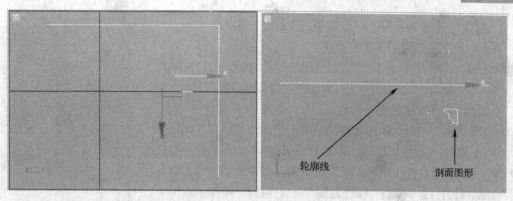

图 3-35　创建两条样条线

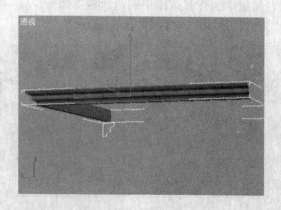

图 3-36　"倒角剖面"后的效果

3）此时木线方向与实际是相反的，为了解决这个问题，下面进入 修改面板中"剖面 Gizmo"层级，利用 工具将其旋转 180°即可，结果如图 3-37 所示。

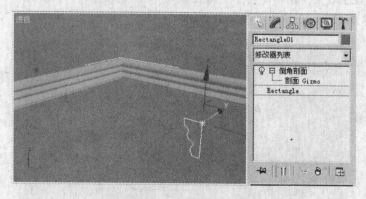

图 3-37　旋转"剖面 Gizmo"后的效果

3.2.6　"弯曲"修改器

"弯曲"修改器用于对物体进行弯曲处理，可以调节弯曲的角度和方向，以及弯曲依据的坐标轴向，还可以限制弯曲在一定的坐标区域之内，它的参数面板如图 3-38 所示。

3ds max 8 中文版设计基础

"弯曲"修改器面板的参数解释如下：

● 角度：用于确定弯曲的角度。

● 方向：用于确定相对水平方向弯曲的角度，数值范围 1～360°。

● 弯曲轴向：此选项中有三个选项，分别为 X、Y 和 Z 轴，是弯曲时所依据的方向。

● 限制影响：为对象指定影响，用上下限值来确定影响区域。

● 上限：弯曲的上限，此限度以上的区域不会受到弯曲修改。

● 下限：弯曲的下限，此限度以下的区域不会受到弯曲修改。

下面我们使用"弯曲"修改器制作一个实例，操作步骤如下：

1）创建如图 3-39 所示的场景。

2）进入 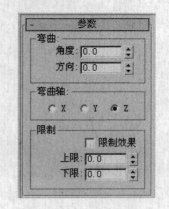（修改）面板，执行修改器中的"弯曲"命令，设置"角度"为 90°，"方向"为 30°，结果如图 3-40 所示。

图 3-38   "弯曲"面板

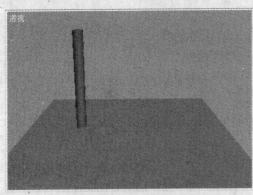

图 3-39   创建的场景

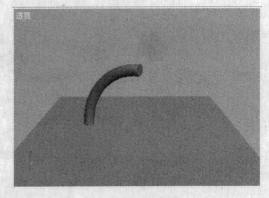

图 3-40   "弯曲"后的效果

3）选中"限制效果"选项，将"上限"设为 3，然后进入"弯曲"的 Gizmo 层级，在前视图中向上移动 Gizmo，结果如图 3-41 所示。

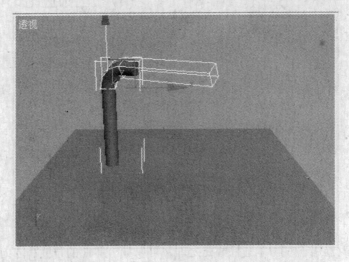

图 3-41   利用"Gizmo"和"限制效果"调整后的效果

3.2.7　"噪波"修改器

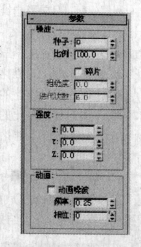

"噪波"修改器是一种能使物体表面突起、破碎的工具。一般用来创建地面、山脉和水面的波纹等表面不平整的场景。它的参数面板如图 3-42 所示。

"噪波"修改器面板的参数解释如下：

- 种子：设定随机状态，会使三维对象产生不同的形变。
- 比例：设定影响范围，值越小影响越强烈。
- 碎片：会产生断裂地形，增加陡峭感，适合于制作山峰。
- 粗糙度：设定表面粗糙的程度，值越大表面越粗糙。
- 迭代次数：设定断裂反复次数，值越大地形起伏越多。
- 强度：X/Y/Z 用于设定对象在三个轴向上的强度。
- 动画噪波：用于产生动画噪波。

图 3-42　"噪波"面板

- 频率：设定默认的噪波的频率，值越高波动速度越快。
- 相位：不同的相位使三维对象的点在波形曲线上偏移不同的位置。

下面我们使用"噪波"修改器制作一个实例，具体创建过程如下：

1）在顶视图中创建一个平面，参数设置及结果如图 3-43 所示。

2）进入 （修改）面板，执行修改器中的"噪波"命令。选中"碎片"选项，设置迭代次数为 3，设置 z 的强度为 125，结果如图 3-44 所示。

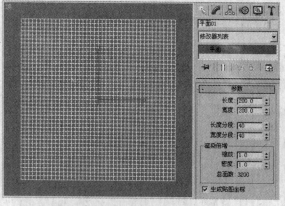

图 3-43　创建平面

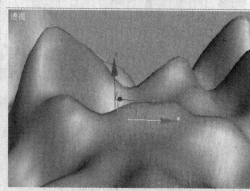

图 3-44　"噪波"效果

3.2.8　"锥化"修改器

"锥化"修改器可以对对象进行锥化处理，使对象沿指定的轴产生变形的效果。它的参数面板如图 3-45 所示。

"锥化"修改器面板的参数解释如下：

- 数量：设定锥化倾斜的程度。
- 曲线：设定锥化曲度。
- 主轴：用于设定三维对象依据的轴向。有 X、Y、Z 三个轴向可供选择。

- 效果：设定影响锥化效果的轴向变化。有 X、Y、XY 三个轴向可供选择。
- 对称：设定一个三维对象是否产生对称锥化的效果。
- 锥化影响：对锥化产生影响限制。
- 上限：设定锥化的上限。
- 下限：设定锥化的下限。

下面我们使用"锥化"修改器制作一个实例，具体创建过程如下：

1）在顶视图中创建一个球体，如图 3-46 所示。

2）进入 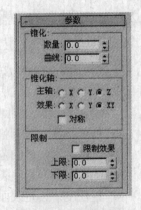（修改）面板，执行修改器中的"锥化"命令，设置锥化"数量"为 3，结果如图 3-47 所示。

图 3-45 "锥化"面板

图 3-46 创建的球体

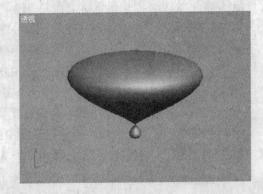

图 3-47 将锥化"数量"设为 3 的效果

3）再将"曲线"设置为 3，结果如图 3-48 所示。

4）选中"对称"选项，结果如图 3-49 所示。

图 3-48 将锥化"曲线"设为 3 的效果

图 3-49 选中"对称"选项的效果

3.2.9 "路径变形（WSM）"修改器

"路径变形（WSM）"修改器可以使对象沿指定路径进行变形，并能够产生相应动画。它的参数面板如图 3-50 所示。

"路径变形（WSM）"修改器的参数解释如下：

- 拾取路径：激活该按钮后，可以在视图中选择一条样条线或 NURBS 曲线作为路径使用。
- 百分比：根据路径长度的百分比，沿着 Gizmo 路径移动对象。
- 拉伸：使用对象的轴点作为缩放的中心，沿着 Gizmo 路径缩放对象。
- 旋转：沿 Gizmo 路径旋转对象。
- 扭曲：根据路径扭曲对象。
- X/Y/Z：选择一条轴以旋转 Gizmo 路径，使其与对象的指定局部轴相对齐。
- 翻转：将 Gizmo 路径沿指定轴反转 180°。

图 3-50　"路径变形（WSM）"
修改器参数面板

下面我们使用"路径变形（WSM）"修改器制作一个实例，具体过程如下：

1）在顶视图中创建一个"圆"作为路径，如图 3-51 所示。

2）在前视图中创建文字，然后利用"挤出"修改器将其挤出为三维物体，如图 3-52 所示。

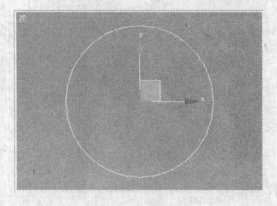

图 3-51　创建圆

图 3-52　创建文字

3）选择挤出后的文字，进入 （修改）面板，执行修改器中的"路径变形（WSM）"命令，然后单击"拾取路径"后拾取视图中的圆，结果如图 3-53 所示。

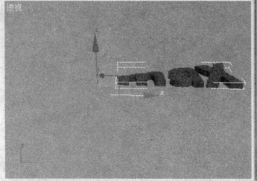

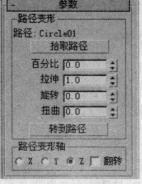

图 3-53　"拾取路径"后效果

4）此时文字沿路径变形的轴向不对，下面调整参数如图 3-54 所示，结果如图 3-55 所示。

图 3-54　调整参数　　　　　　　　　　图 3-55　文字沿路径变形效果

5）制作文字沿路径运动动画。方法：激活 目动关键点 按钮，在第 0 帧，设置"百分比"为 0，如图 3-56 所示。然后在第 100 帧，设置"百分比"为–100，如图 3-57 所示。此时播放动画即可看到文字沿路径运动的效果，如图 3-58 所示。

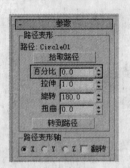
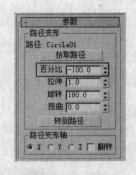

图 3-56　在第 0 帧设置"百分比"为 0　　　图 3-57　在第 100 帧设置"百分比"为–100

图 3-58　文字沿路径运动效果

3.2.10　其余常用修改器

1. FFD 修改器

FFD 是 Free Form Deformation 的缩写，它通过调节三维空间控制点来改变物体形状。为物体加入 FFD 修改器后，在物体周围会出现一个由点、线组成的黄色范围框，调节范围框中的点可影响选择物体的形态。图 3-59 为使用 FFD 修改器的前后效果比较。

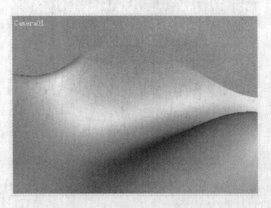

图 3-59　使用 FFD 修改器的前后效果比较

2．"拉伸"修改器

"拉伸"修改器用于将物体沿指定的轴向进行拉伸。图 3-60 为使用"拉伸"修改器的前后效果比较。

图 3-60　使用"拉伸"修改器的前后效果比较

3．"网格平滑"修改器

"网格平滑"修改器可对尖锐不光滑的表面进行光滑处理，加入更多的面来取代直面部分，加的面越多物体就越光滑，运算速度自然也就越慢。图 3-61 为使用"网格平滑"修改器的前后效果比较。

4．"晶格"修改器

"晶格"修改器可将网格物体进行线框化，这种线框化比"线框"材质更先进，它是在造型上完成了真正的线框转化，交叉点转化为节点造型（可以是任意正多边形，包括球体）。图 3-62 为使用"晶格"修改器的前后效果比较。

5．"扭曲"修改器

"扭曲"修改器用于对物体或物体的局部在指定轴向上产生倾斜变形。图 3-63 为使用"扭曲"修改器的前后效果比较。

图 3-61　使用"网格平滑"修改器的前后效果比较

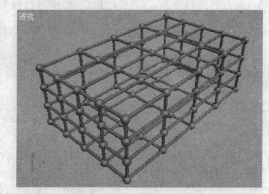

图 3-62　使用"晶格"修改器的前后效果比较

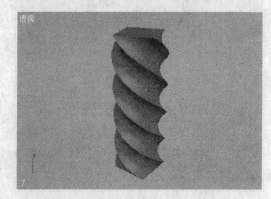

图 3-63　使用"扭曲"修改器的前后效果比较

6. "置换"修改器

"置换"修改器可将贴图覆盖到物体表面，根据图像颜色的"深浅"对物体进行凹凸处理。图 3-64 为使用"置换"修改器的前后效果比较。

7. "面挤出"修改器

"面挤出"修改器用于将选择的面进行挤出处理。图 3-65 为使用"面挤出"修改器的前后效果比较。

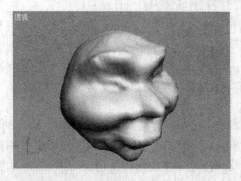

图 3-64　使用"置换"修改器的前后效果比较

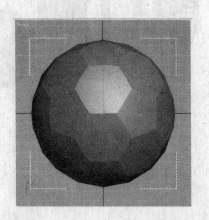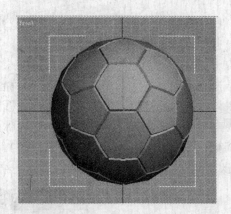

图 3-65　使用"面挤出"修改器的前后效果比较

8."球形化"修改器

　　"球形化"修改器用于将物体进行球形化处理。球形化的程度可以根据百分比进行调节，数值越高，物体越接近球形。图 3-66 为使用"球形化"修改器的前后效果比较。

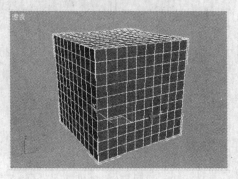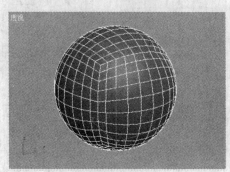

图 3-66　使用"球形化"修改器的前后效果比较

3.3　实例讲解

　　本节将通过"制作石桌石凳"、"制作足球"和"制作金属倒角文字"三个实例来讲解常用修改器在实践中的应用。

3.3.1 制作石桌石凳

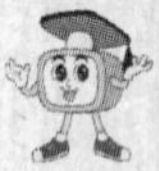

制作要点：

本例将制作一个简单的石桌与石凳的组合，如图3-67所示，通过本例学习应掌握“阵列”命令和“锥化”修改器的使用。

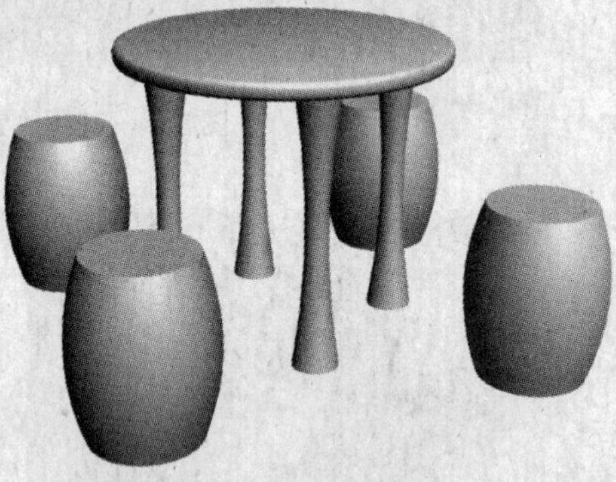

图 3-67 石桌石凳

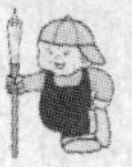

操作步骤：

1. 制作石桌

1）执行菜单中的“文件|重置”命令，重置场景。

2）制作桌面。方法：单击（创建）面板中的（几何体）按钮，然后在下拉列表框中选择扩展基本体，接着单击“切角圆柱体”按钮，如图 3-68 所示。最后进入（修改）面板，修改切角圆柱体的参数如图 3-69 所示，结果如图 3-70 所示。

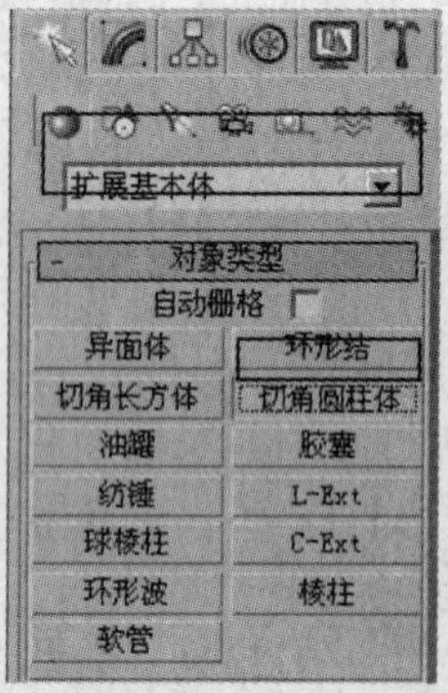

图 3-68 单击“倒角圆柱体”按钮

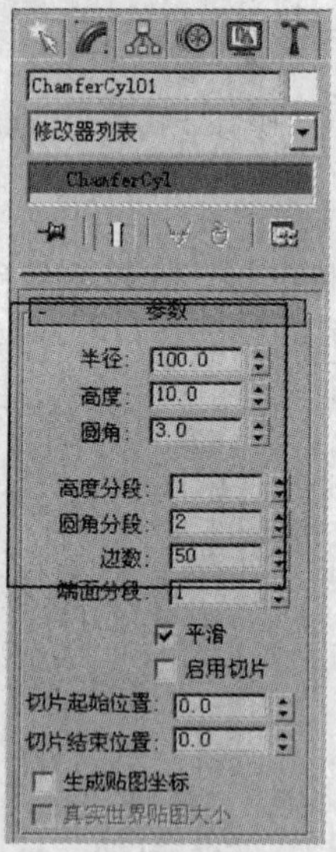

图 3-69 修改参数

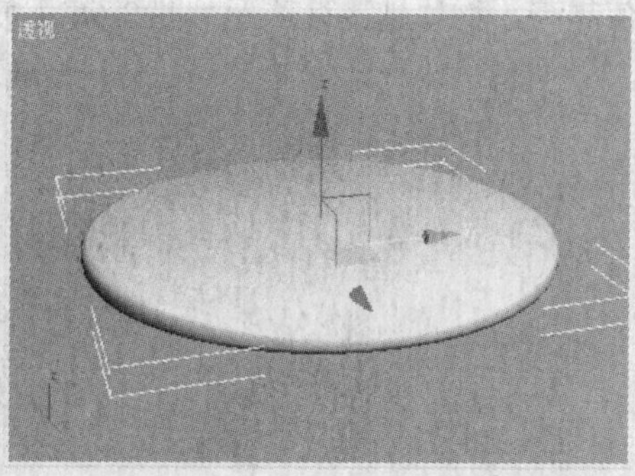

图 3-70 桌面

3）制作桌腿。方法：单击（创建）面板中的（几何体）按钮，然后单击其中的“圆柱体”按钮，如图 3-71 所示。接着在顶视图中创建一个圆柱体。最后进入（修改）面板，修改圆柱体的参数，如图 3-72 所示，结果如图 3-73 所示。

单击修改器列表，从下拉列表框中选择“锥化”命令，然后调节参数如图 3-74 所示，结果如图 3-75 所示。

图 3-71　单击"圆柱体"按钮

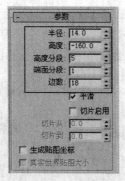
图 3-72　修改参数

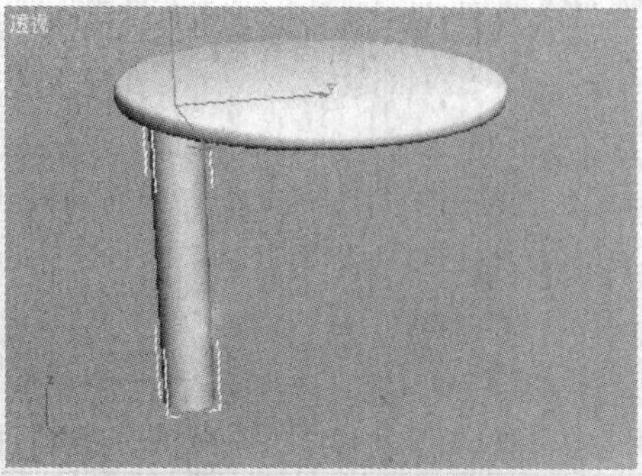

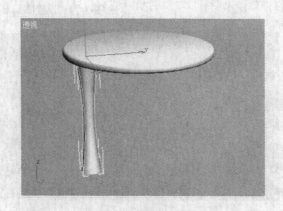
图 3-73　创建圆柱体

图 3-74　调节"锥化"参数

图 3-75　锥化后的效果

4）制作其余桌腿。方法：在顶视图中选中作为桌腿的圆柱体，设置坐标系和坐标原点，如图 3-76 所示。然后拾取场景中的桌面，这样可以使桌腿坐标原点转为桌面坐标原点，如图 3-77 所示，结果如图 3-78 所示。

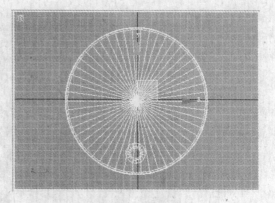

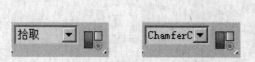
图 3-76　选择"拾取"　图 3-77　拾取桌面坐标系

图 3-78　拾取桌面坐标系的效果

选中顶视图，执行菜单中的"工具|阵列"命令，在弹出的对话框中按如图 3-79 所示设置。然后单击"确定"按钮，结果如图 3-80 所示。

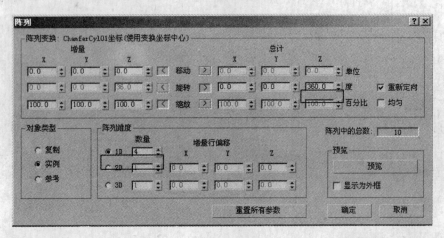

图 3-79　设置阵列参数

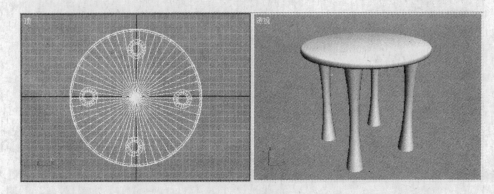

图 3-80　阵列后的效果

2. 制作石凳

1）在顶视图中创建一个圆柱体，然后进入 （修改）面板，修改圆柱体的参数如图 3-81 所示。

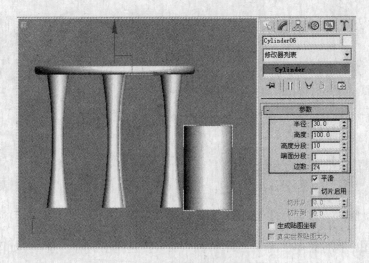

图 3-81　创建圆柱体并调整参数

2）执行修改器中的"锥化"命令，参数设置如图 3-82 所示，结果如图 3-83 所示。

图 3-82　设置锥化参数

图 3-83　锥化后的效果

3）在顶视图中选择石凳，确认坐标系和坐标原点如图 3-84 所示。然后执行菜单中的"工具|阵列"命令，在弹出的对话框中按如图 3-85 所示设置。然后单击"确定"按钮，结果如图 3-86 所示。

图 3-84　设置坐标系和坐标原点

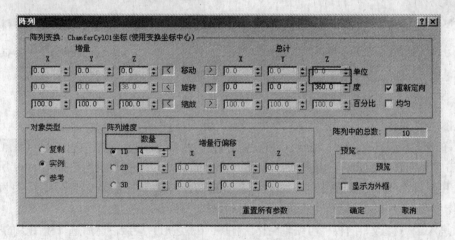

图 3-85　设置阵列参数

4）选择透视图，单击工具栏中的 👁 （快速渲染）按钮，渲染后的效果如图 3-87 所示。

3.3.2　制作足球

 制作要点：

　　本例将制作一个足球，结果如图 3-88 所示。通过本例学习应掌握"网格平滑"，"球形化"和"面挤出"修改器的综合使用。

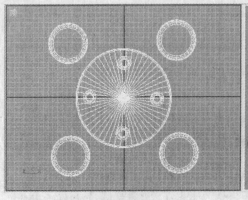

图 3-86　阵列后的效果

图 3-87　石桌石凳

图 3-88　足球

 操作步骤：

1）执行菜单中的"文件|重置"命令，重置场景。

2）单击 （创建）面板中的 （几何体）按钮，然后在下拉列表框中选择 扩展基本体 ，接着单击"异面体"按钮，在顶视图中创建一个异面体，设置参数及结果如图 3-89 所示。

3）用鼠标右键单击视图中的异面体，在弹出的快捷菜单中选择"转换到|转换为可编辑的网格物体"命令，将其转换为可编辑的网格物体。

4）进入 （修改）面板"可编辑网格"的 （多边形）层级，然后选择视图中的所有面，单击"炸开"按钮，如图 3-90 所示，将所有的面炸开。

5）选中视图中的所有图形，进入 （修改）面板，执行修改器中的"网格平滑"命令，设置参数及结果如图 3-91 所示。

6）此时看上去变化不大，下面执行修改器中的"球形化"命令，设置参数及结果如图 3-92 所示。此时效果就可以看到了。

提示： 如果不执行"网格平滑"修改器，而只执行"球形化"修改器是不会产生如图 3-92 所示的平滑效果的。

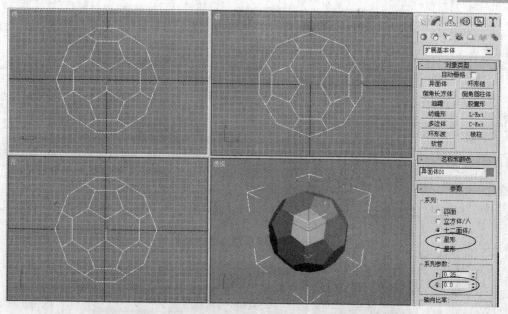

图 3-89　创建 "异面体"

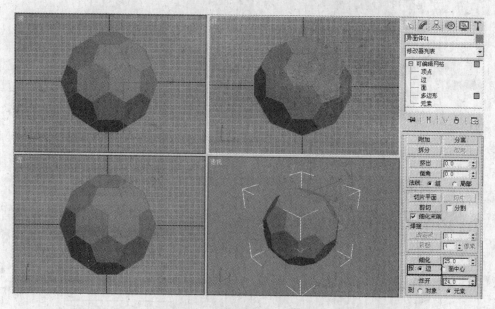

图 3-90　将 "异面体" 所有的面炸开

7）制作足球纹理。执行修改器中的 "面挤出" 命令，设置参数及结果如图 3-93 所示。

8）制作足球平滑效果。执行修改器中的 "网格平滑" 命令，设置参数及结果如图 3-94 所示。

9）赋予足球模型 "多维/子对象" 材质，然后单击工具栏中的 ○（快速渲染）按钮，渲染后的效果如图 3-95 所示。

提示： "多维/子对象" 材质的具体设置方法请参见第5章第3节的第3小节。

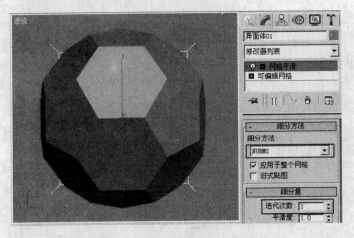

图 3-91   "网格平滑"后的效果

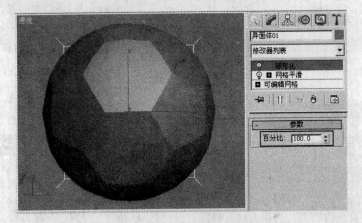

图 3-92   "球形化"效果

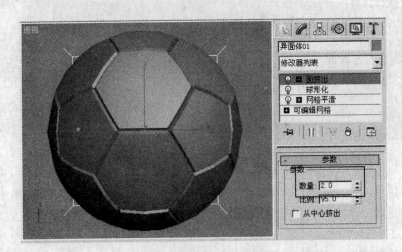

图 3-93   "面挤出"效果

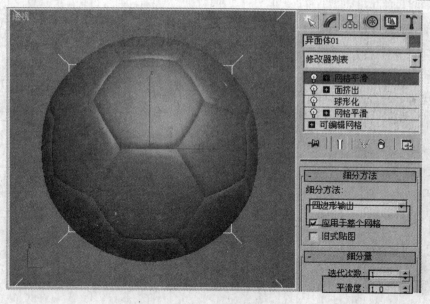

图 3-94　再次"网格平滑"效果

3.3.3　制作金属倒角文字

 制作要点：

本例将制作一个金属倒角文字效果，如图 3-96 所示。通过本例学习应掌握"倒角"命令和金属材质的综合使用。

图 3-95　足球

图 3-96　金属倒角文字

 操作步骤：

1. 建立模型

1）执行菜单中的"文件|重置"命令，重置场景。

2）单击 （创建）面板中的 （图形）按钮，在出现的图形命令面板中单击"文本"
按钮。接着在文本框中输入文字"3ds max"，参数设置及结果如图 3-97 所示。

图 3-97 输入文字

3）选中文字，进入 （修改）面板，执行修改器中的"倒角"命令，参数设置及结果如图 3-98 所示。

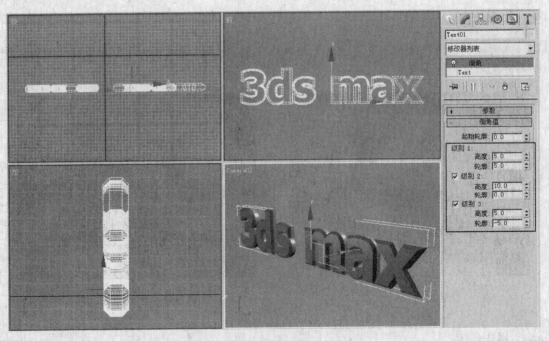

图 3-98 创建倒角文字

4）进入 （摄像机）面板，单击"目标"按钮，然后在前视图中创建一架目标摄像机，并调整其位置。接着选中透视图，按快捷键<C>，将透视图切换为摄像机视图，结果如图3-99 所示。

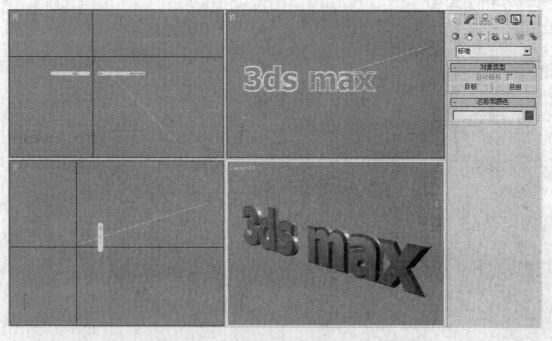

图 3-99　将透视图切换为摄像机视图

5）单击 面板中的 按钮，然后单击其中的"长方体"按钮，在顶视图中创建一个长方体，参数设置及结果如图 3-100 所示。

图 3-100　创建长方体

2. 设置灯光及材质

1）进入 面板，单击"目标聚光灯"按钮。然后在顶视图中创建一盏目标聚光灯。接着进入 面板，修改其参数，如图 3-101 所示。

2）单击工具栏中的 按钮，进入材质编辑器。然后选择一个空白的材质球，在"明暗器基本参数"卷展栏中设置渲染方式为"金属"，环境色设为 RGB（50,40,20），漫反射设为 RGB（220,180,50），如图 3-102 所示。

3ds max 8 中文版设计基础

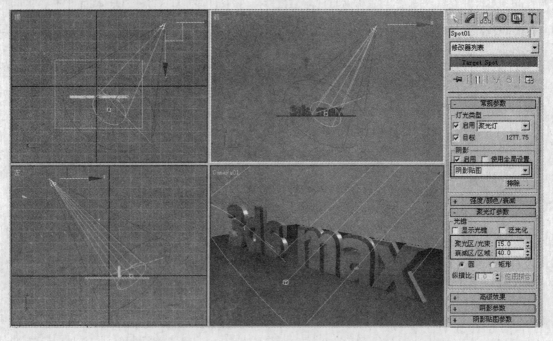

图 3-101　创建目标聚光灯并修改参数

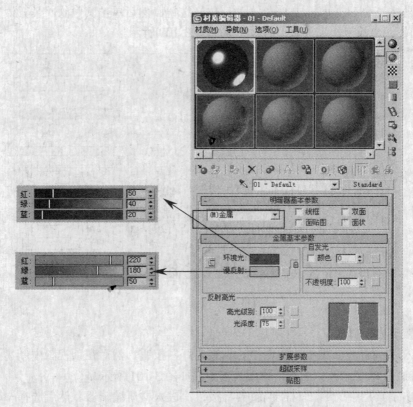

图 3-102　设置参数

3）展开"贴图"卷展栏，单击"反射"右侧的按钮，在弹出的"材质/贴图浏览器"对

话框中选择"位图"，如图 3-103 所示，单击"确定"按钮。然后在弹出的对话框中选择"配套光盘|maps|CHROME.jpg"贴图，如图 3-104 所示，此时材质球如图 3-105 所示。接着单击 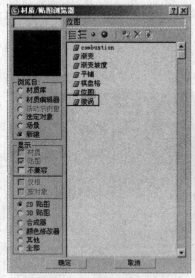（将材质指定给选定对象）按钮，将材质赋予视图中的文字。

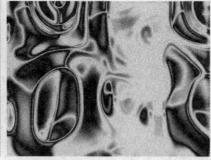

图 3-103　选择"位图"　　　图 3-104　"CHROME.jpg"贴图　　　图 3-105　材质球

4）选中视图中的长方体，然后在材质编辑器中选择一个空白的材质球，单击"漫反射"右侧按钮。接着从弹出的"材质/贴图浏览器"对话框中选择"棋盘格"贴图，如图 3-106 所示，单击"确定"按钮。

5）在"坐标"卷展栏中设置"平铺"的 U、V 值均为 4。然后单击"颜色#1"右侧按钮，在弹出的"材质/贴图浏览器"对话框中选择"位图"贴图，单击"确定"按钮。接着在弹出的对话框中选择"配套光盘|maps|BENEDETI.jpg"贴图，在图 3-107 所示对话框中贴图按钮为"Map#2(BENEDETI.JPG)"。

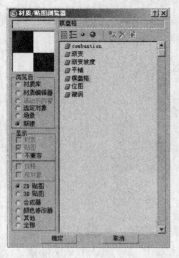
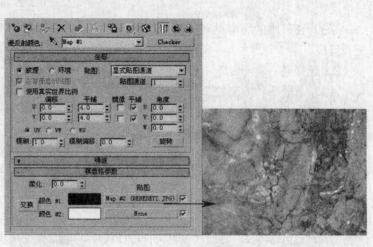

图 3-106　选择"棋盘格"贴图　　　　　　图 3-107　设置参数

6）单击 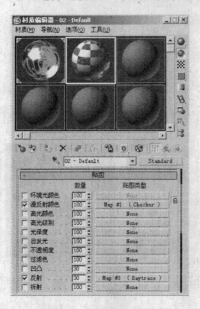（转到父对象）按钮，回到上一级面板。然后选中"反射"复选框，单击其右侧按钮，从弹出的"材质/贴图浏览器"对话框中选择"光线跟踪"选项，并设置数值为 30，如图 3-108 所示。接着单击 （将材质指定给选定对象）按钮，将材质赋予视图中的长方体。

7）选择透视图，单击工具栏中的 （快速渲染）按钮，渲染后效果如图 3-109 所示。

图 3-108　设置"反射"贴图

图 3-109　金属倒角文字

3.4　课后练习

1. 填空题

（1）修改器列表中的编辑修改器分为：_____、_____和_____ 3 类。

（2）"编辑样条线"修改器是专门编辑二维图形的修改器。它分为_____、_____和_____三个层级。

（3）在二维的环境下对所选择的两个封闭样条进行布尔操作，有_____、_____和_____三种情况。

2. 选择题

（1）下面哪种编辑修改器能够将二维样条线转换成三维实体？（　　）

　　A. 挤出　　　　B. 弯曲　　　　C. 噪波　　　　D. 锥化

（2）使用下列哪种修改器可以得到如图 3-110 所示的金属架效果？（　　）

　　A. 拉伸　　　　B. 晶格　　　　C. 倒角木线　　　　D. 扭曲

3. 问答题/上机题

（1）有哪些修改器可以将二维样条线转化为三维物体？

（2）上机练习 1：通过样条线和"倒角截面"修改器制作电视台标，如图 3-111 所示。

（3）上机练习 2：通过"噪波"和"FFD"修改器制作山脉效果，如图 3-112 所示。

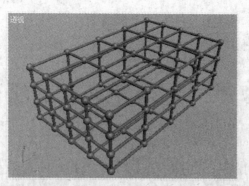

图 3-110　金属架效果

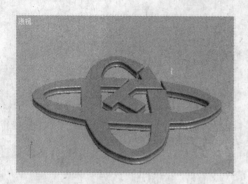

图 3-111　上机练习 1 效果

图 3-112　上机练习 2 效果

第4章 复合建模和高级建模

在前面章节中，我们讲解了在 3ds max 8 中的基础建模，通过修改器对基本模型进行修改产生新的模型的方法。然而这些建模方式只能制作一些简单的或者很粗糙的模型。如果要想表现和制作一些更加精细、真实复杂的模型就要使用复合建模和高级建模的方法才能实现。通过本章学习应掌握以下内容：

- 掌握常用的复合建模方法
- 掌握高级建模中网格建模和多边形建模的方法

4.1 复合建模

复合对象，就是将两个或者多个简单对象组合成一个新的对象。

执行菜单中的"创建|复合"命令或单击 （创建）面板中的 （几何体）下拉列表中的"复合对象"选项，均可进入"复合对象"面板，如图 4-1 所示。在 3ds max 8 中包括 10 种复合对象的类型。他们分别是："变形"、"散布"、"一致"、"连接"、"水滴网格"、"图形合并"、"布尔"、"地形"、"放样"和"网格化"。

图 4-1 复合对象面板

本节我们着重讲解"变形"、"水滴网格"、"布尔"、"放样"4种常用的复合建模的方法。

4.1.1 变形

"变形"复合对象是通过把一个对象中初始对象的顶点，插补到第二个对象的顶点位置上创建"变形"动画。原始对象称为"基本"对象，第二个对象称为"目标"对象。"基本"对象和"目标"对象都必须有相同的顶点数。一个"原始"对象可以变形为几个"目标"对象。

"变形"对象的参数用于控制变形操作，它包括"选取目标"和"当前对象"两个卷展栏，参数面板如图 4-2 所示。

"变形"复合对象面板的参数解释如下：

1. "拾取目标"卷展栏

"拾取目标"卷展栏用于控制所选取的目标对象。

- 拾取目标：单击该按钮后，可在场景中获得将要进行变形的目标对象。

图 4-2 "变形"参数面板

● "选取目标"按钮下面的 4 个单选框：用于产生对象的 4 种变形，与复制对象完全相同，这四种形式分别为"参考"、"复制"、"移动"和"实例"。

2."当前对象"卷展栏

"当前对象"卷展栏用于控制变形操作的对象。

● "变形目标"列表框：显示了所有处于编辑状态中的变形目标对象。

● "变形目标名称"栏：显示所选择的变形对象。

● 创建变形关键点：用于建立变形动画关键帧，需配合动画编辑的时间滑块使用。

● 删除变形目标：用于删除编辑状态的目标对象。

对于变形的使用方法；这里用一个实例来简单说明一下，具体过程如下：

1）在视图中创建一个"圆柱体"，然后复制 3 个，如图 4-3 所示。

2）选择第二个"圆柱体"，进入 ✏ （修改）面板，执行修改器中的"编辑网格"命令。然后进入 ⋮ （顶点）层级，选中"软选择"复选框，如图 4-4 所示。

图 4-3　创建对象

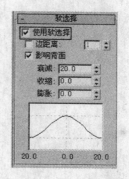

图 4-4　"软选择"卷展栏

3）对"顶点"进行编辑，结果如图 4-5 所示。

4）同理，对剩下的两个"圆柱体"进行编辑，如图 4-6 所示。

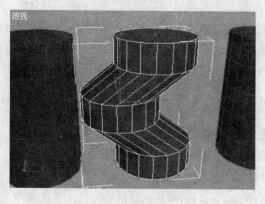

图 4-5　编辑"顶点"

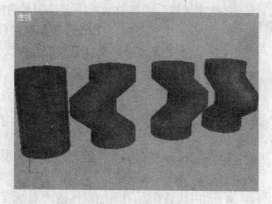

图 4-6　编辑其余对象

5）选中原对象，单击"复合对象"面板中的 变形 按钮。在"拾取目标"卷展栏中单击"拾取目标"按钮并单击"复制"单选框，如图 4-7 所示。

4.1.2 水滴网格

"水滴网格"复合对象是个简单的球体。如果只是用单个"水滴网格",则没什么效果。但是将其结合在一起,他们就会相互地融合。这就使得这种复合对象非常适合用于制作流动的液体和软的可融合的有机体。这种复合对象的原对象可以是几何体,也可以是以后要讲的粒子系统,它的参数面板如图 4-8 所示。

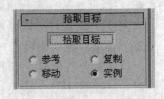

图 4-7 "拾取目标"卷展栏

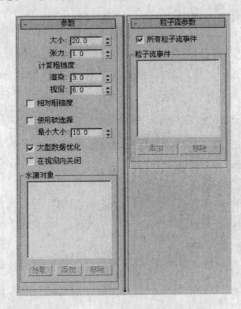

图 4-8 "水滴网格"参数面板

"水滴网格"复合对象参数解释如下:

1. "参数"卷展栏

"水滴网格"的参数面板用于控制水滴的所有属性。

- 大小:用于控制"变形球"在原对象上的大小,这个数值只有在原对象是集合体的时候才生效,如果是粒子系统,那么它的大小只能由粒子系统来控制。
- 张力:用于控制水滴之间的吸引力,这个值最大为 1,此时两个比较靠近的"变形球"会融合到一起。
- 计算粗糙度:控制"变形球"的粗糙程度,而"渲染"和"视窗"数值框则分别控制它的粗糙程度。数值越低,"变形球"的表面越平滑。当然,节点也会越多。
- 相对粗糙度:用于控制"计算粗糙度"值。当选中该复选框时,"渲染"和"视窗"的数值则可生效。
- 使用软选择:用于控制水滴的规则度。
- 最小大小:用于控制软选择情况下水滴的最小值。
- 大型数据优化:用于控制水滴网格的质量。当选中该复选框后,会减少"变形球"的节点数量。
- "在视窗内关闭"复选框用于控制是否在视窗中显示水滴的效果。

● "水滴对象"选项组：用于控制水滴的生成。"水滴对象"下的列表框用于显示原对象的名称。水滴网格可添加多个原对象作为水滴网格对象。

2．"粒子流参数"卷展栏

"粒子流参数"卷展栏针对的是粒子系统。"粒子流事件"选项组用于添加和删除粒子。对于水滴网格的使用方法，这里用一个实例来简单说明一下，具体过程如下：

1）单击 （创建）命令面板中的 （几何体）按钮，进入几何体面板，然后单击 圆锥体 按钮，接着在顶视图中创建一个圆锥体。

2）进入 （修改）面板，设置圆锥体的参数及结果如图4-9所示。

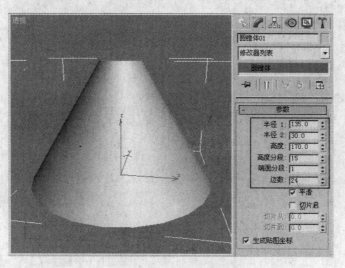

图4-9　圆锥体及参数设置

3）此时如果将"水滴网格"应用于这个圆锥体，所有熔岩会完全直线流下，这样不太真实，因此需要给火山形状添加一些噪波。方法：选择圆锥体，进入 （修改）面板，执行修改器下拉列表中的"噪波"命令，参数设置及结果如图4-10所示。

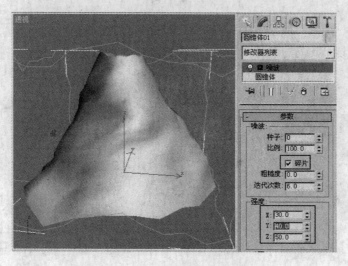

图4-10　"噪波"参数设置及结果

3ds max 8中文版

4）单击"复合对象"面板中的 水滴网格 按钮，在顶视图中创建一个"水滴网格"对象，参数设置及结果如图 4-11 所示。

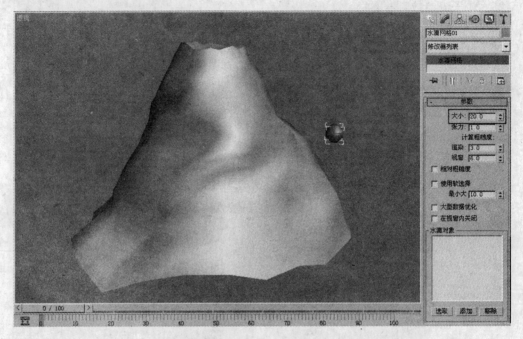

图 4-11　创建"水滴网格"对象

5）进入 （修改）面板，单击"水滴对象"选项组中的【选取】按钮，然后选取视图中的圆锥体，结果如图 4-12 所示。

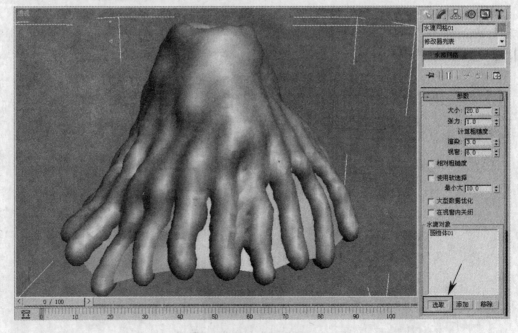

图 4-12　熔岩效果

4.1.3　布尔

　　"布尔"复合对象是一种逻辑运算方法，当两个对象交叠时，可以对它们执行不同的"布尔"运算以创建独特的对象。结合其他编辑工具，以得到千姿百态的造型。"布尔"运算包括"并集（A∪B）"、"差集（A-B）"、"差集（B-A）"、"交集（A∩B）"和"切割（A/B）"。

　　"布尔"运算的操作与别的复合对象并没有什么不同，选中其中一个操作对象后，进入"布尔"运算的创建命令面板，单击"提取操作对象"按钮后，在场景中就能够选择另一个操作对象。

　　"布尔"运算的"参数"卷展栏的参数，如图 4-13 所示。它用于控制"布尔"运算的运算方法以及显示运算对象的名称。

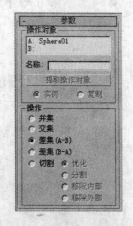

图4-13　"布尔"参数面板

　　下面我们以正方体和球体组合为例来说明布尔运算：

　　"运算"选项组用于控制布尔运算的具体算法，下面的 5 个单选框分别代表 5 种操作算法。

- 并集：单击该单选框，会将两个对象合成一个对象，如图 4-14 所示。
- 交集：单击该单选框，只保留两个对象的交叠部分，如图 4-15 所示。

图4-14　"并集"

图4-15　"交集"

- 差集（A-B）：单击该单选框，会从一个对象减去另一个对象的交叠部分，如图 4-16 所示。
- 差集（B-A）：单击该单选框的结果与"差集（A-B）"相反，如图 4-17 所示。

图4-16　"差集"（A-B）

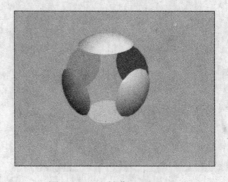

图4-17　"差集"(B-A)

● 剪切：单击该单选框，可以像"差集"运算那样剪切一个对象，但它只保留的是剪切部分。下面有 4 个单选框分别代表 4 种"剪切"的方式。单击"优化"单选框，可将对象 A 被剪的部分加上额外的顶点形成完整的表面；单击"分割"单选框，不仅修饰被剪部分，还要修饰剪的部分；单击"移除内部"单选框，会将与对象 B 重合的内表面全部移除，如图 4-18 所示；单击"移除外部"单选框，会将与对象 B 重合的外表面全部移除，如图 4-19 所示。

图 4-18　移除内表面

图 4-19　移除外表面

提示：在执行"布尔"运算时对不合适的对象可能会产生错误，应避免以下几点：

① 网格对象避免又长又窄的多边形面，边与边的长宽比例应该小于 4 比 1。

② 避免使用曲线，曲线可能会自己折叠起来，引起一些问题，如需使用曲线，尽量不要与其他的曲线相交，且把曲率保持到最小。

③ 不要链接任何"布尔"运算之外的对象。

④ 保持所有表面法线是一致的。

⑤ 如果两个以上的物体进行"布尔"运算，需将主物体以外的其余物体结合成一个整体后再进行布尔运算。

对于布尔的使用方法，这里用一个实例来简单说明一下，具体过程如下：

1）在场景中创建一个"球体"，如图 4-20 所示。

2）单击工具栏中的 ▣ （选择并均匀缩放）按钮，将"球体"稍微缩小一些并复制，如图 4-21 所示。

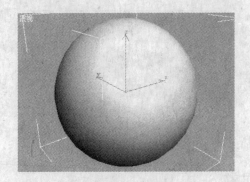

图 4-20　创建"球体"

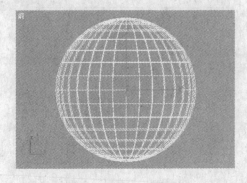

图 4-21　复制"球体"

3）在选中复制出的里面"球体"的情况下，在"复合对象"面板中单击 布尔 按钮，在"运算"选项组中选中"差集（B-A）"单选框。

4）单击 拾取操作对象 B 按钮后，选择外边的原"球体"，结果如图 4-22 所示。

5）单击 （选择并均匀缩放）按钮，将球体沿 Y 轴进行拉伸，如图 4-23 所示。

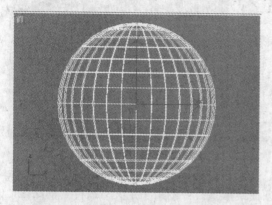

图 4-22　进行"布尔"运算

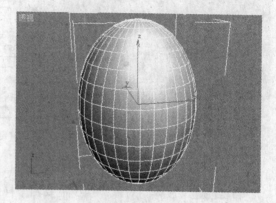

图 4-23　进行缩放

6）在如图 4-24 所示的位置创建"长方体"，并适当增加其"段数"。

7）进入 （修改）命令面板，执行修改器下拉列表中的"网格选择"命令，然后进入 （多边形）层级，单击工具栏中的 按钮，使之变为 模式。接着选中"长方体"顶部所有的面，如图 4-25 所示。

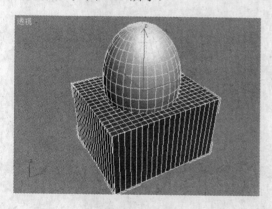

图 4-24　创建长方体

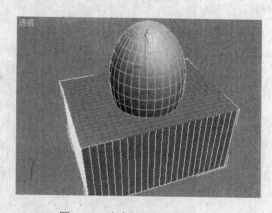

图 4-25　选中长方体顶面

8）进入 （修改）命令面板，执行修改器下拉列表中的"噪波"命令，参数设置及结果如图 4-26 所示。

9）将"长方体"转换为"可编辑网格"模式，然后选中"球体"并单击复合对象面板中的 布尔 按钮，再单击 拾取操作对象 B 按钮，拾取视图中的"长方体"，结果如图 4-27 所示。

4.1.4　放样

"放样"复合对象是来自造船的工业术语，它描述了造船的一种方法，使用这种方法可以创建并定位横截面，然后沿着横截面的长度生成一个表面。"放样"的原理实际上就是"旋转"和"挤压"的延伸。

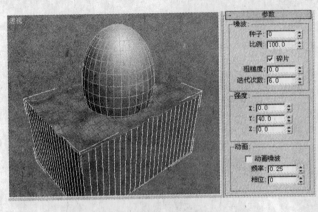 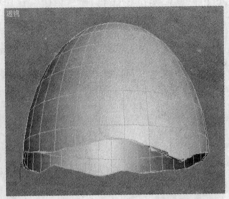

图 4-26 "噪波"参数设置及效果　　　　图 4-27 破碎的蛋壳效果

　　若要创建"放样"对象，至少需要两个样条曲线形状：一个用于定义"放样"的路径，另一个用于定义它的横截面，如图 4-28 所示。创建了样条曲线后，选择 （创建）面板中的 （几何体）下拉列表中的"复合对象"选项，则会启用【放样】按钮，放样的参数面板如图 4-29 所示。

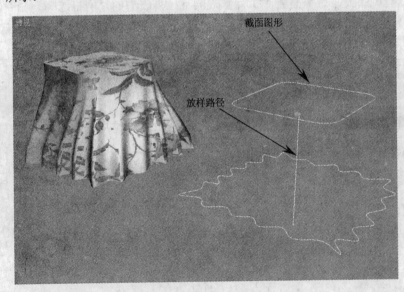

截面图形

放样路径

图 4-28 "放样"路径和截面图形

　　"放样"复合对象参数解释如下：

1. "创建方法"卷展栏

　　"创建方法"卷展栏用于控制获取"放样"对象的方法。

● 获取路径：单击该按钮后，首选的样条曲线将作为横截面，下一条选定的样条曲线将作为路径。

● 获取图形：单击该按钮后，首选的样条曲线将作为路径，下一条选定的样条曲线将作为横截面。

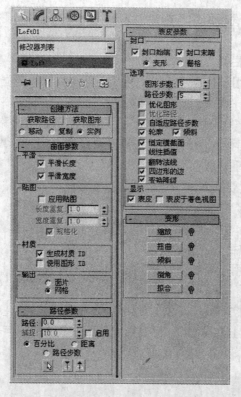

图 4-29　"放样"参数面板

- "移动"、"复制"和"实例"：代表生成的"放样"对象与原线条之间的 3 种关系。用"移动"方式产生放样对象后，原来的二维线条就不存在了；复制对象有"复制"和"实例"两种方式，在这里"实例"为编辑操作提供了更为方便、直观的方法。

2. "曲面参数"卷展栏

"曲面参数"卷展栏用于控制曲面的平滑度与纹理贴图。

"平滑"选项组

"平滑"选项组用于控制"放样"对象的曲面平滑度。

- 平滑长度：不选中该项，放样对象将不进行横向平滑，如图 4-30 所示。
- 平滑宽度：不选中该项，放样对象将不进行纵向平滑，如图 4-31 所示。

图 4-30　不选中"平滑长度"

图 4-31　不选中"平滑宽度"

"贴图"与"材质"选项组用于控制纹理贴图，通过设置贴图，"放样"对象可实现长度和宽度方向的重复次数。

3."路径参数"卷展栏

"路径参数"卷展栏用于控制"放样"路径的不同位置，定位几个不同的横截面图形。

● 路径：根据下面的"百分比"单选框还有"距离"单选框来确定新形状插入的位置。

● 捕捉：选中后面的"启用"复选框才可生效，打开后可沿路径的固定距离进行捕捉。

● 路径步数：单击该项，沿顶点定位的路径可以用一定的步数定位新形状。

卷展栏下面的三个按钮分别有不同的用途：

🔲（选取图形）：选定要插入到指定位置的新横截面样条曲线。

🔲（上一个图形）：沿"放样"路径移动到前一个横截面图形。

🔲（下一个图形）：沿"放样"路径移动到后一个横截面图形。

4."表皮参数"卷展栏

"表皮参数"卷展栏用于控制"放样"对象内部的属性。

（1）"封口"选项组

"封口"选项组用于控制放样对象的封闭端点。

● "封口始端"和"封口末端"：可以指定是否在放样的任何一端添加端面，如图 4-32 所示为选中"封口始端"选项的前后比较。

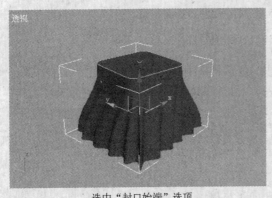 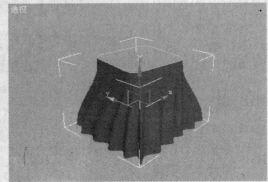

选中"封口始端"选项　　　　　　　　　未选中"封口始端"选项

图 4-32　选中"封口始端"选项的前后比较

● "变形"和"栅格"：用于控制"封口始端"和"封口末端"的端面类型。

（2）"选项"选项组

"选项"选项组是用于控制曲面外观的选项。

● "图形步数"和"路径步数"：用于设置每个放样图形中的段数以及沿路径每个分界之间的段数，如图 4-33 所示为不同"图形步数"值的比较。

● 优化图形：选中该项后，将删除不需要的边或顶点以降低放样的复杂度。选中"自适应路径步数"复选框后将会自动确定路径使用的步数进行优化，如图 4-34 所示。

● 轮廓：选中该复选框，将确定横截面图形如何与路径排列。如不选中这个复选框，路径改变方向时横截面图形仍会保持原方向。

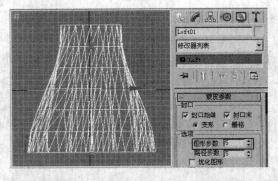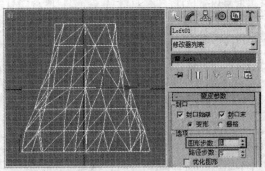

图 4-33　不同"图形步数"值的比较

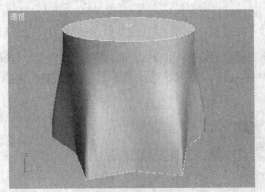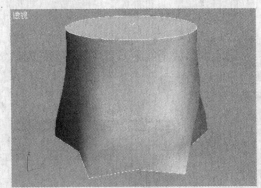

选中"自适应路径步数"　　　　　　　选中"优化图形"

图 4-34　优化图形

- 倾斜：选中该复选框后，路径弯曲时横截面图形会发生旋转。
- 恒定横截面：选中该复选框后将会按比例变换横截面，使它们沿路径保持一致的宽度。
- 线性插值：选中该复选框后，将在不同的横截面图形之间创建直线边。
- 翻转法线：选中该复选框后，将纠正放样对象发现的翻转处，一般用来将放样对象的表皮进行翻转，如图 4-35 所示。

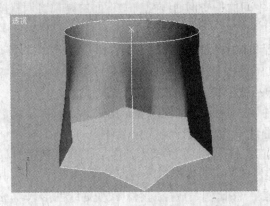

图 4-35　翻转法线

- 四边形的边：选中该复选框后，将创建四边形，以连接相邻的边数相同的横截面图形。
- 变换降级：选中该复选框后，变换次对象时，放样曲面会消失，在横截面移动时可使横截面区域看起来更直观。

5."变形"卷展栏

3ds max 8 提供了几个编辑工具，专门针对放样对象。在创建放样对象时是没有"变形"卷展栏的，只有在创建后进入 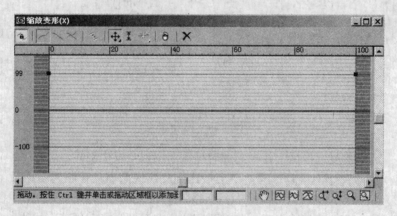 修改面板才会出现"变形"卷展栏。

这个卷展栏包括了 5 个按钮，分别为："缩放"、"扭曲"、"倾斜"、"倒角"和"拟合。"这 5 个按钮打开后都有相似的编辑面板，其中包含控制点和一条用来显示应用效果程度的线。按钮右边的 按钮是用于激活或禁用的效果。

下面就分别介绍一下，如下所述：

（1）缩放

这里的缩放功能绝不是工具栏上的同名按钮所能实现的，创建一个放样对象后，进入编辑命令面板，单击打开"变形"卷展栏中的　缩放　按钮，弹出"缩放变形"面板，如图 4-36 所示。

图 4-36　"缩放变形"面板

这个面板具有一定的代表性，其余几种编辑工具的使用与操作方式几乎与之相同。面板最上方的是操作按钮，中间的是变形曲线视窗，下面的是视窗调整按钮。视窗调整按钮主要功能如下：

- （均衡）：变形曲线将被锁定，在"X"和"Y"轴上对称。
- （显示 X 轴）：使控制"X"轴的曲线是可见的。
- （显示 Y 轴）：使控制"Y"轴的曲线是可见的。
- （显示 XY 轴）：使两条轴向同时显示出来。
- （交换变形曲线）：轴向变形情况互相调换。
- （移动控制点）：使用它可以移动控制点，其中还包括 （水平）和 （垂直）移动。通过移动控制点，可对放样对象进行缩放。
- （缩放控制点）：按比例缩放控制点，改变曲线的形状。
- （插入角点）：在变形曲线上插入新点，其中还包含 （贝塞尔曲线）。通过插入新点，可在放样对象的任何位置进行缩放。

- ● （删除控制点）：删除当前所选控制点。
- ● ×（重置曲线）：将曲线恢复到未变化前的形状。
- ● （平移）：移动变形曲线视窗。
- ● （最大化显示）：最大化显示曲线范围，其中还包含（水平方向最大化显示）和（垂直方向最大化显示）。
- ● （缩放）：放大或缩小变形曲线，其中还包含（水平缩放）和（垂直缩放）。
- ● （缩放区域）：用鼠标框选区域进行缩放。

（2）扭曲

放样对象的"扭曲"操作与参数编辑器中的"扭曲"编辑效果完全相同。具体的编辑方法与"缩放"基本相似，只是变形曲线反映的是扭曲的程度，而不是缩放的程度，"扭曲变形"面板如图 4-37 所示。

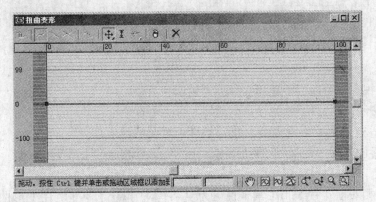

图 4-37 "扭曲变形"面板

（3）倾斜

"倾斜"旋转横截面，将其外部边移进路径。这是通过围绕它的局部 x 轴或 y 轴旋转横截面实现的。结果与"等高线"复选框生成的结果类似。

"倾斜"视窗包含两条线，一条红线和一条绿线。红线是 X 轴旋转，绿线是 Y 轴旋转。默认情况下，两条曲线都定位于 0°值，"倾斜变形"面板如图 4-38 所示。

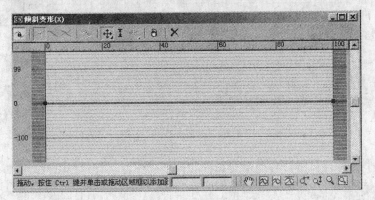

图 4-38 "倾斜变形"面板

（4）倒角

"倒角"编辑的目的是将放样对象的尖锐棱角变得圆滑。"倒角"编辑与前面的编辑方法基本相同，都是在相应的面板中进行，要注意"倒角"编辑曲线的纵坐标值代表"倒角"的程度就可以了，"倒角变形"面板如图4-39所示。

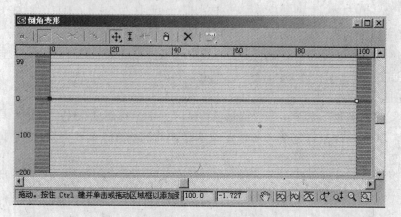

图4-39　"倒角变形"面板

"倒角"视窗也可以用于选择3种不同的倒角类型：

● ：不管路径角度如何，生成带有平行边的标准倾斜角。
● LIN 自适应（线性）：根据路径度，线性地改变倾斜角。
● CUB 自适应（立方）：基于路径角度，用立方体样条曲线来改变倾斜角。

（5）拟合

"拟合"相对前几种编辑工具来说更为复杂些。"拟合"不是利用变形曲线来控制变形的程度，而是利用对象的顶视图和侧视图来描述对象的外表形状。在变形面板中增加了一些工具，"拟合变形"面板如图4-40所示。

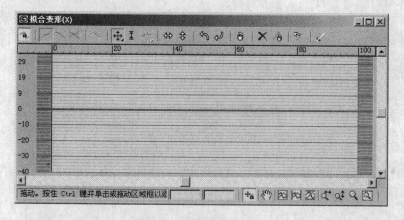

图4-40　"拟合变形"面板

"拟合变形"工具栏中特有的按钮主要功能如下：

● ：在水平方向镜像变换曲线。
● ：在垂直方向镜像变换曲线。

- ⤺（逆时针旋转 90°）：将拟合图形逆时针旋转 90°。
- ⤻（顺时针旋转 90°）：将拟合图形顺时针旋转 90°。
- ⬚（删除曲线）：删除选定的曲线。
- ⬚（获取图形）：在放样对象中选定单独的样条曲线作为轮廓线。
- ⬚（生成路径）：用一条直线替换当前路径。
- ⬚（锁定纵横比）：保持高度和宽度的比例关系。

"放样"对象更适合制作横截面相对一致的刚硬对象，而表面工具更适合制作有机性强的对象。

下面就通过制作一个水龙头的实例，来具体介绍一下"放样"应用方式，具体过程如下：

1）在前视图中使用"线"创建图形，如图 4-41 所示。

2）将"顶点"改为"贝塞尔角点"模式，并调整为如图 4-42 所示。

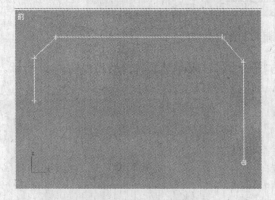

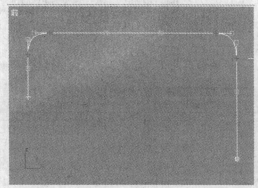

图 4-41　创建图形　　　　　　　　　图 4-42　变换"顶点"

3）在顶视图中创建一个"圆环"，如图 4-43 所示。

4）选中使用"线"创建的图形作为路径，单击"复合对象"面板中的 放样 按钮，然后单击"创建方法"卷展栏中的 获取图形 按钮，接着拾取场景中的"圆环"，结果如图 4-44 所示。

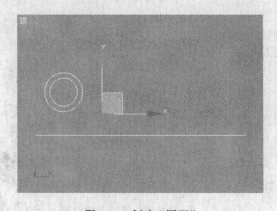

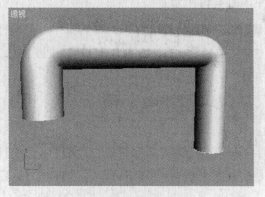

图 4-43　创建"圆环"　　　　　　　　图 4-44　进行放样

5）进入 ⬚（修改）命令面板，单击"变形"卷展栏中的 缩放 按钮，在弹出的"缩放

3ds max 8 中文版设计基础

变形"面板中单击 ■■（插入角点）按钮，在如图 4-45 所示位置插入两个"角点"，并单击鼠标右键将其改为"贝塞尔角点"模式。

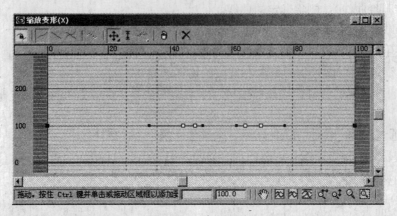

图 4-45　插入角点

6）调节这两个"角点"的控制柄如图 4-46 所示，这时放样对象就会变为如图 4-47 所示。

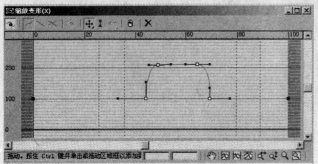

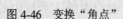

图 4-46　变换"角点"　　　　　　　　　　　图 4-47　缩放结果

7）再次单击 ■■（插入角点）按钮，在如图 4-48 所示的位置插入角点，并变换位置，结果如图 4-49 所示。

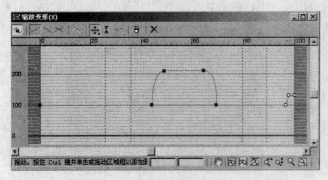

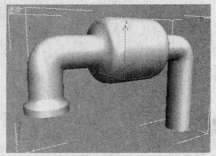

图 4-48　插入并变换"角点"　　　　　　　　图 4-49　变换后的结果

8）在顶视图中创建一个"星型"，参数设置如图 4-50 所示。

9）再在顶视图中创建两个"圆"，大小关系如图 4-51 所示。

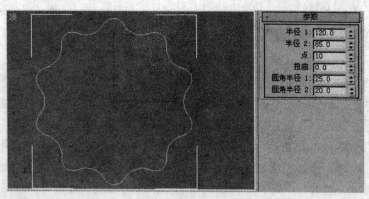

图 4-50　创建"星型"

10）在前视图中使用"线"创建一条路径，长度关系如图 4-52 所示。

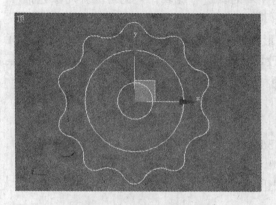

图 4-51　创建两个"圆"

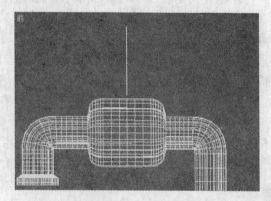

图 4-52　创建路径

11）选中路径，打开"复合对象"面板，单击 放样 按钮，单击"创建方法"卷展栏中的 获取图形 按钮后，拾取大圆。将"路径参数"卷展栏中"路径"后边的数值框数值设为80，再次单击 获取图形 按钮，拾取场景中的"星型"。最后将"路径参数"卷展栏中"路径"后边的数值框数值设为 100，再单击 获取图形 按钮，拾取场景中的小圆，结果如图 4-53 所示。

12）最后调整一下两个放样物体的大小与位置关系，结果如图 4-54 所示。

图 4-53　进行放样

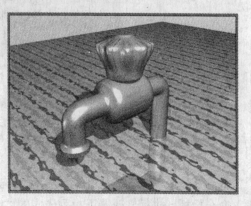

图 4-54　最后结果

4.2 高级建模

在前面我们讲解了 3ds max 8 基础建模，通过修改器对基本模型进行修改产生新的模型和复合建模的方法。然而这些建模方式只能够制作一些简单的或者比较粗糙的模型，要想表现和制作一些更加精细、真实复杂的模型就要使用高级建模的方法来实现。在 3ds max 8 中有"网格建模"、"多边形建模"、"面片建模"和"NURBS 建模"4 种高级建模的方法。利用这几种高级建模的方法可以创建出非常复杂的对象，比如人物、动物、机械、各种生活用具等。本节将着重讲解最常用的"网格建模"和"多边形建模"这两种高级建模的方法。

4.2.1 网格建模

网格建模是将一个对象转换为可编辑的网格并对其进行编辑，它的可编辑对象包括 (顶点)、 (边)、 (面)、 (多边形)、 (元素) 5 个层级，它们的层次关系是两点构成边，边构成面，这些基础的面构成多边形，而多边形就构成了对象的整个表面（即元素）。网格建模通常可以通过"编辑网格"修改器和选择对象后单击鼠标右键，在其右键菜单中选择"转换到|转换为可编辑网格"命令两种方法来完成。

这里主要介绍通过"编辑网格"修改器将对象转换为可编辑网格的方法。

1．创建网格对象

网格对象的创建其实很简单，只需要使用 3ds max 8 自带的模型就可以作为网格对象。

对于创建网格对象，这里用一个实例来简单说明一下，具体过程如下：

1）首先在场景中创建一个"长方体"，如图 4-55 所示。

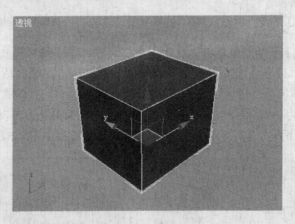

图 4-55　创建长方体

2）打开 (修改) 命令面板，在"长方体"的修改器参数面板中设定分段，如图 4-56 所示。这样就具备了编辑网格的基本条件，如图 4-57 所示。

2．编辑网格对象

选中创建好的对象，执行菜单中的"修改器|网格编辑|编辑网格"命令，或者进入 (修改) 命令面板，执行修改器下拉列表中的"编辑网格"命令，就可以对 (顶点)、 (边)、 (面)、 (多边形)、 (元素) 5 个层级进行编辑了。

图 4-56　设定分段

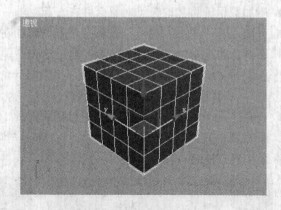

图 4-57　可编辑网格对象

这 5 个层级的具体参数解释如下：

（1）编辑"顶点"

"顶点"是编辑网格修改器最基本的单位，当选择"顶点"层级后，参数面板如图 4-58 所示。

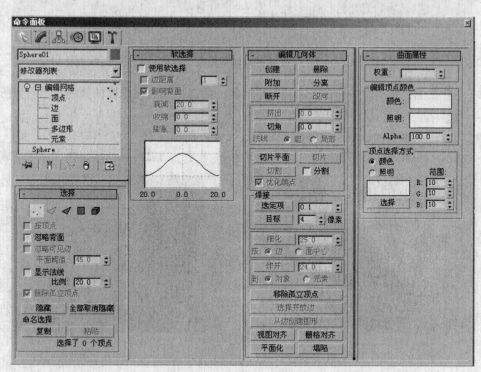

图 4-58　"顶点"参数面板

在"顶点"层级参数卷展栏中有很多功能是可以和其他层级通用的，也有一些是只对"顶点"层级起作用的，"顶点"层级的参数解释如下：

● 创建：用于在视图中的任意位置创建新的"顶点"。

3ds max 8中文版

- 删除：用于删除选中的"顶点"，但是删除后会在对象表面留下空洞。
- 附加：用于将其他三维对象合并在一起。
- 分离：与"附加"相反，是将合并在一起的对象分离出去。
- 断开：将选中的"顶点"分裂。通过这个"顶点"的面有多少，就分裂成为几个"顶点"，从而使每一个新增的"顶点"单独与一个面相连。如果只有一个面通过这个"顶点"，那么操作就没有实际的效果。
- 切角：用于对选中的"顶点"进行切角处理，如图 4-59 所示。切角的大小可以在后面的微调数值框中进行设置，也可以单击"切角"按钮将其激活，然后在视图中用鼠标进行控制。

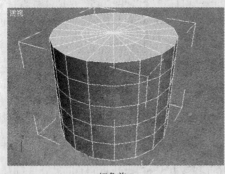 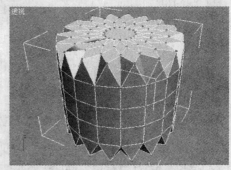

切角前 　　　　　　　　　　　　　　　切角后

图 4-59　切角效果

- 切片平面：单击此按钮后，在视图中对象的内部出现代表平面的黄色线框，如图 4-60 所示。
- 切片：单击该按钮后，能够将对象进行切割，在切割的部分增加"顶点"，如图 4-61 所示。这样做可以将对象表面进行进一步的细分，增加对象的细致程度，便于编辑。

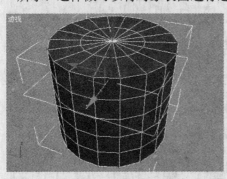 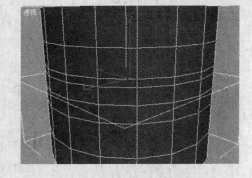

图 4-60　切片平面 　　　　　　　　　　　图 4-61　切片

- 选定项：选中需要焊接的"顶点"，将按钮后面代表焊接距离的数值调整到选中的节点距离之内，单击"选定项"按钮，就能够将它们焊接起来。
- 目标："目标"按钮后面数值框中代表距离的数值（单位是像素），单击"目标"按钮后移动"顶点"，在移动过程中，这个"顶点"就会与设置距离之内的节点焊接在一起了。

提示： 在焊接"顶点"前，要先将两个对象进行"附加"。

对于焊接"顶点"的方式，这里用一个实例来简单说明一下，具体过程如下：

1）在场景中创建一个"长方体"并设置好其分段，如图 4-62 所示。

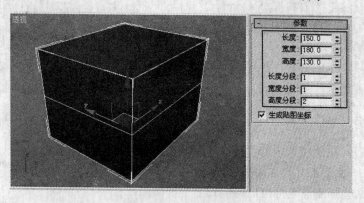

图 4-62 创建对象

2）进入 （修改）命令面板，打开修改器下拉列表，选择"编辑网格"选项后，进入"顶点"层级。

3）拖动"顶点"编辑对象，如图 4-63 所示。

4）单击工具栏中的 （镜像）按钮，复制对象并移动到如图 4-64 所示的位置。

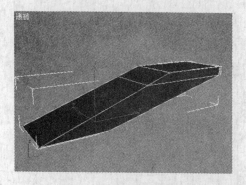

图 4-63 移动"顶点"

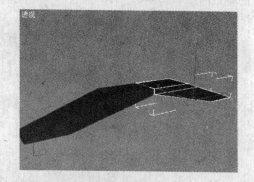

图 4-64 复制对象

5）单击【附加】按钮，将两个对象进行合并。

6）选中如图 4-65 所示的两个"顶点"，然后单击"选定项"按钮将两个"顶点"进行焊接。如果提示不能进行焊接，就调整后边数值框中的数值，直到可以焊接为止。

7）同理，对其他 3 对相邻的"顶点"也进行焊接，最后结果如图 4-66 所示。

● 移除孤立顶点：用于删除对象上不与任何边相连的孤立"顶点"，与创建"顶点"的作用正好相反。

● 视图对齐：用于将选中的"顶点"在当前选中的视图中进行对齐操作，重新排列位置。如果当前选中的视图是正交视图，例如"顶视图"、"左视图"等，那么视图对齐实际上就是坐标对齐，如果选中视图是"透视图"或者"摄影机视图"，那么选中的"顶点"就会与摄影机视图相平行的平面进行对齐。

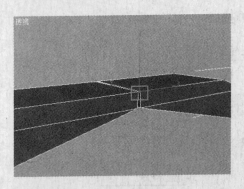

图 4-65　焊接"顶点"

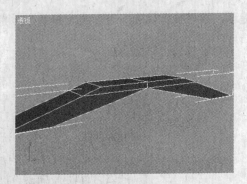

图 4-66　最后结果

- 栅格对齐：用于将选中的"顶点"与当前视图中的网格线对齐。
- 平面化：通过选中的"顶点"创建一个新的平面，如果这些"顶点"不在一个平面上，那么会强制性地将他们调整到一个平面上。
- 塌陷：将选中的所有"顶点"塌陷为一个"顶点"，这个"顶点"的位置就在所有选中"顶点"的中心位置。

（2）编辑"边"

　　"边"的编辑有一些工具与"顶点"是相同的，但是它们编辑的对象有很大的区别，因为通过"边"就能够直接创建出"面"，而"面"才是我们需要的最小可见单位，"边"层级的参数面板如图 4-67 所示。

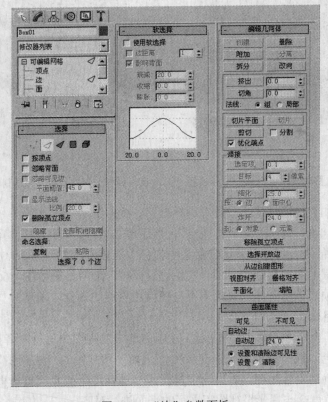

图 4-67　"边"参数面板

"边"层级的参数解释如下：

● 改向：在 3ds max 8 中所有的面都是三角形面，但是用于描述对象的往往是四边形面。这是因为有一条隐藏的边将四边形分割为两个三角形，如图 4-68 所示。"改向"按钮就是将这条隐藏的边转换方向。比如本来是从左下到右上的一条分割边，单击"改向"按钮后就能够将它转换为从左上到右下的边，如图 4-69 所示。

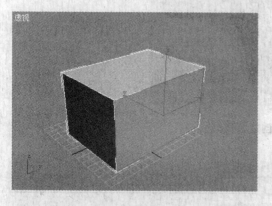

图 4-68 隐藏边

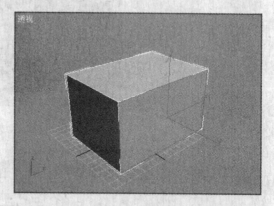

图 4-69 改向隐藏边

● 挤出：用于将选中的"边"挤压生成面，如图 4-70 所示。但利用边的挤压不能生成顶部和底部的封顶。

● 切角：用于将选中的边进行"切角"处理，如图 4-71 所示。

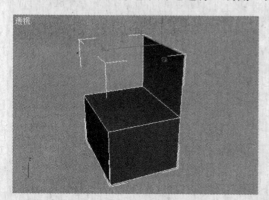

图 4-70 挤出效果

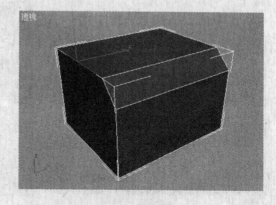

图 4-71 切角效果

● 选择开放边：用于自动选择开放的边。所谓的开放边是指只与一个面连接的边，如果对象中有这样的边，那么它必须是不全封闭的。这个功能非常实用，一方面可以让我们发现没有闭合的表面，另一方面可以发现没有作用的边，将它们删除之后可以减少对象的复杂程度。

● 从边创建图形：用于将选中的边进行复制，并生成一个新的二维图形，如图 4-72 所示。

（3）编辑"面" / "多边形" / "元素"

"面"、"多边形"和"元素"层次的编辑命令基本相同。它们的区别是"面"为三角形的表面，"多边形"为四边形的表面。"面"层级参数面板，如图 4-73 所示。

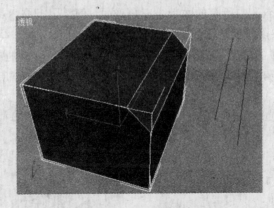

图 4-72　从边创建图形效果

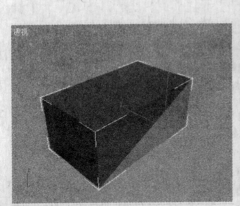

"面"层级

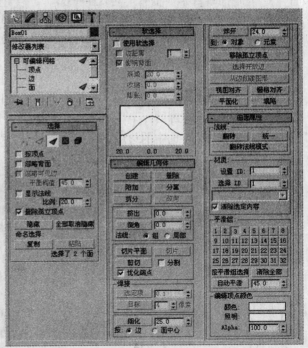

"面"层级参数面板

图 4-73　"面"层级和参数面板

"多边形"层级参数面板，如图 4-74 所示。

"元素"层级参数面板，如图 4-75 所示。

下面就对"面"/"多边形"/"元素"的参数解释如下：

● 创建：单击此按钮，场景中的对象上的所有"顶点"都被显示出来，依次单击 3 个
  "顶点"就能跟随产生的虚线创建出新的面，主要应用于在场景中创建的不在对象
  表面上的"顶点"生成面，如图 4-76 所示。

而且"多边形"层级的"创建"还与"面"层级的"创建"有所不同，"多边形"层级

可以连接 4 个或者更多的顶点来生成面，如图 4-77 所示。

"多边形"层级

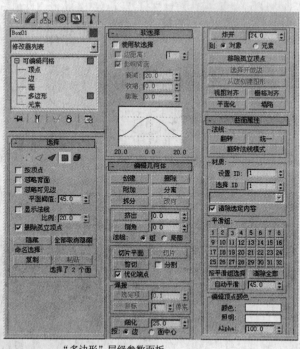

"多边形"层级参数面板

图 4-74 "多边形"层级和参数面板

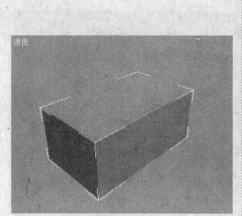

"元素"层级

"元素"层级参数面板

图 4-75 "元素"层级和参数面板

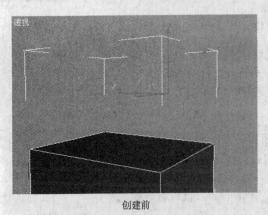
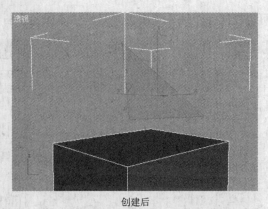

创建前 　　　　　　　　　　　　　　创建后

图 4-76 　"面"层级"创建"效果

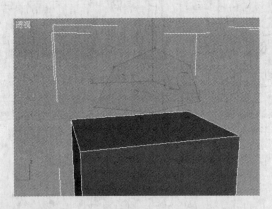

图 4-77 　"多边形"层级"创建"效果

- 删除：用于删除所选中的面，但是删除后会在对象表面上留下空洞。
- 挤出：与"边"的挤出作用一样，用于对选中的"面"/"多边形"进行挤压，如图 4-78 所示。

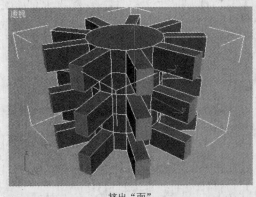

挤出"面" 　　　　　　　　　　　　　挤出"多边形"

图 4-78 　挤出"面"/"多边形"

- 细化：用于将选择的面进一步细化，在后边的数值框中还可以改变细化的程度，如

图 4-79 所示。

细化"面"

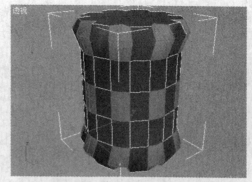
细化"多边形"

图 4-79　细化"面"/"多边形"

- 炸开：用于将选择的面与原对象分离开来，成为独立的面。它有两种炸开方式：一种是"对象"方式，这种方式炸开后的"面"/"多边形"将成为单独的对象；另一种是"元素"方式，这种方式炸开后的"面"/"多边形"还是属于这个对象，只是不与原来的对象连接在一起罢了，如图 4-80 所示。

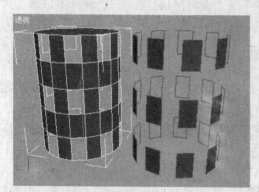
"对象"方式

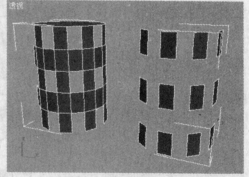
"元素"方式

图 4-80　炸开效果

- "法线"选项组：用于设置法线的方向。选择相应的"面"/"多边形"后单击"翻转"按钮，将会使法线反向；单击"统一"按钮，将会使选中的面的法线指向一个方向。
- "材质"选项组：能够将选中的面赋给不同的 ID（材质）号，以便于给不同的面不同的材质，具体的应用方式会在材质章节中进行详细介绍。
- 平滑组：可以将对象表面不同的部分分成不同的平滑组，从而能够对不同部分进行不同程度的平滑，如图 4-81 所示。

4.2.2　多边形建模

使用"多边形"建模也是 3ds max 8 中的一种很常用且灵活的建模方式，同"网格"建模的方式相类似。

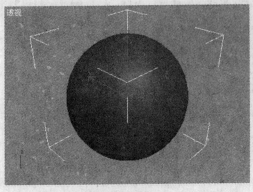

相同的平滑组

不同的平滑组

图 4-81　相同和不同平滑组的比较

1．创建多边形对象

在 3ds max8 中把一个存在的对象变为"多边形"对象有多种方式。可以在对象上单击右键，从弹出的快捷菜单中选择"转换到"→"转换到可编辑多边形"命令。或者在"修改器列表"中选择"编辑多边形"。"编辑多边形"与"编辑网格"相比，"编辑多边形"具有更大的优越性，即多边形对象的面不止可以是三角形面和四边形面，而且可以是具有任何多个顶点的多边形面。

2．编辑多边形对象

首先使一个对象转化为可编辑的"多边形"对象，然后通过对该"多边形"对象的各层级对象进行编辑和修改来实现建模过程。对于可编辑"多边形"对象，它包含了 ⬚（顶点）、⬚（边）、⬚（边界）、⬚（多边形）和 ⬚（元素）5 种次对象层级模式，如图 4-82 所示。

"编辑多边形"面板参数解释如下：

（1）"选择"卷展栏

与"编辑网格"类似，进入可编辑"多边形"后，首先看到的是"选择"卷展栏，如图 4-83 所示。在"选择"卷展栏中提供了进入各次对象层级模式的按钮，同时也提供了便于次对象选择的各个选项。

图 4-82　"多边形"层级

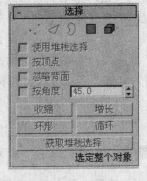

图 4-83　"选择"卷展栏

"选择"卷展栏参数解释如下：

● 收缩：通过取消选择集最外一层多边形的方式来缩小已有多边形的选择集。

● 增长：使用"增长"按钮可以将已有的选择集沿任意可能的方向向外拓展，因此它是增加选择集的一种方式。

● 环形："环形"按钮只在选择"边"和"边界"层级时才可用。它是增加边界选择集的一种方式。

● 循环："循环"按钮也是增加选择集的一种方式。使用该按钮将使选择集对应于选择的"边界"尽可能地拓展。

（2）"编辑顶点"卷展栏

只有在选择了"顶点"层级的时候才能出现"编辑顶点"卷展栏，如图4-84所示。

"编辑顶点"卷展栏的参数解释如下：

● 移除："移除"按钮的作用就是将所选定的顶点从对象上删除，它和使用键盘上的<Delete>键删除"顶点"的区别是使用键盘上的<Delete>键删除"顶点"后会在对象上留下一个或多个空洞。而使用"移除"按钮可以从多边形对象上移除选定的"顶点"，但不会留下空洞，如图4-85所示。

图4-84　"编辑顶点"卷展栏

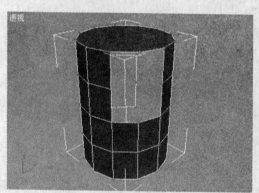 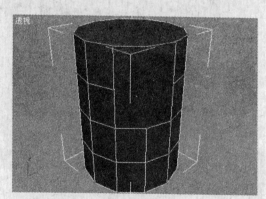

删除"顶点"　　　　　　　　移除"顶点"

图4-85　删除和移除"顶点"比较

● 断开："断开"按钮用于为多边形对象中选择的"顶点"分离出新的"顶点"，但是对于孤立的"顶点"和只被一个多边形使用的"顶点"，该选项是不起作用的，如图4-86所示。

● 挤出：对多边形"顶点"使用"挤出"功能是非常特殊的，"挤出"功能允许对多边形表面上选择的"顶点"垂直拉伸出一段距离形成新的"顶点"，并且在新的"顶点"和原多边形面的各"顶点"间生成新的多边形表面，如图4-87所示。

● 焊接：用来合并选择的"顶点"，和"面片"建模中的"焊接顶点"的作用与用法一样。

● 切角：用来制作"顶点"倒角效果，如图4-88所示。

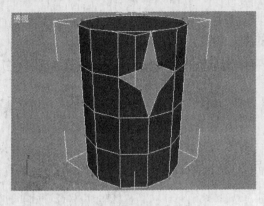

图 4-86 "断开"效果　　　　　　　　　图 4-87 "挤出"效果

- 目标焊接：使用"目标焊接"按钮可以在选择的"顶点"之间连接线段以生成"边界"的方式，但是不允许生成的"边界"有交叉的现象出现。例如对四边形的四个"顶点"使用"目标焊接"，只会在四边形内连接其中的两个节点。

（3）"编辑边"卷展栏

多边形的"编辑边"卷展栏如图 4-89 所示。多边形的"边"的编辑与"顶点"的编辑在使用方法和作用上基本相同，但也具有一些自身的特点。

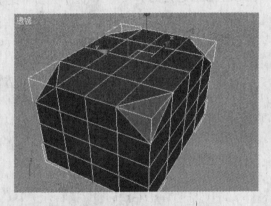

图 4-88 "切角"效果　　　　　　　　　图 4-89 "编辑边"卷展栏

"编辑边"卷展栏参数解释如下：

- 移除：与"顶点"的"移除"按钮的作用完全一样，但是在移除"边"的时候，经常会造成网格的变形和生成多边形不共面的现象。
- 插入顶点："插入顶点"按钮是对选择的"边"手工插入"顶点"来分割"边"的一种方式。
- 挤出："挤出"的作用和用法也和"编辑顶点"中的"挤出"完全一样。效果如图 4-90 所示。
- 切角：沿选中的"边"制作倒角，效果如图 4-91 所示。
- 编辑三角剖分：单击这个按钮，多边形对象隐藏的边就会显示出来，如图 4-92 所示。
- 旋转：将显示出来的隐藏边的方向进行旋转，如图 4-93 所示。

（4）"编辑边界"卷展栏

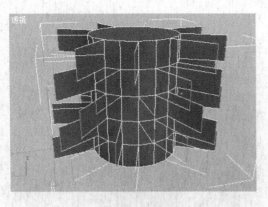

图 4-90　"挤出"效果

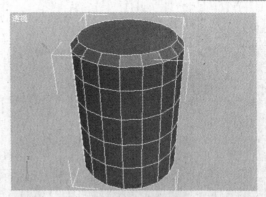

图 4-91　"切角"效果

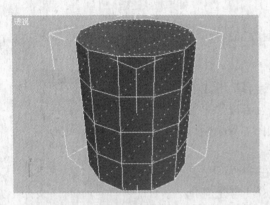

图 4-92　"编辑三角剖分"效果

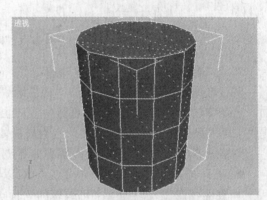

图 4-93　"旋转"效果

　　"边界"可以理解为"多边形"对象上网格的线性部分，通常由多边形表面上的一系列"边"依次连接而成。"边界"是"多边形"对象特有的层级属性。"编辑边界"卷展栏如图 4-94 所示。

　　"编辑边界"卷展栏的参数解释如下：

● 插入顶点：同"边"层级的"插入顶点"的意义和用法一样，不同的是这里的"插入顶点"按钮只对所选择的"边界"中的"边"有影响，对未选中的"边界"中的"边"没有影响。

● 挤出：同"边"的"挤出"一样，"编辑边界"卷展栏也包含了"挤出"按钮，它用来对选择的"边界"进行挤出，并且在挤出后的"边界"上创建出新的多边形的面。

图 4-94　"编辑边界"卷展栏

● 封口：这是"编辑边界"卷展栏中的一个特殊的选项，它可以用来为所选择的"边界"创建一个多边形的表面，就类似于为"边界"加了一个盖子，这一功能常被用于"样条线"，如图 4-95 所示。

● 切角："边界"的"切角"与"边"的"切角"的用法和作用完全一致，就是作用的对象不同，当选中多个"边"同时进行"切角"时，得到的结果会与"边界"的"切角"效果相同。

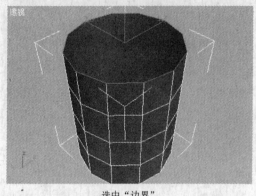
选中"边界"

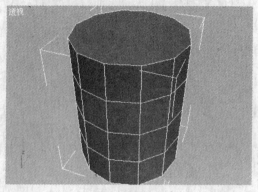
对"边界"进行"封口"

图 4-95 "封口"边界

（5）"编辑多边形"卷展栏

多边形面就是由一系列封闭的"边"或"边界"围成的面，它是多边形对象的重要组成部分，同时也为多边形对象提供了可渲染的表面。"编辑多边形"卷展栏如图 4-96 所示。

"编辑多边形"卷展栏的参数解释如下：

● 插入顶点：在使用这一功能后，可以在多边形对象表面任意位置添加一个可编辑的"顶点"，与先前介绍的"插入顶点"的作用一致，如图 4-97 所示。

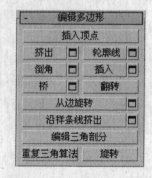
图 4-96 "编辑多边形"卷展栏

● 轮廓线：可以将多边形表面对象上的任意一个或多个面进行放大，或者缩小，效果如图 4-98 所示。

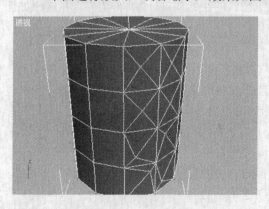
图 4-97 "插入顶点"效果

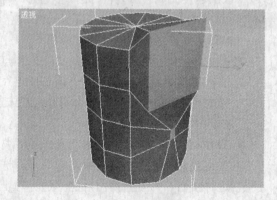
图 4-98 "轮廓线"效果

● 倒角：可以将多边形表面对象上的任意一个或多个面进行挤出，然后进行倒角变化，和"挤出"一样是比较常用的功能。效果如图 4-99 所示。

提示：通过"挤出"后再进行"轮廓线"的变化也能得到"倒角"的效果。

- 插入：可以将多边形表面对象上的任意一个或多个面进行缩小并复制出一个新的面。效果如图 4-100 所示。

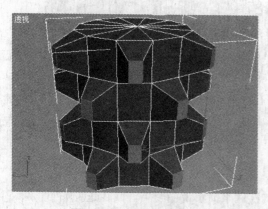

图 4-99 "倒角"效果

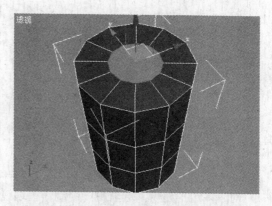

图 4-100 "插入"效果

- 桥：用来连接两个"多边形"，在连接前要先将两个对象进行"附加"，效果如图 4-101 所示。

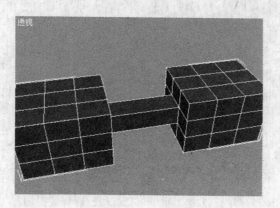

图 4-101 "桥"效果

（6）"编辑元素"卷展栏

"元素"就是多边形对象上所有"多边形"的集合，与前边所说的"面片"中的"元素"层级意义完全相同，"编辑元素"卷展栏如图 4-102 所示。

"编辑元素"卷展栏参数解释如下：

- 插入顶点：在使用这一功能后，可以在多边形对象表面任意位置添加一个可编辑的"顶点"，它与编辑"多边形"的"插入顶点"使用方式一样。
- 翻转："翻转"按钮可以将多边形的表面进行翻转，这时就可以显示出多边形的内部并进行编辑，效果如图 4-103 所示。
- 编辑三角剖分：单击这个按钮，多边形对象隐藏的边就会显示出来，它与编辑"边"的"编辑三角剖分"概念一致。
- 旋转：将显示出来的隐藏边的方向进行旋转，它与编辑"边"的"旋转"概念一致。
- 重复三角算法：使用"重复三角算法"按钮可以自动计算多边形内部所有的边。

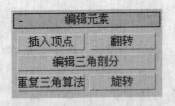

图 4-102　"编辑元素"卷展栏

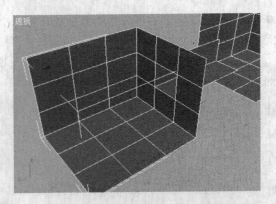

图 4-103　"翻转"效果

对于多边形建模，这里用一个制作望远镜的实例来简单说明一下，具体过程如下：

1）在场景中创建一个"圆柱体"如图 4-104 所示。

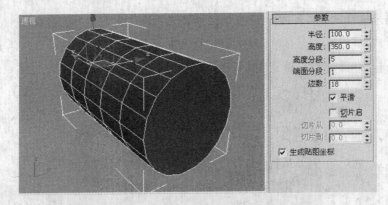

图 4-104　创建"圆柱体"

2）执行修改器中的"编辑多边形"命令，然后进入 ■（多边形）层级。

3）选中其中的一个顶面，使用"倒角"按钮，将其变为如图 4-105 所示的效果。

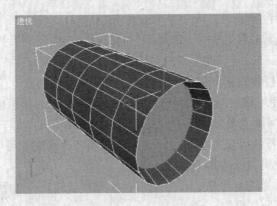

图 4-105　"倒角"效果

4）选中另外一端的顶面，使用"插入"按钮，创建出一个新的面，效果如图 4-106 所示；然后将其"挤出"，效果如图 4-107 所示。

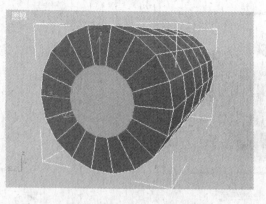

图 4-106 "插入"效果

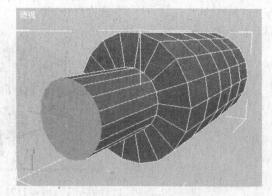

图 4-107 "挤出"效果

5）将"挤出"的部分再进行"倒角"变化，效果如图 4-108 所示。

6）然后再使用"倒角"效果变化对象，效果如图 4-109 所示。

图 4-108 "倒角"效果

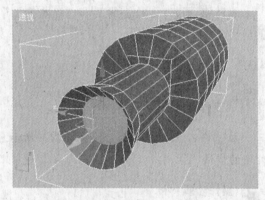

图 4-109 使用"倒角"效果变化对象

7）横向复制对象到如图 4-110 所示的位置，并将两个对象"附加"为一个对象。

8）使用"桥"功能，连接两个对象，效果如图 4-111 所示。

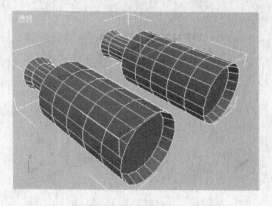

图 4-110 复制对象

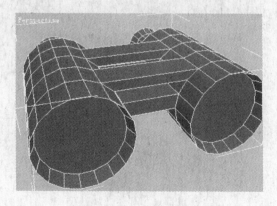

图 4-111 "桥"效果

9）执行修改器下拉列表中的"平滑"命令，然后赋予材质后进行渲染，最后结果如图 4-112 所示。

图 4-112 最终结果

4.3 实例讲解

本节将通过"制作海螺"和"制作挎刀"两个实例来讲解复合建模和高级建模在实践中的应用。

4.3.1 制作海螺

 制作要点：

本例将制作一个海螺，如图 4-113 所示。通过本例学习应掌握对放样后的物体进行变形处理的方法。

 操作步骤：

1）执行菜单中的"文件|重置"命令，重置场景。

2）单击 面板中的 按钮，然后单击其中的 线 按钮后在左视图中创建线。接着进入 面板的 级别，调整顶点的形状作为放样图形，如图 4-114 所示。

图 4-113 海螺

图 4-114 调整放样图形的形状

3）在顶视图中创建线，作为放样路径，如图 4-115 所示。

4）选中直线，单击 命令面板下 中 复合对象 ▾ 内的

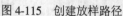按钮，再单击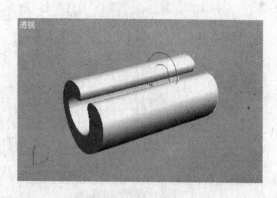按钮后拾取视图中的放样图形，结果如图 4-116 所示。

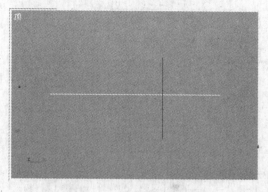

图 4-115　创建放样路径　　　　　　　图 4-116　放样后的效果

5）此时放样物体路径步数太少，为了保证缩放变形后的物体圆滑，需要将步数增大。方法：进入（修改）面板，将"路径步数"设为 20，如图 4-117 所示。

6）选择放样后的模型，展开"变形"卷展栏，单击缩放按钮，如图 4-118 所示，弹出如图 4-119 所示的面板。

图 4-117　增大路径步数

图 4-118　单击"缩放"按钮

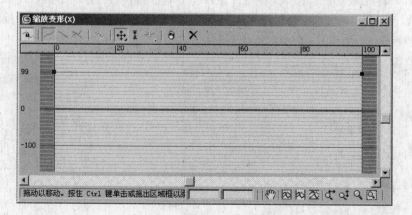

图 4-119　缩放变形面板

7）单击工具栏上的（插入角点）按钮，在控制线中间位置添加控制点，然后利用（移动控制点）工具调整位置。接着单击鼠标右键，将其转换为"Bezier 平滑"点，如图 4-120 所示，结果如图 4-121 所示。

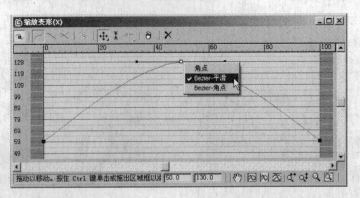

图 4-120　添加 Bizier 平滑点

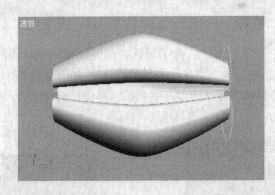

图 4-121　变形后的效果

8）制作海螺边缘进行平滑处理。方法：进入 ◢（修改）面板，执行修改器下拉列表中的"编辑网格"命令，然后进入 ◢（边）级别，框选如图 4-122 所示的边。接着执行修改器下拉列表中的"网格平滑"命令即可。

9）制作海螺边缘的凹凸效果。方法：回到"编辑网格"修改器的 ∴（顶点）级别，展开"软选择"卷展栏，选中"使用软选择"复选框，如图 4-123 所示。接着在前视图中框选顶点，在左视图中利用工具箱上的 ▣（选择并匀称缩放）工具进行缩放。

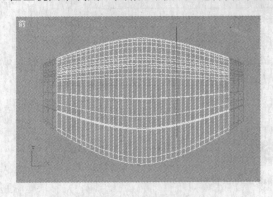

图 4-122　选中边

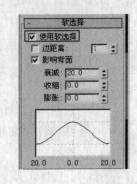

图 4-123　选中"使用软选择"选项

10）同理，反复修改不同位置的顶点，结果如图 4-124 所示。

11）赋予海螺材质，然后单击工具栏中的 ◉（快速渲染）按钮，渲染后的效果如图 4-125

所示。

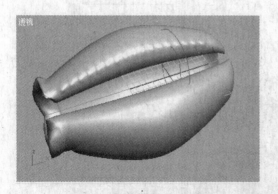

图 4-124　制作出海螺的凹凸效果

图 4-125　海螺

4.3.2　制作挎刀

 制作要点：

　　本例将制作一把游戏中的挎刀，如图 4-126 所示。通过本例学习应掌握多边形建模的方法。

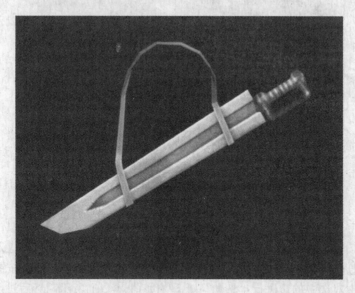

图 4-126　游戏中的挎刀

 操作步骤：

　　1．制作刀鞘

　　1）执行菜单中的"文件|重置"命令，重置场景。

　　2）单击 ![创建] （创建）面板中的 ![几何体] （几何体）按钮，然后单击其中的"长方体"按钮，在前视图中创建一个长方体。接着进入 ![修改] （修改）面板，修改参数，结果如图 4-127 所示。

109

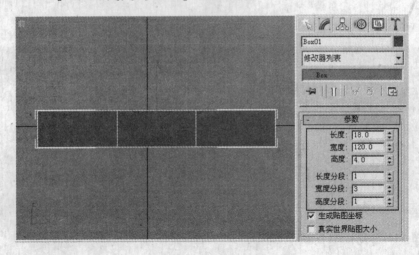

图 4-127　创建长方体

3）用鼠标右键单击视图中的长方体，从弹出的快捷菜单中选择"转换为|转换为可编辑多边形"命令，如图 4-128 所示，将其转换为可编辑的多边形。

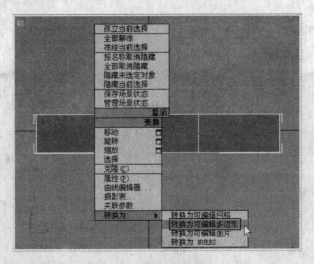

图 4-128　将长方体转换为可编辑多边形

4）在透视图中，利用 （弧形旋转选定对象）按钮旋转视图，然后进入"可编辑多边形"的 （多边形）层级，选中如图 4-129 所示的边。接着单击"切角"按钮。

5）在视图中对选中的边进行"切角"处理，如图 4-130 所示。然后进入"可编辑多边形"的 （顶点）层级，在前视图中进一步调整顶点的位置，如图 4-131 所示。

2. 制作刀柄

1）在前视图中创建一个长方体，参数设置及结果如图 4-132 所示。

2）用鼠标右键单击长方体，从弹出的快捷菜单中选择"转换为|转换为可编辑多边形"命令，将其转换为可编辑的多边形。然后在前视图中，单击工具栏中的 （镜像）工具按钮，在弹出的对话框中按如图 4-133 所示设置，单击"确定"按钮，结果如图 4-134 所示。

3）选择多边形侧面。方法：进入"可编辑多边形"的 （多边形）层级，选择工具栏

中的 ▣ （交叉）选择方式，框选多边形，如图 4-135 所示，结果如图 4-136 所示。

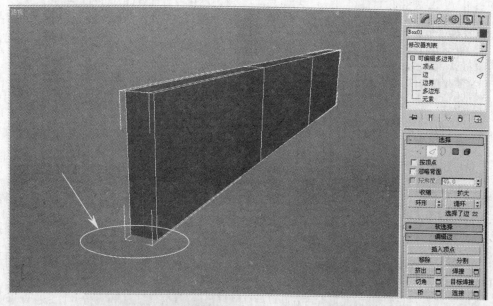

图 4-129 选中边，单击"切角"按钮

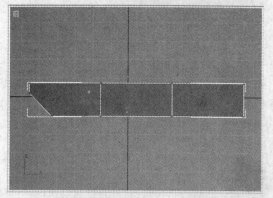

图 4-130 对选中的边进行"切角"处理

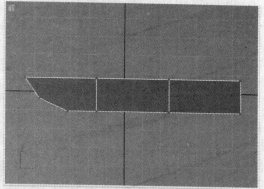

图 4-131 调整顶点的位置

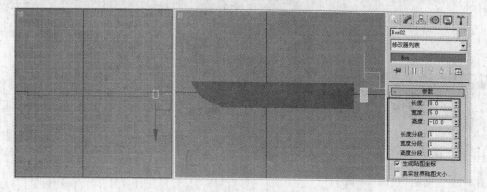

图 4-132 创建长方体

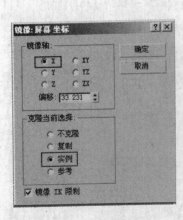

图 4-133 设置镜像参数

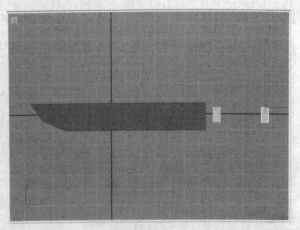

图 4-134 镜像后的效果

图 4-135 框选多边形

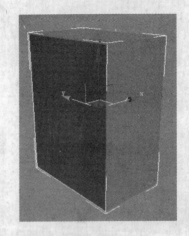

图 4-136 框选后效果

4）单击"挤出"按钮右侧的□按钮，在弹出的对话框中按如图 4-137 所示设置，单击"确定"按钮，结果如图 4-138 所示。

图 4-137 设置"挤出"参数

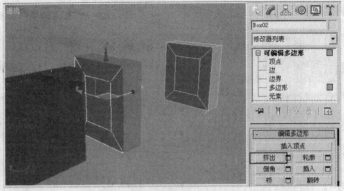

图 4-138 "挤出"后的效果

5）在前视图中，利用工具栏中的□（选择并非匀称缩放）工具，沿 X 轴缩放选中多边形，结果如图4-139所示。

6）再次单击■（多边形）按钮，退出多边形层级。然后同时选中两个作为刀柄的可编辑多边形，适当缩放，结果如图4-140所示。

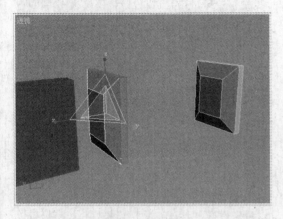

图4-139　缩放多边形

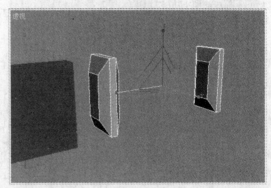

图4-140　缩放后效果

7）重新进入"可编辑多边形"的■（多边形）层级，选中多边形，如图4-141所示。然后单击"挤出"按钮后在视图中挤出图形，如图4-142所示。接着按键盘上的\<Delete\>键，删除多边形，如图4-143所示。

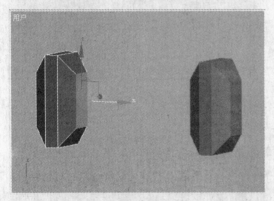

图4-141　选中多边形

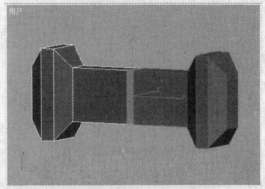

图4-142　"挤出"后效果

8）选择如图4-144所示的多边形，单击"挤出"按钮后对其进行挤出处理，结果如图4-145所示。

9）同理，进行再次"挤出"处理，结果如图4-146所示。

10）选中如图4-147所示的多边形，然后单击"挤出"按钮后对其进行挤出处理，如图4-148所示。接着单击\<Delete\>键，删除多边形，结果如图4-149所示。

11）单击 ￥（使唯一）按钮，如图4-150所示，取消两个多边形的关联。然后单击 附加 按钮将两个多边形结合成一个整体，如图4-151所示。

12）进入"可编辑多边形"的 ·（顶点）层级，单击"目标焊接"按钮，然后选中刀柄下端的一个顶点，当鼠标变成小十字时，按着鼠标并将其拖动到另一个节点上，如图4-152所示，接着松开鼠标，完成焊接，结果如图4-153所示。同理，将所有刀柄下端相对应的顶

3ds max 8 中文版设计基础

点进行焊接，结果如图 4-154 所示。

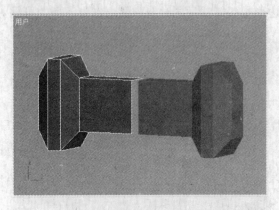
图 4-143　删除多边形后效果

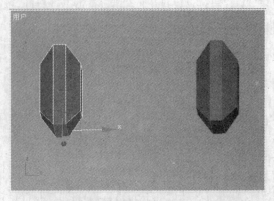
图 4-144　选中多边形

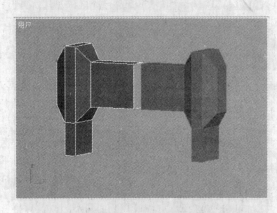
图 4-145　"挤出"后的效果

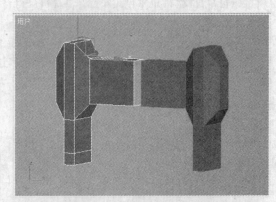
图 4-146　再次"挤出"后效果

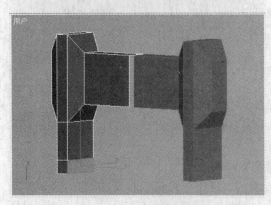
图 4-147　选中多边形

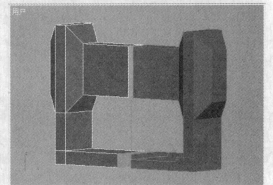
图 4-148　"挤出"后效果

13）同理，将刀柄上端相对应的顶点进行焊接，结果如图 4-155 所示。

14）同理，利用"目标焊接"工具制作出刀柄的斜角，如图 4-156 所示。此时整个挎刀模型大体制作完毕，结果如图 4-157 所示。

15）利用"线"工具，绘制出挎刀背带，然后赋予材质后，单击工具栏中 （快速渲染）

按钮，渲染后的效果如图 4-158 所示。

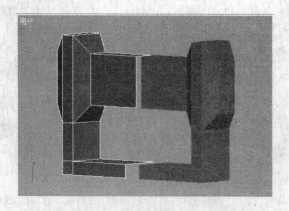

图 4-149　删除多边形后的效果

图 4-150　单击 按钮

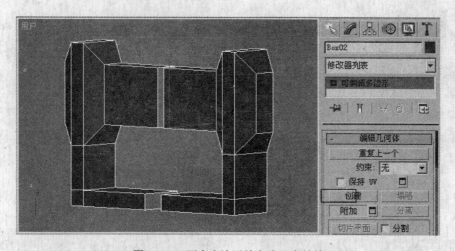

图 4-151　两个多边形结合成一个整体

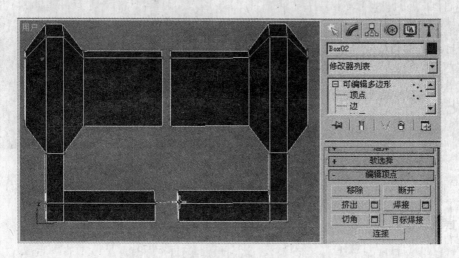

图 4-152　焊接过程

3ds max 8 中文版设计基础

3ds max 8中文版

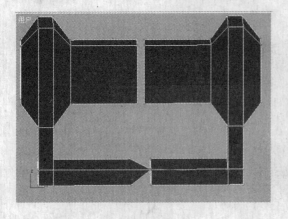 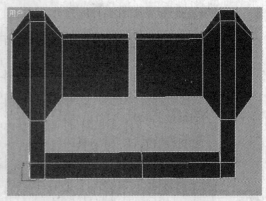

图 4-153　焊接顶点　　　　　　图 4-154　将所有刀柄下端相对应的顶点进行焊接

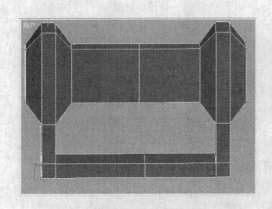 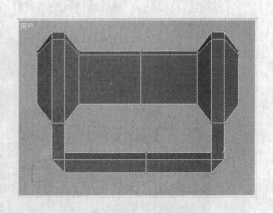

图 4-155　焊接刀柄顶部相对应的顶点　　　　图 4-156　制作出刀柄斜角

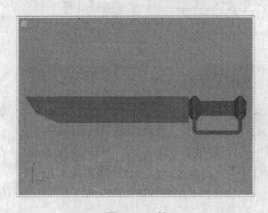 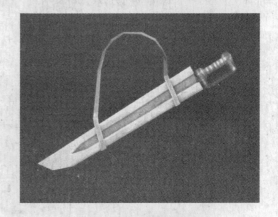

图 4-157　挎刀　　　　　　　图 4-158　游戏中的挎刀

4.4　课后练习

1. 填空题

（1）对放样后的物体，可以进行_____、_____、_____、_____和_____变形操作。

116

（2）3ds max 8 中有＿＿＿、＿＿＿＿、＿＿＿＿和＿＿＿＿四种高级建模的方法。

（3）网格建模是将一个对象转换为可编辑的网格并对其进行编辑，它的可编辑对象包括＿＿＿、＿＿＿＿、＿＿＿＿、＿＿＿＿和＿＿＿＿五个级别。

2．选择题

（1）"布尔"复合对象是一种逻辑运算方法，下列选项中哪些属于它的运算类型？
（　　　）

    A．并集　　　　　B．差集　　　　　C．挖空　　　　　D．切割

（2）下列哪些属于复合对象的类型？（　　　）

    A．变形　　　　　B．水滴网格　　　　C．连接　　　　　D．超级喷射

3．问答题/上机练习

（1）简述多边形建模各层级中按钮的用法。

（2）上机练习 1：通过多边形建模的方法制作如图 4-159 所示的排球模型。

（3）上机练习 2：综合利用"放样"和"散布"两种复合建模的方法制作如图 4-160 示的藤条效果。

图 4-159　上机练习 1 效果

图 4-160　上机练习 2 效果

3ds max 8 中文版设计基础

第5章　材质与贴图

前面几章我们讲解了利用 3ds max8 创建模型的方法，好的作品除了模型之外还需要材质与贴图的配合，材质与贴图是三维创作中非常重要的环节，它的重要性和难度丝毫不亚于建模。通过本章学习我们应掌握以下内容：

- 材质编辑器的参数设定
- 常用材质和贴图以及 UVW 贴图的使用方法

5.1　材质编辑器的界面与基本命令

材质按照复杂程度可分为以下 3 种：

- 基本材质：是指只具有光学特性的材质，它包括"环境光"、"漫反射"、"高光反射"、"高光级别"、"光泽度"和"柔化"等，这种材质占用时间和内存少，但是没有贴图特性。
- 基本贴图材质：是在"漫反射"中指定的基本贴图方式的材质。
- 复合材质：指单击材质编辑器上 标准 按钮所出现的材质，比如"双面"材质、"混合"材质、"顶/底"材质等。

5.1.1　材质编辑器的界面

打开材质编辑器的方法有两种：一种是单击主工具栏上的 (材质编辑器) 按钮；一种是用快捷键——键盘上的<M>键。材质编辑器面板如图 5-1 所示。

5.1.2　材质样本球

样本球区包括 24 个样本球和 9 个控制按钮。

- (采样类型)：单击该按钮不放，会出现球体、柱体、立方体的图标 。在这里可以选择与要贴图的对象最为接近的样本，如图 5-2 所示。
- (背光)：控制给材质样本球是否设置背光效果，如图 5-3 所示。这一功能与场景中的对象没有关系。

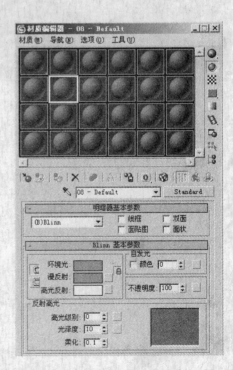

图 5-1　材质编辑器

球体　　　　　　柱体　　　　　　立方体

图 5-2　采样类型

无背光　　　　有背光

图 5-3　背光效果

-  （背景）：控制样本球是否显示透明背景，该功能主要针对透明材质，如图 5-4 所示。

- ■ （采样 UV 平铺）：单击该按钮不放，会出现四种图标 ■ ▦ ▦ ▦，在这里可以设置贴图显示重复的次数，如图 5-5 所示。这一功能实际上也与场景没有关系，可以理解成是预览的功能。

- ■ （视频颜色检查）：检查无效的视频颜色。

- ■ （生成预览）：控制是否能够预览动画材质。

- ■ （选项）：单击该按钮，将弹出"材质编辑器选项"对话框，如图 5-6 所示。在这里可以设定样本球是否"抗锯齿"以及在材质编辑器中显示"示例窗数目"（3×2、5×3 或 6×4）。

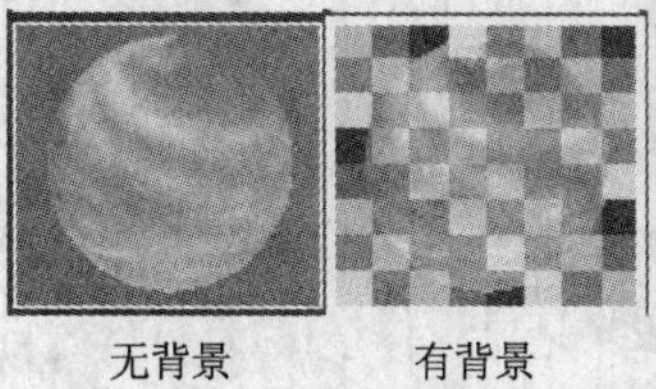

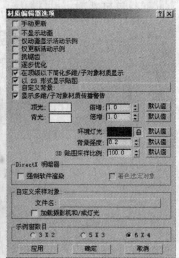

无背景　　　　有背景

图 5-4　背景效果　　　　　图 5-5　采样 UV 平铺　　　　图 5-6　"材质编辑器选项"对话框

- ■ （按材质选择）：单击该按钮，将弹出如图 5-7 所示的"选择对象"对话框，在这里可以选定具有选定示例材质的对象。

- ■ （材质/贴图导航器）：单击此按钮，将弹出"材质/贴图导航器"面板，如图 5-8 所示。在这里可以将材质的结构显示在当前示例窗中。

5.1.3　材质编辑器工具条

样本窗口的下面为材质编辑器的工具栏，其中陈列着进行材质编辑的常用工具，提供材

3ds max 8 中文版设计基础

质的存取功能。

图 5-7 "选择对象"对话框

图 5-8 "材质/贴图导航器"面板

● 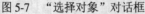（获取材质）：单击该按钮，将弹出"材质/贴图浏览器"面板，如图 5-9 所示。在这里可选取、装入或生成新的材质。

● （获取材质）：单击该按钮，将弹出"材质/贴图浏览器"面板，如图 5-9 所示。在这里可选取、装入或生成新的材质。

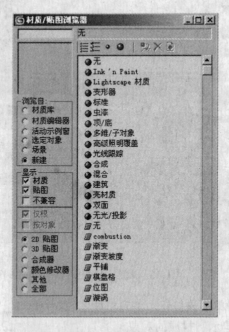

图 5-9 "材质/贴图浏览器"对话框

● （将材质放入场景）：将当前场景中使用的材质运用到处于同一场景中的其他对象上。

● （将材质指定给选定对象）：将当前材质赋予场景中选择的对象。此按钮只在选定对象后才有效。

3ds max 8中文版

- ⊠（将材质/贴图重置为默认状态）：单击该按钮，将弹出如图 5-10 所示的对话框。在这里恢复当前样本窗口为默认设置。
- ☞（复制材质）：生成同步材质的拷贝，拷贝放在当前窗口，用在不想用另外的样本窗口处理同一材质的情况下。
- ☞（使唯一）：对于进行关联复制的贴图，可以通过此按钮将贴图之间的关联关系取消，使他们各自独立。
- ☞（放入库）：单击此按钮将弹出如图 5-11 所示的对话框。在这里可保存在示例窗中制作的材质。

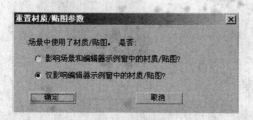

图 5-10　"重置材质/贴图参数"对话框

图 5-11　"入库"对话框

- ◎（材质效果通道）：赋给材质通道，用于 Video Post（视频特效）。
- ⬚（在视窗中显示贴图）：在视图中显示贴图，选择这个选项将消耗很多显存。
- ⫴（显示最终效果）：在 3ds max 8 中的很多材质是由基本材质和贴图材质组成的，利用此按钮可以在样本窗口中显示最终的结果。
- ☞（转到父对象）：3ds max 8 中很多材质有几个级别，利用此按钮可以在处理同级材质时进入上级材质。
- ☞（转到下一个同级顶）：进入同级别材质。

5.2　材质的参数面板设置

材质的参数设置面板一般包括"Shader 基本参数"卷展栏，"扩展参数"卷展栏，"超级采样"卷展栏，"贴图"卷展栏和"动力学属性"卷展栏，下面就具体介绍一下这些参数设置卷展栏。

5.2.1　"明暗器基本参数"卷展栏

"明暗器基本参数"卷展栏包括明暗器和底纹两部分，下面就来具体介绍一下。

1．明暗器

3ds max 8 的阴影类型有 8 种，分别是："各向异性"、"Blinn"、"金属"、"多层"、"Oren-Nayar-Blinn"、"Phong"、"Strauss"和"半透明明暗器"，如图 5-12 所示。

当选择不同的阴影模式类型的时候，下边的基本参数卷展栏也会随之发生变化。

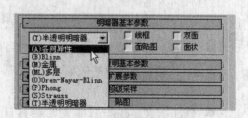

图 5-12　阴影模式的种类

● 各向异性：该明暗器主要是用来表现非圆形的，具有方向性的高光区域。经常用来表现人工制作的对象表面，或者受光的事物拥有不规则的受光表面时使用。"各向异性基本参数"卷展栏如图 5-13 所示，样本球如图 5-14 所示。

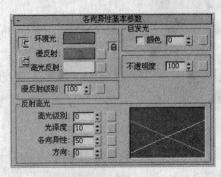

图 5-13　"各向异性基本参数"卷展栏　　　　图 5-14　各向异性样本球

● Blinn：是一种带有圆形高光的明暗器。它的应用范围很广，是 3ds max 默认的明暗器。"Blinn 基本参数"卷展栏如图 5-15 所示，样本球如图 5-16 所示。

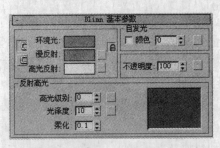

图 5-15　"Blinn 基本参数"卷展栏　　　　图 5-16　Blinn 样本球

● 金属：正如字面意思一样，这一阴影模式主要用来表现金属效果为主的材质。"金属基本参数"卷展栏如图 5-17 所示，样本球如图 5-18 所示。

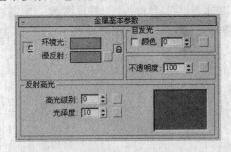

图 5-17　"金属基本参数"卷展栏　　　　图 5-18　金属样本球

● 多层：该明暗器包含两个各项异性的高光。二者彼此独立起作用，可以分别调整，从而制作出有趣的效果。"多层基本参数"卷展栏如图 5-19 所示，样本球如图 5-20 所示。

● Oren-Nayar-Blinn：该明暗器具有 Blinn 风格的高光，但看起来更柔和。比较适合表现在布料、塑料等对象上。"Oren-Nayar-Blinn 基本参数"卷展栏如图 5-21 所示，样本球如图 5-22 所示。

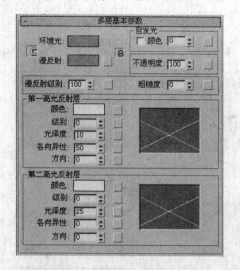

图 5-19　"多层基本参数"卷展栏

图 5-20　多层样本球

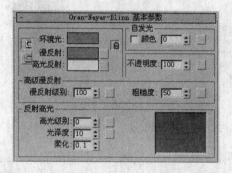

图 5-21　"Oren-Nayar-Blinn 基本参数"卷展栏

图 5-22　Oren-Nayar-Blinn 样本球

● Phong：该明暗器是从 3ds max 最早版本保留下来的，它的功能类似于 Blinn，但高光有些松散，不想 Blinn 那么圆，比较适合应用在具有人工质感的对象上。"Phong 基本参数"卷展栏如图 5-23 所示，样本球如图 5-24 所示。

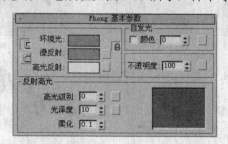

图 5-23　"Phong 基本参数"卷展栏

图 5-24　Phong 样本球

● Strauss：该明暗器用于快速创建金属或者非金属表面。比较适合表现涂料或油漆表面。"Strauss 基本参数"卷展栏如图 5-25 所示，样本球如图 5-26 所示。

● 半透明明暗器：该明暗器用于创建薄物体的材质，来模拟光穿透的效果。比较适合表现窗帘、投影屏幕等。"半透明基本参数"卷展栏如图 5-27 所示，样本球如图 5-28 所示。

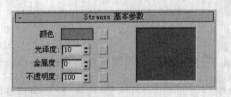

图 5-25 "Strauss 基本参数"卷展栏   图 5-26 Strauss 样本球

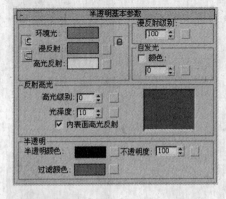

图 5-27 "半透明基本参数"卷展栏   图 5-28 "半透明 Shader"样本球

2. 底纹类型

3ds max8 中有 4 种底纹类型，它们分别是"线框"、"双面"、"面贴图"和"面状"，如图 5-29 所示。下面分别介绍这四种底纹类型的作用。

线框   双面   面贴图   面状

图 5-29 底纹类型

- 线框：它以网格线框的方式渲染物体，只能表现出物体的线架结构，对于线框的粗细，由"扩展参数"卷展栏的"大小"数值框来调节。
- 双面：它将物体法线的另一面也进行渲染。通常为了简化计算，只渲染物体的外表面。但对有些敞开的物体，其内壁不会看到材质的效果，这时就需要打开"双面"显示。
- 面贴图：将材质指定给物体所有的面，如果是一个贴图材质，则物体表面的贴图坐标会失去作用，贴图会分布在物体的每一个面上。

● 面状：它提供更细级别的渲染方式，渲染速度极慢，如果没有特殊品质的高精度要求，不要使用这种方式，尤其是在指定了反射材质之后。

5.2.2 "基本参数"卷展栏

"基本参数"卷展栏如图 5-30 所示，里面包括生成和改变材质的各种控制，而且会随着阴影类型的改变而发生相应的变化，但是其中选项的作用和使用方法基本一致。

它一共有 4 个选项组，分别是："基本颜色"选项组、"反射高光"选项组、"自发光"选项组和"不透明度"选项组，下面对它们分别进行介绍。

基本颜色选项组

它控制材质的基本光照属性，共有 3 个选项，这是标准材质的 3 种明暗特性：

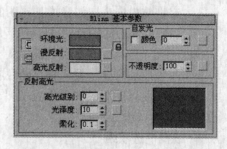

图 5-30 "基本参数"卷展栏

● 环境光：控制在远离光源的阴暗区域显示的颜色。
● 漫反射：控制整个对象的色调
● 高光反射：控制高光区的颜色。

"反射高光"选项组

确定材质表面高光的光照属性，一共有 3 个选项。

● 高光度：确定材质表面的反光强度，数值越大反光强度越大。
● 光泽度：确定材质表面反光面积的大小，数值越大反光面积越小。
● 柔化：对高光区的反光作柔化处理，使它产生柔和效果。

"自发光"选项组

使材质具备自身发光的效果，常用于制作太阳、灯泡等光源物体的材质。数值越大，自发光亮度越高。选中"颜色"复选框，可以设置不同颜色的自发光。单击数值框后面的小方块按钮，可以给自发光设置贴图。

"不透明度"选项组

设置材质的不透明度，可以使物体产生透明的效果。默认值为 100，即不透明材质。

降低数值可使透明度增加，数值为 0 时变为完全透明材质。对于透明材质，还可以在扩展参数面板中调节它的透明衰减程度。

5.2.3 "扩展参数"卷展栏

"扩展参数"卷展栏，如图 5-31 所示。这个卷展栏中的参数可以调节折射率和透明度等。"扩展参数"卷展栏中的参数会随着贴图和材质的类型改变而发生变化，但是其中的设定内容和设定方式基本上区别不大。其中的线框中的参数是将材质线框变化之后才能发生作用的。

它包括 3 个选项组，分别是"高光透明"选项组、"线框"选项组和"反射暗淡"选项组。

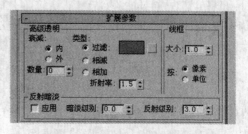

图 5-31 "扩展参数"卷展栏

下面对他们分别进行介绍。

"高级透明"选项组

主要用于控制透明材质的不透明衰减度设置，它又包括"衰减"和"类型"两部分。

● "衰减"部分有 3 个选项，它们用来控制物体内部和外部透明的程度。"输入"单选框用来规定物体由边缘向中心增加透明的程度，比如玻璃的效果；"输出"单选框规定物体由中心向边缘增加透明的程度，类似云雾的效果；"数值"数值框可以控制物体中心和边缘的透明度哪一个更强。

● "类型"部分有 3 个单选框，用来控制透明的类型。"过滤色"以过滤色来确定透明的颜色，它会根据一种过滤色在物体的表面上色；"相减"根据背景色减去材质的颜色，使材质后面的颜色变暗；"相加"将材质颜色加到背景色中，使材质后面的颜色变亮。

"线框"选项组

主要用来对线框进行编辑，它包括两个单选框和一个数值微调框。其中"大小"微调框用来设置线框的粗细。"像素"和"单位"两个单选框控制线框粗细的单位。"像素"表示线的宽度以屏幕像素为单位；"单位"表示线宽以系统设定的逻辑单位为单位。

"反射暗淡"选项组

用来控制反射模糊效果，数值可通过"暗淡级"和"反射强度"微调框来控制。"暗淡级"可设置物体投影区反射的强度，数值为 1 时，不产生模糊影响；数值为 0 时，被投影区仍表现为原有的投影效果，不产生反射。"反射强度"可设置物体不投影区的反射强度，它可以使反射强度倍增，一般用默认值即可。如果选中"应用"复选框，则反射模糊将发生作用。

5.2.4 "超级采样"卷展栏

"超级采样"卷展栏，如图 5-32 所示。这个卷展栏可设置渲染的高级采样的效果，以提供更精细级别的渲染效果。它通常用于渲染高精度的图像，或者消除反光点处的锯齿或毛边。但是在使用时会消耗大量的渲染时间，在使用"光线跟踪"材质的时候更加突出。

5.2.5 "贴图"卷展栏

"贴图"卷展栏，如图 5-33 所示。在这里可以赋予材质不同的类型和性质。

图 5-32 "超级采样"卷展栏

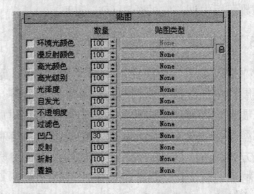

图 5-33 "贴图"卷展栏

在"贴图"卷展栏中,有很多参数和贴图效果,下面就简单介绍一下这些参数的功能和使用方法。

- 环境光颜色:这个贴图取代了环境色,使得对象的阴影看起来像贴图。
- 漫反射颜色:这个贴图取代了漫反射,这是用于对象的主要颜色,是最常用的贴图通道。默认情况下"漫反射颜色"和"环境色颜色"贴图是相同的。如果要分别设置它们的贴图,可以单击它们之间的 🔒 按钮,解除锁定即可。
- 高光颜色:这个贴图通道可以在对象的最明亮部分加入贴图。我们可以在对象受光最强烈的部分赋予贴图,受到的反射越强烈,贴图越清晰,但是如果对象表面没有强烈的光反射区域,那么就不会显示贴图。
- 高光级别:这个贴图通道可以在赋予对象贴图后在对象表面生成一个明暗通道,如图 5-34 所示。

提示:彩色或黑白图片皆可。

- 光泽度:"光泽度"通道与上边提到的"高光级别"通道的使用方法基本是一样的,但是"光泽度"贴图通道与"高光级别"贴图通道的意义截然相反,它是将作为通道图片的亮部还原,将暗部变为高光区域。

图 5-34　使用"高光级别"效果

- 自发光:这个贴图通道可以产生自发光效果,在使用这个贴图通道的时候,同样也是在对象表面按照所用图片的明暗生成一个通道,但是所不同的是,在图片中偏白的部分会产生自发光效果。它不受光线的影响,不管是在对象的暗部或是亮部,都不会受到影响。相反的,在图片中越接近黑色的部分,也就逐渐不会产生自发光效果了。
- 不透明度:这个贴图通道一般用来表现三维场景中一些非三维对象的效果,它可以过滤掉不需要的材质边缘,只显示需要的部分,因为它对白色的贴图部分是保留的,对于偏黑色部分就会逐渐变为透明。

对于"不透明度"贴图通道的操作,这里用一个实例来简单说明一下,具体过程如下:

1)在 Photoshop 中打开如图 5-35 所示的树叶图片,然后将图片中的树叶部分全部填充为白色,背景变为黑色,如图 5-36 所示。

图 5-35　原图

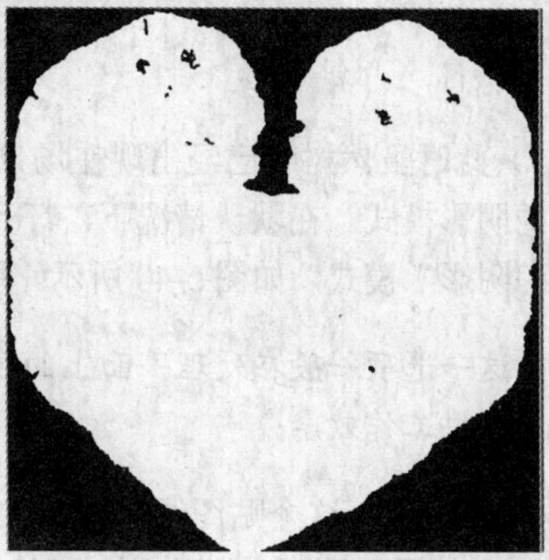

图 5-36　修改图片

2）单击"不透明度"后边的"None"按钮，在弹出的对话框中选择"位图"选项后单击"确定"按钮。然后在弹出的"选择位图图像文件"对话框中找到修改后的图片，单击"打开"按钮。接着单击材质编辑器工具条中的 按钮，回到上一层级。

3）在场景中创建"平面"，如图 5-37 所示。然后将贴图赋予平面，这样树叶的一个剪影轮廓就出现在了场景中，结果如图 5-38 所示。

图 5-37　创建"平面"　　　　　　　　　　　图 5-38　赋予贴图

4）在"漫反射颜色"贴图通道中加入树叶原来的贴图，这样一个完整的树叶就出现在场景中了，此时效果如图 5-39 所示。

图 5-39　加入漫反射材质

5）此时虽然树叶已经出现在场景中，但是树叶的阴影还是平面的形态。这时就要改变灯光的阴影模式。在默认情况下，灯光的阴影模式是"阴影贴图"模式，下面将其改为"光线跟踪阴影"模式，如图 5-40 所示。现在阴影的效果也比较完美了，如图 5-41 所示。

提示：这一选项一般在处理平面上的植物或者是远景背景时使用，这样可以节约不少资源，加快工作效率。

● 过滤色：这个贴图通道在加入贴图后并不能在对象表面显示出来，必须改变对象本身的不透明度才能看到。这个功能基本与上边的"不透明度"功能相同，但是如果透明度为 0，那么就会变为透明状态。

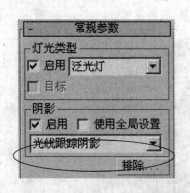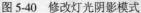

图 5-40　修改灯光阴影模式　　　　　　　　　图 5-41　最终结果

- 凹凸：这个贴图通道是通过位图的颜色使对象的表面凸起或是凹陷。贴图中白色区域凸起，黑色区域凹陷。
- 反射：这种贴图通道是一种高级的贴图方式，主要用于表现具有镜像效果的对象，比如水面，玻璃或者光滑的大理石表面等。
- 折射：这个贴图可在对象表面折射周围的其他对象或者环境。它可以很好地表现诸如水，玻璃，冰块等对光线的折射。在使用这一效果的同时，也会牺牲大量的渲染时间，但是最终的完成效果绝对是一流的。

对于"不透明度"贴图通道的操作，这里用一个实例来简单说明一下，具体过程如下：

1）创建一个简单的场景，如图 5-42 所示。

2）单击"折射"后边的"None"按钮，在弹出的对话框中选择"反射/折射"选项，如图 5-43 所示，单击"确定"按钮。

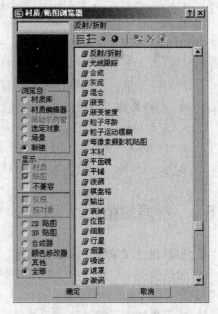

图 5-42　创建简单场景　　　　　　　　　图 5-43　选择"反射/折射"选项

3）单击材质编辑器示例窗下边的 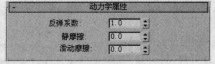 按钮，回到上一层级。将材质赋予对象，渲染后结果如图 5-44 所示。

图 5-44　"反射/折射"效果

提示：可以通过改变折射数值来调节折射率。

- 置换："置换"贴图通道是按照图片的黑白灰色调的深浅值置换成挤压力度值，从而对对象产生性质替换的一种贴图方式，形象地说就是利用图片的明暗关系，做出隆起或者凹陷的效果。一般应用在 NURBS 对象或者是多边形对象上，作用和"凹凸"贴图比较类似。

5.2.6　"动力学属性"卷展栏

"动力学属性"卷展栏，如图 5-45 所示。它主要用于动画制作中，对动力学系统进行设置，只有进入了动力学系统，这些设置才有意义。

"动力学属性"卷展栏参数解释如下：

- 反弹系数：设置对象在碰撞到其他对象时的反弹程度。
- 静摩擦：对象在由静止到运动所需要的力。
- 滑动摩擦：对象在运动中产生的阻力。

图 5-45　"动力学属性"卷展栏

5.3　材质类型

材质是给对象赋予质感的功能。进一步来说，材质类型用于制作并具体设置这一质感。一个材质类型可以包含多个贴图类型，但是贴图类型中不包含材质类型。换句话说，材质类型是贴图类型的上一个层级。

接下来就要了解一下材质类型的具体用途。单击 标准 （标准按钮），弹出"材质/贴图浏览器"对话框，如图 5-46 所示。

5.3.1　"混合"材质

　　"混合"材质就是将两种材质混合起来，通过"遮罩"可以设置两种材质的混合方式。"混合基本参数"卷展栏如图 5-47 所示，混合效果如图 5-48 所示。

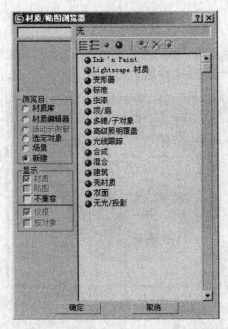

图 5-46　"材质/贴图浏览器"对话框

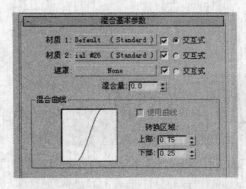

图 5-47　"混合基本参数"卷展栏

材质 1

\+

材质 2

\+

遮罩

\=

结果

图 5-48　混合效果

　　"混合基本参数"卷展栏参数解释如下：
- 材质 1：选择合成材质的第一种材质。
- 材质 2：选择合成材质的第二种材质。
- 交互式：选中后，这种材质就会在场景中表现为阴影。
- 遮罩：在这里加入的图片会被识别为黑白图片，并按照图片的明暗关系对以上进行混合的材质进行混合。
- 混合量：这个参数只有在没有使用"遮罩"贴图的时候才能使用，默认值为零。在为零的时候只显示"材质 1"的材质，调高数值后逐渐显示"材质 2"的材质，数

3ds max 8 中文版设计基础

值为 100 时只显示"材质 2"的材质。

- 使用曲线：可以使"材质 1"和"材质 2"的图片更加紧密地合成在一起。
- 上部：调整上一层级的合成部位。
- 下部：调整下一层级的合成部位。

5.3.2 "双面"材质

"双面"材质包括两部分材质，一部分是在对象的外表面，另一部分是在对象的内表面。"双面基本参数"卷展栏如图 5-49 所示。实际应用效果如图 5-50 所示。

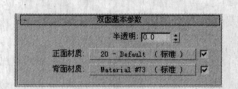

图 5-49 "双面基本参数"设置卷展栏 　　　　图 5-50 "双面"材质应用效果

"双面基本参数"卷展栏参数解释如下：

- 半透明：可以调整材质的透明度。随着数值的升高，指定在内部的材质从外部，外部的材质从内部开始变得透明。
- 正面材质：选择对象外部的材质。
- 背面材质：选择对象内部的材质。

如果没有选定"正面材质"或"背面材质"后边的复选框，就会使用黑色进行渲染。

5.3.3 "多重/子对象"材质

"多重/子对象"材质的奇妙之处在于能分别为对象的不同子级赋予不同的材质。例如对于一个长方体，可以使用"多维/子对象"材质为每个面指定不同的材质。

"多重/子对象基本参数"卷展栏如图 5-51 所示，实际应用效果如图 5-52 所示。

"多重/子对象基本参数"卷展栏参数解释如下：

- 设置数量：设置使用材质的个数，默认为 10 种材质。单击"设置数量"按钮，在弹出的对话框中设定数量后单击"确定"按钮即可。
- 添加：增加新的材质，如果已经给对象指定了若干材质 ID，并且已经没有多余可使用的材质 ID 的情况下，单击"添加"按钮就可以增加一个新的材质。
- 删除：删除所选定的材质，在删除的同时材质也就失去了作用。
- ID：材质的编号。
- 名称：在这栏中可以给材质指定名称。在场景中如果使用的材质很多的情况下，为了方便地查找、修改或管理材质就要在这里使用相应的名称来进行区分。即使在材质不是很多的时候也要养成编制名称的习惯。

图 5-51　"多重/子对象基本参数"卷展栏　　　　图 5-52　"多重/子对象"材质应用效果

- 子材质：给相应的 ID 指定材质。
- 颜色：在不指定材质的情况下，也可以修改对象的漫反射颜色。
- 启用/关闭：这个很好理解。它决定是否使用相应的 ID 中的材质。

5.3.4　"顶/底"材质

"顶/底"材质就是给对象的上部和下部分别赋予不同贴图的材质类型。也是一种比较常用的材质类型。

"顶/底"材质的基本参数卷展栏如图 5-53 所示，实际应用效果如图 5-54 所示。

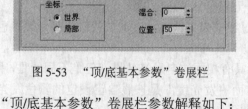

图 5-53　"顶/底基本参数"卷展栏　　　　图 5-54　"顶/底"材质应用效果

"顶/底基本参数"卷展栏参数解释如下：

- 顶材质：指定对象的上部材质。
- 底材质：指定对象的下部材质。
- 交换：单击该按钮后会将"顶材质"与"底材质"的位置对调。
- 坐标系：指定贴图的轴。
- 世界：以对象的世界轴坐标为标准，混合上下两部分的材质，不适合制作动画效果。
- 局部：以对象的自身坐标为标准混合上下两部分，在制作动画时必须使用这项。
- 混合：这个数值是用来调节"顶材质"与"底材质"两个材质区域边界的柔和度的，数值越大，混合度越高。
- 位置：用来调节"顶材质"与"底材质"所占区域的比例，默认值为 50（即两种材质各占一半）。

5.3.5 "光线跟踪"材质

"Raytrace"材质是可以同时使用反射和折射的材质类型，可以精确控制反射和折射的各种属性，包括对高光反射部位的贴图和暗部贴图的折射率，折射的颜色，透明度等属性的调整。它的参数设置卷展栏如图 5-55 所示，效果如图 5-56 所示。

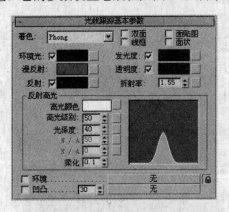

图 5-55 "光线跟踪基本参数"卷展栏　　图 5-56 "光线跟踪"材质效果

"光线跟踪基本参数"卷展栏参数解释如下：

- 环境光：表示阴影部分的颜色，"环境光"决定吸收多少光的值。解除这一选项的复选框就可以不用颜色，改为使用数值来进行设定。
- 漫反射：和普通材质中的"漫反射"作用相同，但是当"反射"值是纯白色或者取最大值 100 的时候并不显示本身的颜色，而是反射周围对象或是背景的颜色。
- 反射：可以调整对象的透明度和对环境的反射值。可以通过颜色进行调整，使用颜色进行调整的时候是按照颜色的明暗来取值的，色调越亮反射越强，反之越弱，但是并不影响对象颜色上的变化。

同样在解除这一项复选框的时候可以通过数值来调整，这时默认的颜色就是纯黑色或纯白色。

- 发光度：与普通材质中的"自发光"具有相同的自发光效果。但是不同的是，"自发光"是让漫反射颜色中的颜色发光，而"发光度"是按照自己设定的颜色发光，即可以发出与对象本身不同的光。

如果取消勾选此选项的复选框，也可以通过数值来进行调整，并且颜色也默认为纯黑或纯白色，这一点和自发光的性质完全一样。

- 透明度：可以调整对象的透明度。它和普通材质中的"不透明"的概念是完全一样的，这一功能的设置也和刚才提到的功能一样，可以通过颜色和数值两种方式来进行设定。
- 折射率：代表透过"Raytrace"材质的光线折射率。在取值为 1 的时候不发生变化，但是当值高于 1 的时候后面的对象就会扩大显示，低于 1 的时候就会缩小显示。如果要表现水中透过对象折射的效果，就要运用"透明度"数值。
- 高光颜色：用来调整对象高光部分的颜色，强度和扩散值。
- 高光度：代表对象受到光线影响在表面形成的高光区域，可以用来指定这一部分的颜色，默认为白色。
- 光泽度：表示高光部分的强度。区别就是在普通材质中可以使用的最高值为 100，这里为 200。
- 柔化：也和普通材质中的柔化一样。可以用来调整"高光度"和"光泽度"之间的柔和度。
- 环境：忽视反射在对象表面的场景颜色和贴图，使用这里的贴图来进行替换，使对象表面折射出来的映像和这里设定的图片一致。
- 凹凸：和普通材质中的凹凸的作用一样，利用打开的图片的明暗关系来表现对象表面的纹理效果。

5.3.6　Ink'n Paint 材质

"Ink'n Paint"的材质类型比较接近于 2D Illustrator 的效果，这种材质是现在比较流行的一种材质，一般称为 2D 渲染方式。在 3ds max 5 以前的版本中都要使用外部插件，或者"Fall-Off"贴图类型，现在则可以利用基本的材质类型也能得到同样的结果。效果如图 5-57 所示。

"Ink'n Paint"材质包含以下几个参数设置卷展栏。

1. "基本材质扩展"卷展栏

"基本材质扩展"卷展栏如图 5-58 所示。它的参数解释如下：

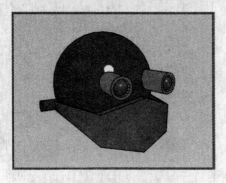

图 5-57　"Ink'n Paint"效果

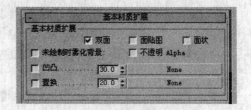

图 5-58　"基本材质扩展"卷展栏

- 双面：和普通的材质"双面"作用一样，默认是选定状态的。
- 面贴图：以对象所有的面为单位来运用。
- 面状：表现解除每个面的柔化之后的坚硬效果。但是实际上是与"面贴图"的效果是一样的。
- 未绘制时的雾 BG：在背景中设置烟雾，此项只有在解除"绘制控制"卷展栏中的所有选定时才能使用。如果在场景中加入烟雾效果，那对象就会变为和烟雾一样的颜色。
- 不透明 Alpha：选中"不透明 Alpha"复选框后进行渲染就不会在场景中形成任何的 Alpha 的通道值。
- 凹凸/置换：和前边提到的标准材质的一般贴图的"凹凸"、"置换"功能是一样的。

2．"绘制控制"卷展栏

"绘制控制"卷展栏如图 5-59 所示。它的参数解释如下：

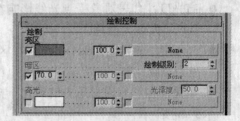

- 亮区：可以指定对象的整体颜色，还可以在"None"按钮中加入其他贴图图片。并可以调整材质的清晰程度。

图 5-59 "绘制控制"卷展栏

- 绘制级别：这个参数可以用来设定对象的层次感。最高有 255 个层级，层级越多，层次感越强，但是渲染时间就越长。
- 暗区：在默认情况下暗区都是被选中的，它代表的是对象上最阴暗的部分。在选中的情况下阴影部分为黑色，数值越低，阴暗的部分越多；数值越高，就越少。如果不选中这项，那么就可以改变暗部的颜色或者添加材质。
- 高光：正如它的字面意思那样，控制的区域是对象上的高光部分。在选中这一项后，高光区域就出现在对象上，可以直接改变颜色并可以通过调整光泽度的值来改变高光区域的大小，或者直接在后边的"None"按钮中加入贴图，并可通过调节数值来调整混合度。

3．"墨水控制"卷展栏

"墨水控制"卷展栏，如图 5-60 所示。它用于实现对材质颜色，表面凹凸，边缘轮廓线，内部轮廓线，高光等属性的调整。它的参数解释如下：

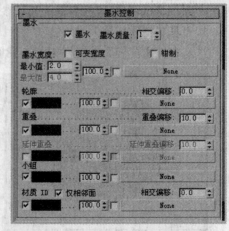

- 墨水：选中"墨水"复选框后才会在渲染时出现对象的轮廓线。
- 墨水质量：数值越大轮廓线越准确。最高值为 3，但是相应的渲染时间也会拉长。这个卷展栏的功能是表现外轮廓线和内轮廓线的粗细，颜色等参数的选项组。
- 墨水宽度/可变宽度/钳制：这 3 个参数互相关联。首先"墨水宽度"的作用是调整轮廓线的粗细。如果选中"可变宽度"，那么

图 5-60 "墨水控制"卷展栏

就可以产生轮廓线在对象凸起的部分逐渐变细的效果，这时"墨水宽度"下边的"最小值"开始发生作用，"最小值"代表最细部分宽度，"最大值"代表最粗部分的宽度；如果没有选中"钳制"，那么线条就会和亮区的亮度保持一致。

- 轮廓：代表对象的外轮廓线，在这里可以改变外轮廓线的颜色。"交集偏移"数值框可以用来设置外轮廓线交叉区域的倾斜度。
- 重叠：表现一个对象中重叠的区域，默认状态为非选中状态。
- 小组：代表一个对象的内轮廓线，同外轮廓线一样，也可以进行改变颜色等设置。
- 材质 ID：可以在同一个对象的面中指定各自不同的 ID 来分别运用不同的颜色或者贴图。

5.3.7　其他材质类型

前面具体介绍了一些常用材质，下面我们再简单介绍一下其他材质类型。

1．Lightscape 材质

Lightscape 材质用于调用 Lightscape 软件制作的.ls 文件。"Lightscape 材质基本参数"卷展栏如图 5-61 所示。

2．"变形器"材质

"变形器"材质类型并不能产生变形的作用，光凭材质本身起不到任何效果。只有在对象上使用了修改器中的"变形"之后，才能使用材质编辑器中的"变形"材质并产生效果。也就是说变形的材质类型一般应用到动画中，表现对象从一种材质变为另一种材质或者利用"凹凸"贴图来制作突起等效果。

通过这一功能也能够制作人物面部表情发生变化时出现的皱纹等效果。"变形器基本参数"卷展栏如图 5-62 所示。

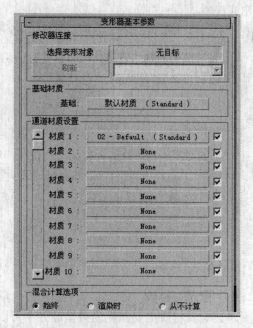

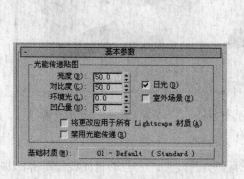

图 5-61　"Lightscape 材质基本参数"卷展栏　　　　图 5-62　"变形器基本参数"卷展栏

3."虫漆"材质

"虫漆材质"能够混合两个材质并表现出具有光泽的效果。当然还有其他的方法可以做出混合并有光泽的效果，但是效果最好的还是虫漆材质。

"虫漆材质基本参数"卷展栏如图5-63所示。效果如图5-64所示。

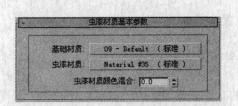

图 5-63 "虫漆材质基本参数"卷展栏 　　　　图 5-64 "虫漆"材质效果

4."标准"材质

这里所说的"标准"材质就是普通材质。它是3ds max 8默认的材质类型，也是最基础的材质类型，所有对象的材质效果就是用它来编辑完成的，其他的材质类型只不过起了一个合成的作用。可以把它看作是材质制作的基础材质。在这里就不进行过多的介绍了。

5."高级照明覆盖"材质

"高级照明覆盖"材质的功能主要是可以让自发光的对象产生逼真的发光效果，向周围发出光线。

"高级照明覆盖材质"卷展栏如图5-65所示。效果如图5-66所示。

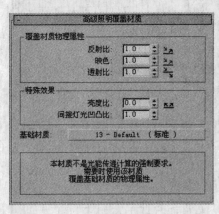

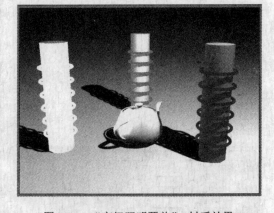

图 5-65 "高级照明覆盖材质"卷展栏 　　　　图 5-66 "高级照明覆盖" 材质效果

6."建筑"材质

"建筑"材质主要在光度类型灯光下可以表现真实的效果，它自动将光线追踪算法加入到渲染之中，能够反映真实的反射与折射。"建筑"材质的参数卷展栏如图5-67所示。

7．壳材质

"壳材质参数"卷展栏如图 5-68 所示。它的参数解释如下：

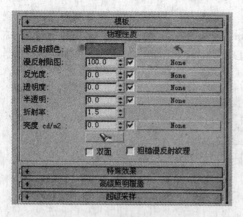

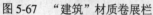

图 5-67　"建筑"材质卷展栏

图 5-68　"壳材质参数"卷展栏

- 原始材质：在这里添加的材质，其作用和使用方法基本和一般材质一致。
- 烘培材质："烘培材质"除了包含原始材质的颜色和贴图之外还包含了灯光的阴影和其他信息。
- 视窗：控制在视窗中显示哪种材质。
- 渲染：控制在渲染时显示哪种材质。

8．"无光/投影"材质

"无光/投影基本参数"卷展栏如图 5-69 所示。效果如图 5-70 所示。

图 5-69　"无光/投影基本参数"卷展栏

图 5-70　"无光/投影"材质效果

它的作用是隐藏场景中的对象，而且在渲染时也无法看到，它不会对背景进行遮挡，但对场景中的其他对象却起着遮挡作用。而且还可以表现出自身投影和接受投影的效果。

产生阴影材质需要三个要点：

1）有产生阴影的对象。

2）有接收阴影的对象，"无光/投影"材质就是赋给该对象的。

3）在"无光/投影"材质中选中"接收阴影"选项的复选框。

3ds max 8 中文版设计基础

5.4 贴图类型

3ds max8 中所有贴图都可以在"材质/贴图浏览器"对话框中找到，如图 5-71 所示。这些贴图又分为五大类，分别是"2D"贴图，"3D"贴图，"合成器"贴图，"颜色修改器"贴图和"其他"贴图。

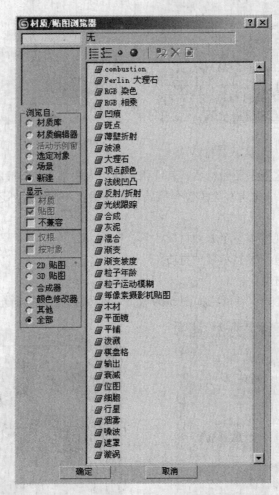

图 5-71 贴图类型

- 2D 贴图：用于环境贴图、创建场景背景或映射在几何体表面。最常用也是最简单的二维贴图是"位图"贴图。
- 3D 贴图：是程序生成的三维模板，如"木材"贴图，赋予后在对象的内部同样有纹理。被赋予这种材质的物体切面纹理与外部纹理是相匹配的。他们都是由同一程序生成。三维贴图不需要贴图坐标。
- 合成器贴图：以一定的方式混合其他颜色和贴图。
- 颜色修改器贴图：改变材质像素的颜色。
- 其他贴图：用于特殊效果的贴图，如反射、折射。

5.4.1 "位图"贴图

"位图"贴图是较为常用的一种二维贴图。在三维场景制作中大部分模型的表面贴图都要与实际情况相吻合,而这一点通过其他程序贴图是很难实现的,也许通过一些程序贴图可以模拟出一些纹理,但这与真实的纹理有一定差距。在这时我们大多会选择以拍摄、扫描等手段获取的位图来作为这些对象的贴图。

对于茶壶贴图的操作,这里用一个实例来简单说明一下,具体过程如下:

1)在场景中创建一个茶壶,如图 5-72 所示。

2 单击工具栏上的 (材质编辑器)按钮,进入材质编辑器。然后选择一个空白的样本球后单击 (将材质指定给选定对象)按钮,将材质赋予茶壶。

3)在"明暗器基本类型"卷展栏中选择 Blinn,在"Blinn 基本参数"卷展栏中设置"高光级别"为 100,"光泽度"为 40,如图 5-73 所示。

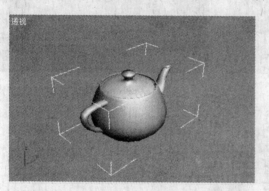

图 5-72 创建茶壶

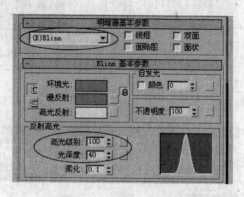

图 5-73 设置基本参数

4)展开"贴图"卷展栏,单击"漫反射颜色"后面的"None"按钮,然后在弹出的"材质贴图浏览器"对话框中选择"位图"选项,单击"确定"按钮。

5)在随后弹出的"选择位图图像文件"对话框中选择相应的位图作为茶壶的表面贴图,如图 5-74 所示,单击"打开"按钮。

6)渲染后结果如图 5-75 所示。

7)当需要快速渲染且不要求精度的情况下,可以使用位图作为反射和折射贴图,来模拟自动反射和折射的效果。方法:在"贴图"卷展栏中单击"反射"右侧的"None"按钮,在弹出的对话框中选择"位图"选项,然后在随后弹出的"选择位图图像文件"对话框中选择一幅图片作为反射贴图,如图 5-76 所示。渲染后的结果如图 5-77 所示。

5.4.2 "棋盘格"贴图

如果从"材质/贴图浏览器"对话框中选择"棋盘格"选项,则单击"确定"按钮,即可进入"棋盘格"贴图设置。"棋盘格"贴图包括"坐标"、"噪波"和"棋盘格参数"3 个卷展栏,如图 5-78 所示。

1. "坐标"卷展栏

"坐标"设置卷展栏中的参数是对模型表面贴图的位置,重复次数,排列方式等效果的设置，来达到表现不同贴图效果的目的。图 5-79 为不同 UV 平铺值的效果比较。

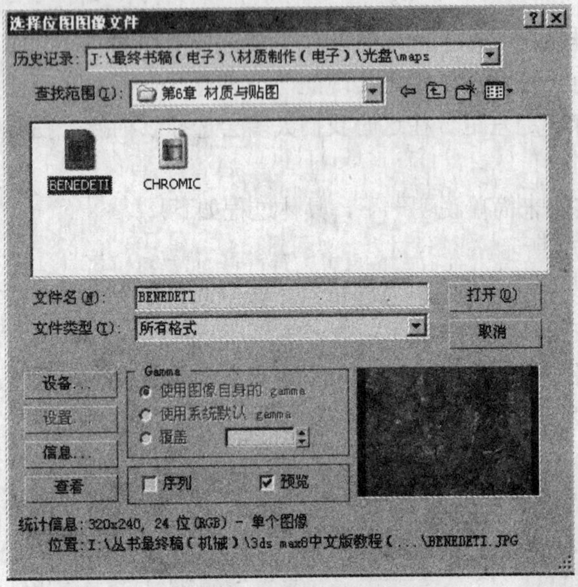

图 5-74　选择相应的位图

图 5-75　渲染后的效果

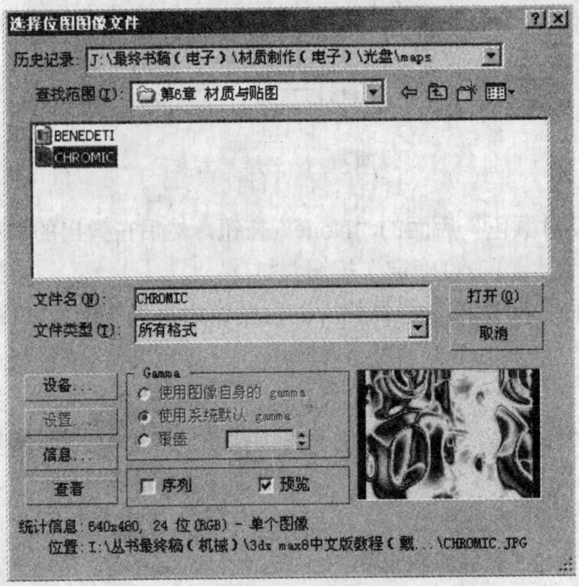

图 5-76　选择用于反射的位图

图 5-77　渲染后效果

2．"噪波"卷展栏

　　"噪波"卷展栏中的参数是对对象表面贴图进行变形和调整等效果的设置，只有在"启用"前边的复选框中选中才能产生作用。图 5-80 为不同级别的效果比较。

3．"棋盘格参数"卷展栏

　　"棋盘格参数"卷展栏的参数用于改变颜色，利用"柔化"可以将形成图案的两种颜色的边界部分进行混合；利用"交换"可以将后边"颜色#1"和"颜色#2"中的颜色位置调换。
此外还可以用贴图来代替颜色，如图 5-81 所示。

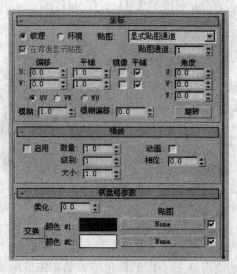

图 5-78　"棋盘格"卷展栏

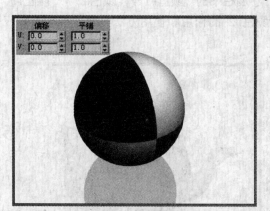
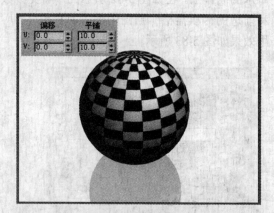

图 5-79　不同 UV 平铺值的效果比较

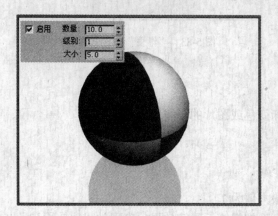
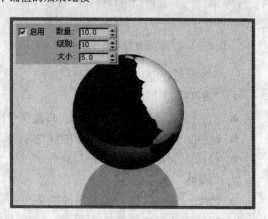

图 5-80　不同级别的效果比较

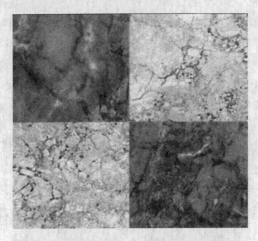

图 5-81 添加贴图后的"棋盘格"贴图效果

5.4.3 "渐变"贴图

"渐变"贴图的作用是使用 3 种不同的颜色或者贴图生成渐变效果。一般应用在天空或海水的制作上。在如图 5-82 所示的"渐变参数"卷展栏中的"颜色#1","颜色#2","颜色#3"和前边的"棋盘格"贴图中的"颜色#1"和"颜色#2 的作用和使用方法完全一样。实际应用效果如图 5-83 所示。

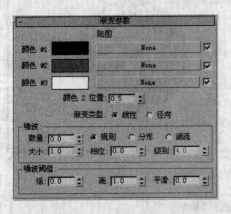

图 5-82 "渐变参数"卷展栏

图 5-83 "渐变"贴图效果

"渐变参数"卷展栏参数解释如下：

1. "贴图"选项组

● 颜色 2 位置：这个数值可以调整 3 个渐变色或图片的分布位置。

● 线性：默认选项，为普通的线性渐变。

● 径向：制作放射型渐变。

2. "噪波"选项组

● 数量：这一数值可决定噪波的程度，最大值为 1。

● 规则：这一选项为默认选项，常用于表现烟雾或云彩等效果，表现效果比较柔和。

● 分形：常用来表现海水中的影子等效果，表现效果比较粗糙。

- 湍流：常用来表现电子波长等效果，能够产生非常强烈的变形效果。
- 大小：这一数值可以用来指定纹理的大小。
- 相位：可以在噪波中产生流动效果，用来制作动画。
- 级别：只有在选中上边的"分形"和"湍流"模式才能使用，可以用来调节"分形"和"湍流"的效果。

3. "噪波阀值"选项组

- 低：在下边设置噪波的移动方向。
- 高：在上边设置噪波的移动方向。
- 平滑：可以让噪波的边界变得柔和。

　　如果分别在"颜色#1"，"颜色#2"，"颜色#3"后边的"None"按钮中添加贴图，这些贴图在对象表面上就会进行渐变混合。

5.4.4 "噪波"贴图

　　"噪波"贴图的应用范围非常广泛，用途也很多，可以用来表现水面、云彩和烟雾等效果。"噪波参数"卷展栏如图 5-84 所示。"噪波"贴图的效果如图 5-85 所示。

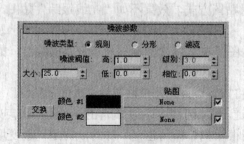

图 5-84　"噪波参数"卷展栏　　　　　图 5-85　"噪波"贴图效果

　　"噪波参数"卷展栏参数解释如下：

- 噪波类型：在这里有三种噪波类型可以选择，可以用来表现不同的效果。
- 规则：制作柔和有规律的噪波图案。
- 分形：表现比较粗糙的"噪波"贴图。
- 湍流：制作更加粗糙并且复杂的贴图。
- 噪波阀值：调整两个颜色的区域和浓度。
- 高：代表"颜色#2"颜色的区域大小，数值越小范围越大，颜色越浓。
- 低：代表"颜色#1"颜色的区域大小，数值越小范围越大，颜色越浓。
- 级别：在噪波类型中选择"规则"时不能使用，用来控制噪波的粗糙程度。
- 相位：在动画中运用"噪波"贴图时，用来表现噪波始点移动的动画效果。
- 大小：控制"噪波"贴图图案的整体大小。
- 颜色#1/颜色#2："颜色#1"代表噪波的纹理颜色；"颜色#2"代表噪波的背景图案的颜色。同样在后边的"None"按钮中可以添加位图贴图。

5.4.5 其他贴图

在"材质/贴图浏览器"对话框中还有很多其他类型的贴图，它们的使用方法和前面讲的贴图都差不多。下面就来简单介绍一下各个贴图的作用范围和效果。

- "Combustion"贴图：用于在 3ds max8 中调用 Combustion 软件中的贴图。
- "Perlin 大理石"贴图：用于制作珍珠岩状的贴图效果。
- "RGB 染色"贴图：用于为图像添加一个 RGB 染色，可以通过调节 RGB 值改变图的色调。
- "RGB 相乘"贴图：用于加倍两个单独贴图的 RGB 值并将其组合起来创建单个贴图。
- "凹痕"贴图：常用于"凹凸"贴图通道，表现一种风化腐蚀的效果。
- "斑点"贴图：用于表现一些斑点、油污等效果。
- "薄壁折射"贴图：常用于配合"折射"贴图通道使用，可模拟透镜变形的折射效果，能制作透镜、玻璃和放大镜等。
- "波浪"贴图：用于表现水面波纹一类的贴图。
- "大理石"贴图：用于模拟大理石的贴图效果。
- "顶点颜色"贴图：用于赋予科编辑的网格物体，从而产生五彩斑斓的效果。
- "反射/折射"贴图：用于反射和折射贴图方式，效果不如"光线跟踪"贴图，但渲染速度快。
- "光线跟踪"贴图：是非常重要的贴图模式，包含标准材质所没有的特性，如半透明性和荧光性。
- "合成"贴图：用于使用 Alpha 通道将指定数目的几个贴图结合成简单贴图。
- "灰泥"贴图：配合"凹凸"贴图通道，可模拟类似泥灰剥落的一种无序斑点效果。
- "渐变坡度"贴图：与"渐变"贴图很相似，作用也是一样的，但是"渐变坡度"贴图的功能更加强大，可以表现的渐变层次更丰富。
- "粒子年龄"贴图：是应用在粒子上的一种贴图方式，它可以表现最初形成粒子、结束粒子和两者之间粒子的颜色或贴图。
- "粒子运动模糊"贴图：用于给粒子增添运动模糊效果。
- "木材"贴图：用于模拟三维的木纹纹理。
- "平面镜"贴图：用于使对象本身具有镜面反射性质的一种贴图。
- "平铺"贴图：可以不使用图片就可以生成各种不同图案的砖，关于它的使用方法基本和前面提到的贴图类型大同小异，同样也可以用已有的贴图取代颜色，并且可以随意改变砖缝的纹理。
- "泼溅"贴图：用于表现油彩飞溅的效果。
- "输出"贴图：用于弥补某些无输出设置的贴图类型，可以将图像进行反转、还原、增加对比度等处理。
- "衰减"贴图：用于产生由明到暗的衰弱效果。
- "细胞"贴图：用于随机产生细胞、鹅卵石状的贴图效果。
- "行星"贴图：用于表现一些从宇宙中俯瞰星球的效果。

- "烟雾"贴图：用于表现烟雾形状的图案，形式和噪波贴图类似。
- "遮罩"贴图：用于将图像作为遮罩框蒙在对象表面，好像在外面盖上一层图案的薄膜，以黑白度来决定透明度。
- "漩涡"贴图：用于将两种颜色或图片进行混合，制作出具有漩涡效果的贴图。

5.5　实例讲解

本节将通过"制作雪碧易拉罐"、"制作苹果"和"制作山水和天空"三个实例来讲解材质与贴图在实践中的应用。

5.5.1　制作雪碧易拉罐

 制作要点：

本例将制作一个雪碧易拉罐，如图 5-86 所示。通过本例学习应掌握材质编辑器的基本参数的使用方法。

图 5-86　雪碧易拉罐

 操作步骤：

1．制作罐体

1）执行菜单中的"文件|重置"命令，重置场景。

2）在前视图中创建一个矩形，如图 5-87 所示。

3）选中这个矩形，进入 （修改）面板，执行修改器中的"编辑样条线"命令。然后进入 （顶点）层级，单击 优化 按钮。接着将鼠标移动到矩形的两条短边上，待光标变成加点形状时单击，即可添加一个顶点。

4）同理，在两边上各加两个"顶点"，如图 5-88 所示。

5）关掉"细化"按钮，然后移动顶点和调整顶点控制柄，如图 5-89 所示。

3ds max 8 中文版设计基础

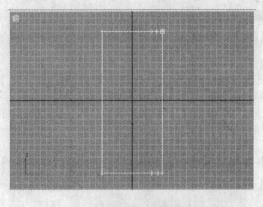

图 5-87　绘制矩形

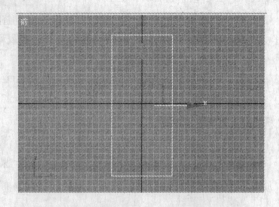

图 5-88　在矩形上添加顶点

提示： 如果需要对顶点的两条控制柄分别进行调整，可以在选中顶点的同时单击鼠标右键，在弹出的快捷菜单中选中"贝塞尔 角点"选项，如图 5-90 所示。这样即可将其他形式的顶点转化成贝塞尔角点，然后就可以单独对任意一条控制柄进行调整了。

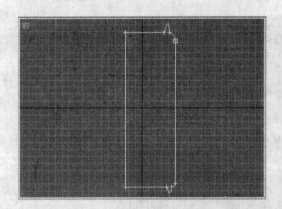

图 5-89　调整顶点的位置

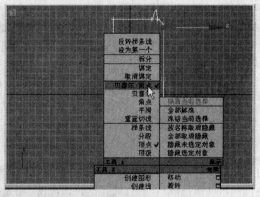

图 5-90　转换为"贝塞尔 角点"

6）退出 （顶点）层级，执行修改器上的"车削"命令，参数设置及结果如图 5-91 所示。

提示： 此时如果对罐体的外形还不满意，可以进入"编辑样条线"修改器中的 （顶点）层级，对顶点进行再次修改。

2．制作易拉罐材质

1）单击工具栏上的 （材质编辑器）按钮，进入材质编辑器。选中一个材质球，设置"明暗器基本参数"卷展栏中的参数，如图 5-92 所示。

2）指定反射贴图。展开"贴图"卷展栏，指定给"反射"右侧按钮"配套光盘|maps|云彩.jpg"贴图，如图 5-93 所示。

3）选中罐体，单击材质编辑器工具栏上的 （将材质指定给选定对象）按钮，将刚才制作的贴图赋给罐体上。然后单击工具栏上的 （快速渲染）按钮，渲染后的结果如图 5-94 所示。

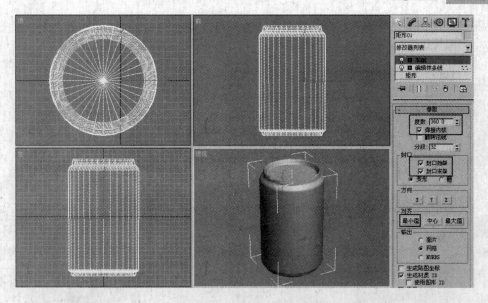

图 5-91　"车削"后的效果

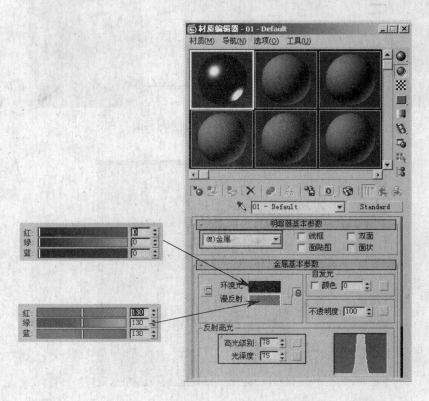

图 5-92　设置明暗器基本参数

4）指定给"漫反射"右侧按钮一张雪碧贴图，如图 5-95 所示。

5）为了直接在视图中看到渲染结果，可以单击材质编辑器工具栏中的 ⊗ （在视口中显示贴图）按钮，这样在视图中就可以观察贴图后的模型情况了，如图 5-96 所示。

6）此时效果不很理想。这是因为贴图轴向不对的原因，为了解决这个问题需要对雪碧

3ds max 8 中文版设计基础

的贴图进行进一步调整。方法：选中罐体，执行修改器上的"UVW 贴图"命令，设置参数及效果如图 5-97 所示。

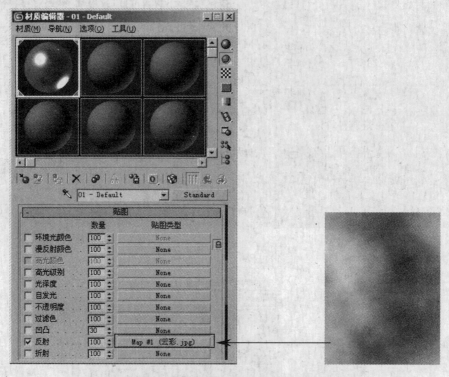

图 5-93　指定给"反射"右侧按钮金属贴图

图 5-94　渲染后效果

7）此时雪碧贴图范围过大，需要缩小。方法：单击材质编辑器中"漫反射"右侧的带 M 字样的按钮，进入雪碧贴图的扩展参数面板，设置参数如图 5-98 所示，结果如图 5-99 所示。

8）复制一个雪碧罐，然后制作一个桌面，渲染后效果如图 5-100 所示。

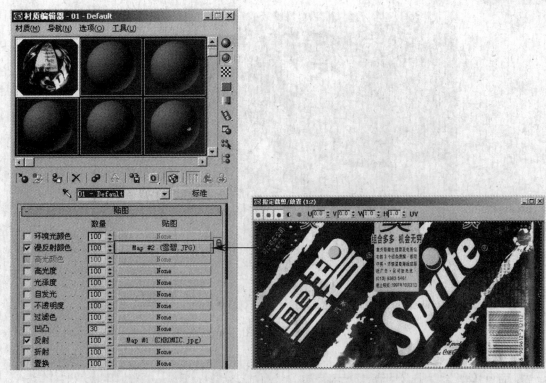

图 5-95　"漫反射"右侧按钮雪碧贴图

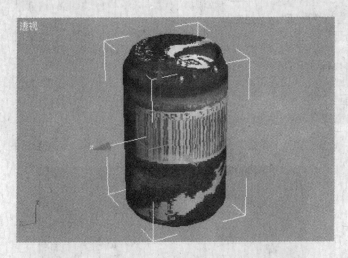

图 5-96　在视图中观看效果

5.5.2　制作苹果

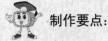　制作要点：

本例将制作一个苹果，如图 5-101 所示。掌握"车削"建模，"放样"建模以及"混合"、"渐变"、"噪波"和"烟雾"贴图的使用方法。

图 5-97　执行"UVW 贴图"命令后效果

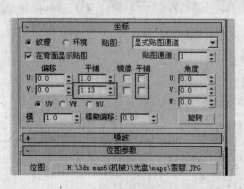

图 5-98　设置雪碧贴图参数

图 5-99　调整后效果

图 5-100　雪碧效果

图 5-101　苹果

　操作步骤：

1．创建苹果模型

方法一："车削"建模

1）执行菜单中的"文件|重置"命令，重置场景。

2）进入 （图形）命令面板，单击 弧 按钮，在前视图中创建一条弧线，如图 5-102 所示，作为苹果的外轮廓线。

3）进入 （修改）面板，执行修改器中的"编辑样条线"命令，然后进入 （顶点）级别，适当调整弧线的形状，结果如图 5-103 所示。

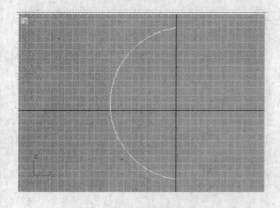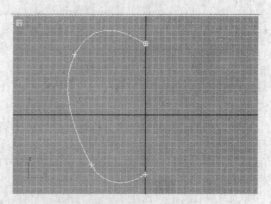

图 5-102　创建弧线　　　　　　　　　　　　图 5-103　调整形状

4）执行修改器中的"车削"命令，设置参数如图 5-104 所示，结果如图 5-105 所示。

方法二：放样建模

1）执行菜单中的"文件|重置"命令，重置场景。

2）进入 （图形）命令面板，单击 弧 按钮，在前视图中创建一条弧线，如图 5-106 所示，作为苹果放样图形。然后进入 （修改）面板，执行修改器中的"编辑样条线"命令，接着进入 （顶点）级别，适当调整弧线的形状，结果如图 5-107 所示。

3）进入 （图形）命令面板，单击 圆 按钮，在顶视图中创建一个圆环作为放样路径，如图 5-108 所示。

4）选中创建的圆环，进入 （几何体）命令面板，在 标准基本体 下拉列表中选择

3ds max 8 中文版设计基础

选项，然后单击 放样 按钮，接着在"创建方法"卷展栏中单击 获取图形
按钮，在视图中选择绘制好的弧线，结果如图 5-109 所示。

图 5-104 执行"车削"命令

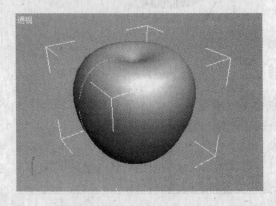

图 5-105 "车削"效果

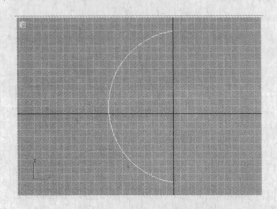

图 5-106 创建弧线

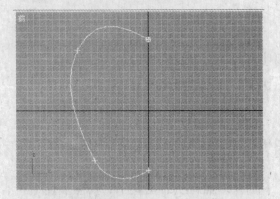

图 5-107 调整形状

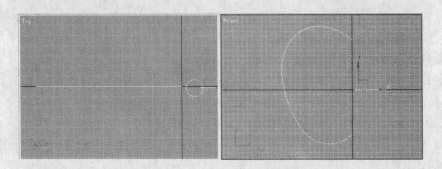

图 5-108 创建圆环作为放样路径

154

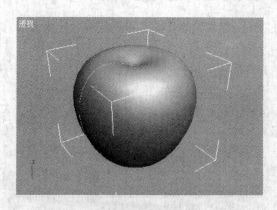

图 5-109　放样后效果

5）此时苹果不够圆滑。为了解决这个问题需选择视图中的弧线，然后进入 （修改）面板"编辑样条线"的 （顶点）级别，接着单击 优化 按钮，在视图中的弧线上添加顶点即可。

6）制作果柄。方法：进入 （图形）命令面板，单击 线 按钮，在前视图中绘制一条曲线，作为苹果果柄的外轮廓线。然后单击 圆 按钮，在顶视图中创建一个圆环，结果如图 5-110 所示。接着选中曲线，进入 （几何体）命令面板，在 标准基本体 下拉列表中选择 复合对象 选项，再单击 放样 按钮。最后在"创建方法"卷展栏中单击 获取图形 按钮后拾取视图中绘制好的圆环，结果如图 5-111 所示。

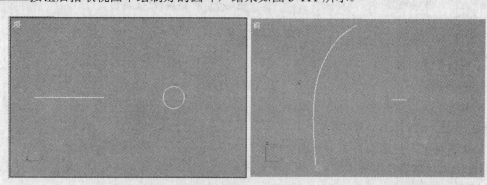

图 5-110　创建放样路径和放样图形

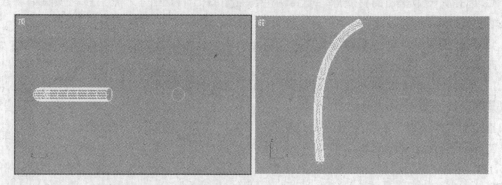

图 5-111　放样后效果

7）用鼠标右键单击果柄，在弹出的快捷菜单中选择"转换为|转换为可编辑的网格"命令。

8）进入 （修改）命令面板，选择 （顶点）级别，框选同一横截面上的节点，然后利用工具栏上的 按钮，适当放大，结果如图 5-112 所示。

9）进入 （修改）面板，执行修改器中的"网格平滑"命令，设置参数如图 5-113 所示，结果如图 5-114 所示。

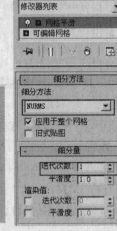

图 5-112　放大顶点　　　　图 5-113　设置"网格平滑"　　　图 5-114　"网格平滑"效果

2. 制作苹果材质

方法一：

1）单击工具栏上的 （材质编辑器）按钮，进入材质编辑器。选择一个空白的材质球，参数设置如图 5-115 所示。

2）此时可单击材质编辑器工具栏上的 （材质/贴图导航器）按钮，察看一下材质，如图 5-116 所示。然后选中视图中的苹果模型，单击 （将材质指定给选定对象）按钮，将材质赋给苹果。

3）选择另一个空白的材质球，设置颜色参数如图 5-117 所示。然后将材质赋给场景中的果柄模型。

4）选择透视图，单击工具栏上的 （快速渲染）按钮，渲染后的结果如图 5-118 所示。

方法二：

1）单击工具栏上的 （材质编辑器）按钮，进入材质编辑器。选择一个空白的材质球，参数基本设置如图 5-119 所示。

指定给"漫反射"右侧按钮一个"渐变"贴图，参数设置如图 5-120 所示。

2）此时可单击材质编辑器工具栏上的 （材质/贴图导航器）按钮，察看一下材质，如图 5-121 所示。然后选中视图中的苹果模型，单击 （将材质指定给选定对象）按钮，将材质赋给苹果。

3）果柄材质与方法一相同。然后选择透视图，单击工具栏上的 （快速渲染）按钮，渲染后的结果如图 5-122 所示。

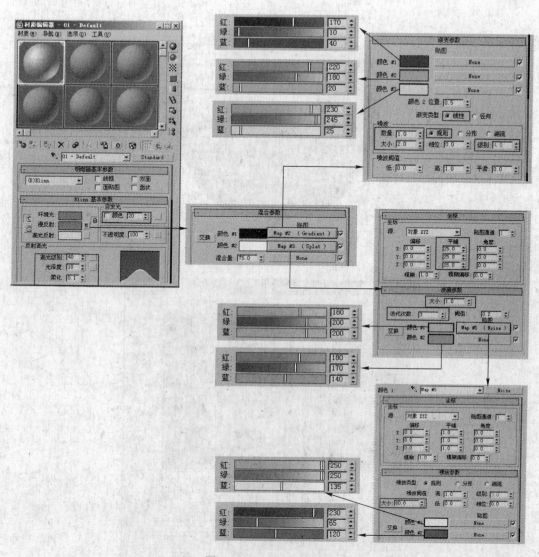

图 5-115　设置材质参数

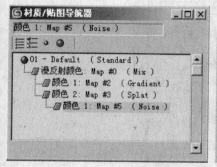

图 5-116　材质分布

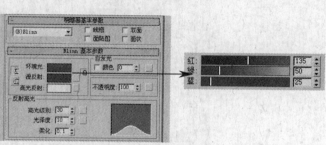

图 5-117　设置果柄颜色

图 5-118　渲染效果

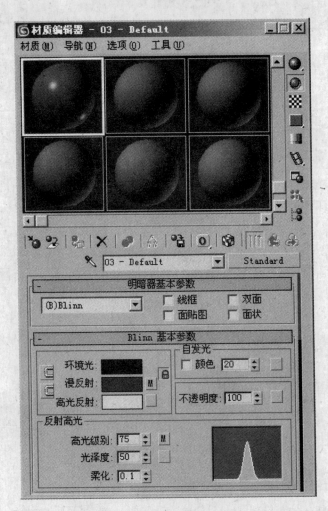

图 5-119　设置材质基本参数

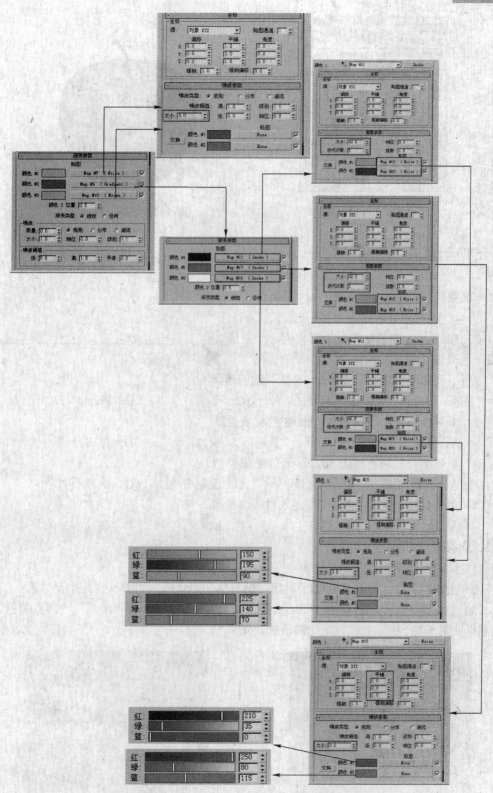

图 5-120　设置材质具体参数

图 5-121　材质分布　　　　　　　　　图 5-122　渲染后的效果

5.6　课后练习

1. 填空题

（1）_____材质可以称为 2D 渲染方式。

（2）3ds max 8 中的贴图分为五大类，分别是_____、_____、_____、_____和_____。

2. 选择题

（1）下列哪种明暗器是 3ds max 8 默认的明暗器？（　　　）

A. Blinn　　　　　　B. 金属　　　　　　C. 多层　　　　　　D. Phong

（2）下列哪个选项不属于 3ds max8 的材质类型？（　　　）

A. 混合　　　　　　B. 双面　　　　　　C. 噪波　　　　　　D. 顶/底

（3）下列哪个选项不属于 3ds max8 的贴图类型？（　　　）

A. 光线跟踪　　　B. 平面镜　　　　　C. 反射/折射　　　D. 大理石

（4）单击键盘上的___键，可以进入材质编辑器？（　　　）

A. A　　　　　　　B. C　　　　　　　C. M　　　　　　　D. G

3. 问答题/上机练习

（1）简述产生阴影材质的三个要点。

（2）上机练习1：利用"多重/子对象"材质制作纪念币，如图 5-123 所示。

（3）上机练习2：综合利用"顶/底"材质，"渐变"、"混合"、"漩涡"、"顶点颜色"贴图来制作如图 5-124 所示的冰雪融化的山脉效果。

图 5-123　上机练习 1 效果　　　　　　　　图 5-124　上机练习 2 效果

第6章　场　　景

在三维制作中要完成一个真实和丰富多彩的场景，通过简单的建模、材质与贴图是远远不够的，还需要灯光、环境与效果、摄像机的综合应用。通过本章学习我们应掌握以下内容：

- 光的概念和 3ds max 8 提供的 8 种标准灯光
- 环境与效果
- 摄像机的基本要领和简单应用

6.1　灯光

在介绍灯光前，应该知道 3ds max 8 中的灯光可用来模拟现实中的日光灯、霓虹灯、火和太阳、月光等光源。

6.1.1　光的基本概念

光的颜色对环境影响很大。明亮，色彩鲜艳的灯光有一种喜庆的气氛；而冷色调，则给人带来阴森、恐怖的感觉。七色光是指白色光谱中的可见光部。在 3ds max 的世界里，所呈现的场景主要取决于照明方式的选择，而照明方式的选取完全由发光对象的颜色和位置决定。

6.1.2　灯光类型

单击命令面板中的 ▨ （灯光）按钮，即可调出灯光面板，在 3ds max8 灯光面板的下拉表中，有"标准灯光"和"光度学"两种灯光类型，如图 6-1 所示。

- 标准灯光有 8 种，它们分别为：目标聚光灯、自由聚光灯、目标平行光、自由平行光、泛光灯、天光、mr 区域泛光灯和 mr 区域聚光灯，如图 6-2 所示。
- 光度学灯光有 8 种，它们分别为：目标点光源、自由点光源、目标线光源、自由线光源、目标面光源、自由面光源、IES 太阳光和 IES 天光，如图 6-3 所示。

图 6-1　"灯光"命令面板

图 6-2　标准灯光

图 6-3　光度学灯光

3ds max 8 中文版设计基础

创建灯光系统的具体方法如下：

1）进入 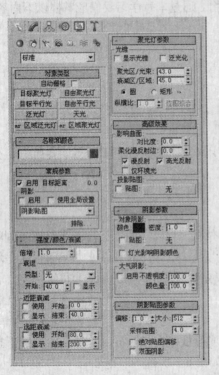（创建）面板，单击 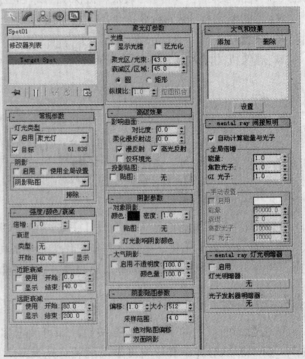（灯光）按钮。

2）选择一种灯光类型，然后在视图中单击并拖拽鼠标，生成一个灯光。

3）移动发射点和目标点的位置，灯光的照射范围会随之改变。

> 提示：在创建泛光灯、天光和mr区域泛光灯时，直接选中灯光类型，然后在视图中点击而不需要拖拽鼠标，即可生成灯光。

在创建灯光时的创建面板和创建后的修改面板会有所改变，如图6-4所示。

创建灯光面板　　　　　　　　　　　修改灯光面板

图6-4　创建面板和修改面板的对比

1. 标准灯光

（1）聚光灯

聚光灯用来发出像手电筒、舞台上的舞台灯一样聚集的光束。它一般被作为场景中主要光源使用，主要用来照亮特定的对象。3ds max8 中的聚光灯包括两种类型：目标聚光灯和自由聚光灯。目标聚光灯是指将光线投射到目标对象上的灯光，它的发射点和目标点都可以被独立地移动；自由聚光灯包含了目标聚光灯的所有性能，只是没有目标对象而已，所以它不是通过放置目标点来对准对象的，而是通过整体旋转自由聚光灯来对准目标对象的。

"常规参数"卷展栏

"常规参数"卷展栏可设置聚光灯的常用参数，它的参数面板如图6-5所示。

"灯光类型"选项组

"灯光类型"选项组的参数解释如下：

- 启用：用于控制是否启用灯光系统。灯光只有在着色和渲染时才能看出效果。当关闭"启用"选项时，渲染将不显示出灯光的效果。
- 下拉列表：在"启用"选项的右侧为灯光类型的下拉列表，通过它可转换灯光的类型。其中有"聚光灯"、"泛光灯"和"平行灯"三种灯光类型可供选择。
- 目标：选中该复选框，灯光将被目标化。灯光和它的目标之间的距离将在目标项的右侧被显示出来。对于自由灯光，可以直接设置这个距离值，对于有目标对象的灯光类型，可通过移动灯光的位置和目标点来改变这个距离值。

"阴影"选项组

"阴影"选项组的参数解释如下：

- 启用：用于定义当前选择的灯光是否要投射阴影和选择所投射阴影的种类。
- 使用全局设置：选中该复选框，将实现灯光阴影功能的全局化控制。
- 排除：单击该按钮，将弹出灯光的"排除/包含"对话框，如图 6-6 所示。我们可通过"排除/包含"对话框来控制创建的灯光对场景中的哪些对象起作用。

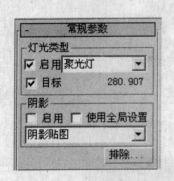

图 6-5　"常规参数"选项组

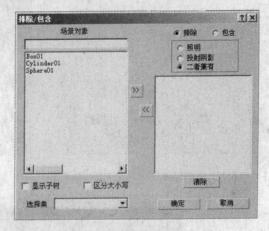

图 6-6　"排除/包含"对话框

关于"排除/包含"对话框的各项功能介绍如下：

- "场景对象"栏及下面的列表栏：列出了场景中所有是否受灯光影响的对象名称。
- ≫按钮：单击该按钮，能把左边列表栏所选择的对象转移到右边的列表栏中；单击≪按钮，能把右边列表栏中所选择的对象移回左边的列表栏中。
- "排除"和"包含"：用于决定对象是否排除/包含灯光的影响，它们只对右边列表栏中被选择的对象起作用。
- 照明：单击"排除"和"照明"两个单选框，右侧列表框中的对象表面将不受任何光线影响，显示为黑色，如图 6-7 所示。
- 投射阴影：单击该单选框，右侧列表框中的对象在灯光启用阴影的情况下将没有阴影效果，如图 6-8 所示。
- 二者兼有：单击该单选框，表示同时使用"照明"和"阴影投射"两项的作用。图 6-9

3ds max 8 中文版设计基础

为同时单击"二者兼有"单选框后的渲染效果。

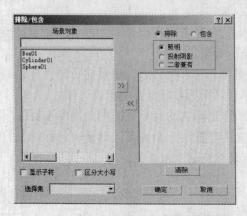

图 6-7　单击"照明"和"排除"两个单选框及渲染后效果

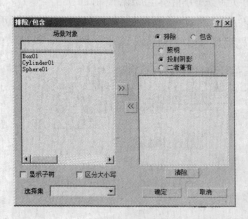

图 6-8　单击"阴影投射"和"排除"两个单选框及渲染后效果

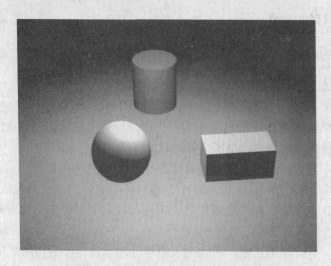

图 6-9　单击"二者"单选框后的渲染效果

● 清除：单击该按钮将快速清除右边列表栏中的所有对象。

- ●"显示子树"和"区分大小写"：用于控制左侧列表框中的对象是以"显示子树"方式还是"区分大小写"方式进行显示。

"强度/颜色/衰减"卷展栏

灯光是随距离的增加而减弱的，"强度/颜色/衰减"卷展栏主要设置灯光的强度、颜色和衰减效果，控制灯光的特性，它的参数面板如图 6-10 所示。

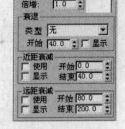

"强度/颜色/衰减"卷展栏的参数解释如下：

- ●"倍增"数值框中的数值为灯光的亮度倍率，数值越大光线越强，系统默认的灯光亮度为 1.0。

"衰退"选项组

"衰退"选项组的参数解释如下：

- ● 倍率：用于设置灯光的亮度。
- ● 颜色块：单击"倍率"数值框后面的色块后，可设置灯光的颜色。

图6-10 "强度/颜色/衰减"选项组

- ● 开始：用于设置衰减的远近值，值越大，灯光强度越强。
- ● 显示：选中该复选框，在视图中将会显示光源的衰减范围，如图 6-11 所示。

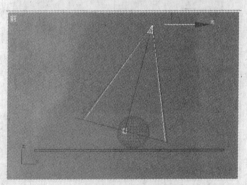
未选中"显示"复选框

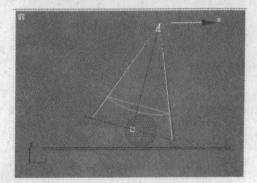
选中"显示"复选框

图6-11 选中"显示"复选框的前后比较

"近距衰减"选项组

"近距衰减"选项组用于设定系统光源衰减的最小距离，如果对象与光源的距离小于这个值，那么光源是照不到它的。

"近距衰减"选项组的参数解释如下：

- ●"开始"和"结束"：用于控制光源衰减的范围。
- ● 使用：选中该复选框后，衰减参数才能起作用。
- ● 显示：选中该复选框后，衰减的开始和结束范围将会用线框在视图中显示，便于观察，如图 6-12 所示。

"远距衰减"选项组

"远距衰减"选项组用于设定光源衰减的最大距离，如果物体在这个距离之外，光线也不会照射到这个物体上。

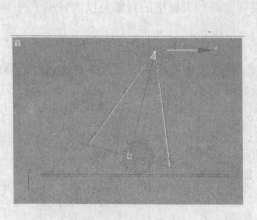 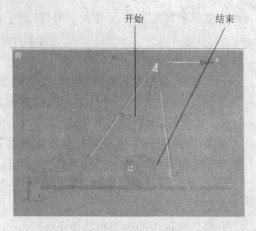

图 6-12 选中"显示"复选框的前后比较

在视图中创建一个简单场景，我们即可观察灯光衰减的效果，如图 6-13 所示。

图 6-13 使用衰减和不使用衰减的对比

"聚光灯参数"卷展栏

"聚光灯参数"卷展栏主要是调整灯光的光源区域与衰减区的大小比例关系以及光源区的形状，它的参数面板如图 6-14 所示。

"聚光灯参数"卷展栏的参数解释如下：

"锥形光线"选项组

"锥形光线"选项组用于设定聚光效果形成的光柱的相关选项。

图 6-14 "聚光灯参数"面板

"锥形光线"选项组的参数解释如下：

● 显示圆锥体：选中该复选框后系统用线框将光源的照射作用范围在场景中显示出来。

● 泛光化：选中该复选框后，光线将向四面八方散射。

● 聚光区/光束：用于设定光源中央亮点区域的投射范围。

● 衰减区/视野：用于设定光源衰减区的投射区域的大小。很显然衰减区应该包含聚光区。

● "圆"和"矩形"：分别代表光照区域为圆形或矩形。图 6-15 为两种情况的比较。

矩形　　　　　　　　　　　　　　　　　　　　　圆

图 6-15　单击"矩形"和"圆"选项渲染效果的比较

- 纵横：用于设置矩形光源的长宽比，不同的比值决定光照范围的大小和形状。
- 位图拟合：能够将光源的长宽比作为所选图片的长宽比。

"高级效果"卷展栏

"高级效果"卷展栏用于设定灯光照射物体表面，它
的参数如图 6-16 所示。

"影响曲面"选项组

"影响曲面"选项组的参数解释如下：

- 对比度：用于设定当光源照射物体边缘时，受光面
  和阴暗面所形成的对比值的强度。

图 6-16　"高级效果"参数面板

- 柔化漫反射边：用于设定表现灯光照射到物体上的柔和程度。
- "漫反射"区域、"高光反射"区域和"仅环境光"：可将物体表面分为不同部分进行
  柔和处理。

"投影贴图"选项组

选中"贴图"复选框后，可将贴图以影像投影的方式投影出来，单击右边的按钮可指定
投射贴图文件。图 6-17 为灯光直接投射到木板的效果，图 6-18 为指定了一张投影贴图后渲
染出来的效果。

图 6-17　灯光的照射

图 6-18　灯光投射贴图

"阴影参数"卷展栏

"阴影参数"卷展栏可对具体的阴影效果进行设置，也可对阴影方式进行选择，它的参

3ds max 8中文版

数面板如图 6-19 所示。

"对象阴影"选项组

"对象阴影"选项组的参数解释如下:

● 颜色块:单击"对象阴影"栏中的"颜色"块,可对阴影进行颜色的调节。

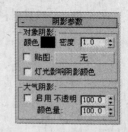

图 6-19 "阴影参数"面板

● 密度:用于设置阴影的浓度。数值越大阴影浓度越大,图 6-20 为不同"密度"值的比较。

● 贴图:选中该复选框后,单击后面的按钮,可选择阴影的贴图,即用一幅位图来代替单纯的颜色。

"密度"值为 0.8

"密度"值为 3

图 6-20 不同"密度"值的比较

● 灯光影响阴影颜色:选中该复选框后,阴影的颜色会与灯光的颜色进行计算得到一个综合颜色。

"大气阴影"选项组

"大气阴影"选项组可使大气效果产生阴影。

"大气阴影"选项组的参数解释如下:

● 启用:选中该复选框后,大气的效果发生作用。

● 不透明:用于设置透明程度。

● 颜色量:用于设置阴影颜色与大气颜色的混合程度。

"阴影贴图参数"卷展栏

"阴影贴图参数"卷展栏主要是针对阴影的方式,它的参数面板如图 6-21 所示。

"阴影贴图参数"卷展栏的参数解释如下:

● 偏移:用于设置物体与产生阴影图形的距离,数值越大,阴影离物体的距离就越远。

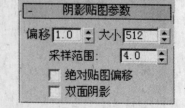

图 6-21 "阴影贴图参数"面板

● 大小:用于设置阴影贴图的大小。

● 采样范围:用于设定阴影模糊的程度。图 6-22 为不同"采样范围"值的比较。

● 绝对贴图偏移:选中该复选框后,系统将会使物体与阴影之间的距离固定下来与其他物体做区别。

"采样范围"值为1

"采样范围"值为10

图6-22 不同"采样范围"值的比较

● 双面阴影：选中该复选框后产生的阴影在两个方向上都能看见。图 6-23 为选中"双面阴影"复选框的前后比较。

未选中"双面阴影"复选框

选中"双面阴影"复选框

图6-23 选中"双面阴影"复选框前后比较

"大气和效果"卷展栏

"大气和效果"卷展栏用于设置添加和修改，它的参数面板如图6-24所示。

"大气和效果"卷展栏的参数解释如下：

● 添加：单击该按钮，在弹出的如图6-25所示的对话框中可添加相应的效果。

图6-24 "大气和效果"面板

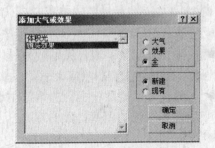

图6-25 "添加大气或效果"对话框

● 设置：单击该按钮可对添加的效果进行相应的参数设置。

（2）平行灯

3ds max 8中文版

平行灯光就像太阳照射地面一样，在一个方向上发出平行光线，它主要用于模拟太阳光的照射效果。通过调整参数，可以调整平行光的颜色和位置。平行灯光也有自己的平行光参数卷展栏。其平行光的参数界面、使用及各选项组的含义与聚光灯的参数基本相同，这里就不多述。

（3）泛光灯

泛光灯是一个向所有方向发射的点光源，它将照亮朝向它的所有表面。在默认情况下 3ds max 提供了两盏缺省的泛光灯来照亮场景。这两盏泛光灯默认情况下是不显示的，一旦创建了自己的灯光，这两个缺省的泛光灯将关闭。

泛光灯是一种比较简单的灯光类型，除了具有与其他标准灯光一样的通用参数卷展栏外，并没有它自己特性的参数卷展栏。

（4）天光

"天光"主要用于模拟整体场景的环境日光效果。"天光"同聚光灯和平行灯一样，是有着自己特性的参数。

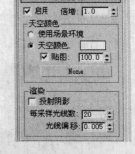

图 6-26 　"天光"参数卷展栏

"天光"卷展栏

"天光"卷展栏主要用于设定颜色和渲染，它的参数面板如图 6-26 所示。

"天光"卷展栏的参数解释如下：

● 启用：用于确定是否使用天光。当选中复选框时，将使用该灯光的阴影和渲染效果来给场景添加效果。

● 倍增：用来改变灯光的强度，它的默认值为 1.0（也可以是负数）。如果该数值太强，灯光的颜色会有一种烧焦的感觉。

"天空颜色"选项组

"天空颜色"选项组的参数解释如下：

● 使用场景环境：用来定义天光的颜色是否在环境对话框中进行对环境色的设置。

● 天空颜色：通过右侧的颜色块来选择灯光的颜色。

● 贴图：定义是否使用贴图来影响天光的颜色，通过下侧的按钮可将一张贴图作为环境色，而右侧的数值框用于设定贴图颜色的百分比。数值小于 100 时，贴图颜色将与天光的颜色混合。

"渲染"选项组

"渲染"选项组的参数解释如下：

● 投射阴影：用于决定对天光是否产生阴影。

● 每采样光线数：该数值框数值越大，渲染效果越好。数值过大会影响渲染速度。

● 光线偏移：该数值框中的数值用于设定物体与产生阴影图形的距离，数值越大，阴影离物体的距离就越远。

（5）mr 区域灯

mr 区域灯分为两种：一种是 mr 区域泛光灯；另一种是 mr 区域聚光灯。它们比其他灯光多了一项"区域灯光参数"卷展栏，如图 6-27 所示。

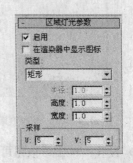

图 6-27 　"区域灯光参数"卷展栏

"区域灯光参数"卷展栏

"区域灯光参数"卷展栏的参数解释如下:

● 启用:选中该复选框时,将使用 mr 区域灯光。

● 在渲染器中显示图标:选中该复选框,可在渲染器面板中对 mr 区域灯光进行设置。

● 类型:在该下拉列表中有"矩形"和"圆形"两种类型可选择。当选择"圆形"类型时"半径"数值才能被激活,这时"高度"和"宽度"数值却不能使用。当选择"矩形"类型时,"高度"和"宽度"数值才能使用。

● 采样:该选项组中的"U"、"V"值代表横向和纵向,可针对它的"U"、"V"方向进行调节。

2."光度学"灯光

光度灯是为了补充早先版本的不足,在以前的版本中创建荧光灯管或是霓红灯,是比较高的技术,现在用光度学灯光则可轻松实现这些效果。

光度学的灯光类型有 8 种,它们分别为:目标点光源、自由点光源、目标线光源、自由线光源、目标面光源、自由面光源、IES 太阳光和 IES 天光。它们分别有不同的适用范围。

光度学灯光与标准灯光一样,分为目标类灯光与自由灯光两种,它们的区别在于是否有目标点。设置目标点的意义在于可设置追光功能,将目标点与物体连接起来,这样随着物体的运动,就可改变灯光照射的位置和方向。

在这里需要说明一下"IES 天光","IES"是"照明工程学会"的英文缩写,光度灯光的很多参数都根据该学会的专用名词而来的。

光度学灯光的特性

在 3ds mas 8 中,光度学灯光的很多设置与标准灯光是相同的,主要区别在于"强度/颜色/分布"卷展栏,如图 6-28 所示。

"强度/颜色/分布"卷展栏的参数解释如下:

在分布栏右边的下拉框有光度灯光的分布类型,这里所说的类型指的是照射范围,分布类型有以下几种:"Web",这是一种灯光衰减的三维效果表现形式;"等向",这种分布方式是正常的衰减,光线向四面八方照射,在各个方向上的衰减程度是相同的;"聚光灯",这种效果的分布犹如聚光一样。

"颜色"选项组

与标准灯光不同的是,光度灯的颜色可以用两种方式来进行选择和设置。第一种是根据照明工程学的标准灯光类型来选择;第二种是使用"开尔"颜色来选择。

第一种类型非常实用,如果是从制作效果图的角度来说,也可以起到观察实际效果、帮助设计的作用。照明工程学会具体的灯光类型中包括现实生活中几乎所有的灯光类型,这些灯光类型是现实世界中真正意义的灯光,比如:"高压钠灯"、"卤元素灯"、"日光荧光"等,如图 6-29 所示。

第二种类型是使用"开尔"颜色。在后面的数值框中输入"开尔"的数值,灯光的颜色就会改变。开尔的取值范围是从 1000 到 20000,颜色是从红色到蓝色。

"过滤颜色"用于选择过滤颜色,其效果就像在灯光面前加了色片一样。

"强度"选项组

"强度"也可以使用两种方式进行设置。第一种是使用光学照明单位;第二种与标准灯光相同，使用传统的"倍增"来表示。

图 6-28 "强度颜色/分布"卷展栏

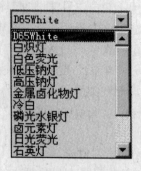

图 6-29 光度灯类型

灯光的光学照明单位表示方法可以有三种："lm"、"cd"和"lx"。这三种是不同的光照强度单位，在物理学中可以查找相应的意义。从光照角度上说，"cd"和"lx"相同，都要强于"lm"类型，其中"lx"表示灯光的强度时，灯光会出现照射范围的线框，调整下面的参数，可增大或缩小这个范围。

6.2 环境

6.2.1 环境大气的概念

真实世界中的所有对象都被某种特定的环境所围绕。环境对场景氛围的设置起到了很大的作用。例如，冬天大雪后的小镇与夏天大雨后的小镇的环境有很大的不同，在制作这样的场景时要应用不同的环境效果。3ds max 8 包含了颜色设置，背景图像和光照环境的对话框，这些特性有助于定义场景。

大气效果包括火效果、雾、体积雾和体积光。这些效果只有在进行渲染后才可以看到。

6.2.2 环境参数设置

执行菜单中的"渲染|环境"命令，会弹出"环境和效果"面板，如图 6-30 所示。它包括"公用参数"、"曝光控制"和"大气"三个卷展栏。在这个面板中可以对 3ds max8 的整体环境进行设置。

1. "公用参数"卷展栏

"公用参数"卷展栏用于设置环境的整体参数。它包括"背景"和"全局照明"两个选项组。

"公用参数"卷展栏的参数解释如下：

"背景"选项组

"背景"选项组中的参数用于设置渲染场景的背景。

"背景"选项组的参数解释如下：

● 颜色:单击"颜色"色块，可在调色板中选择背景颜色。

● 使用贴图:选中"使用贴图"复选框后，可使用贴图作为背景，具体贴图可通过下面的按钮在材质浏览器中进行选择。在背景中加入贴图后的效果如图 6-31 所示。

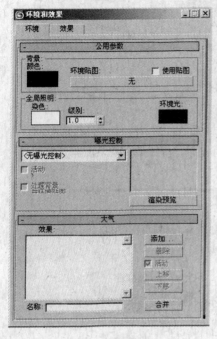

图 6-30　"环境和效果"面板

图 6-31　添加背景贴图

"全局照明"选项组

"全局照明"选项组中的参数则是对场景的整体照明加以控制。

"全局照明"选项组的参数解释如下：

● 染色：单击"全局照明"选项组中的"染色"色块后，可选择全局灯光的基本颜色。

● 级别："级别"数值框用于控制全局灯光的强度。全局灯光对场景的影响非常大，当对场景中某个灯光设定了颜色后，被照射物体仍会受到全局灯光颜色的影响。所以通常将染色设定为白色。

● 环境光："环境光"则体现出整个场景的颜色，系统默认为黑色。它主要控制灯光照射不到的部分。

2. "曝光控制"卷展栏

"曝光控制"卷展栏用于控制渲染的输出等级和颜色范围，就像你调整照相底片的曝光一样。下拉列表用于选择合适的曝光控制方式，共有"对数曝光控制"、"伪彩色曝光控制"、"线性曝光控制"和"自动曝光控制"4 种方式可供选择，如图 6-32 所示。

在同一个场景中使用不同的曝光控制的效果如图 6-33所示。

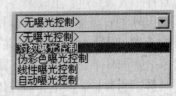

图 6-32　曝光控制方式

● 活动:选中后，在渲染时将使用曝光控制。

● 处理背景和环境贴图：选中后，场景、背景和环境贴图也要受到曝光控制的作用。

● 右边的图框:用于显示渲染的应用了曝光控制的场景，当改变了曝光控制参数后，它会自动更新。

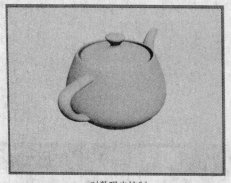
对数曝光控制

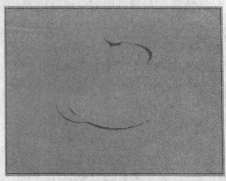
伪彩色曝光控制

线性曝光控制

自动曝光控制

图 6-33　不同的曝光控制效果

● 渲染预览:用于渲染预览图框。

3."大气"卷展栏

"大气效果"卷展栏可以添加和管理场景中的各种大气效果。在场景中大气效果可模拟现实生活中常见的云、烟和雾等。在 3ds max8 中默认的大气效果有四种，分别为：火效果、雾、体积雾和体积光。单击"大气"卷展栏中的"添加"按钮，会弹出"添加大气效果"对话框，如图 6-34 所示。

（1）火效果

使用火效果可以生成火焰、烟以及爆炸效果等，如火炬、火球和云团类的效果。制作火效果需要"Gizmo"来限定火的范围。"Gizmo"可在"创建面板"下的（辅助对象）次面板下拉框"大气装置"中创建，它有三种方式供选择：长方形、球形和圆柱体，如图 6-35 所示。通过

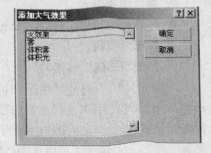
图 6-34　"添加大气效果"面板

移动、旋转和缩放可对已创建的 Gizmo 进行修改，但不能使用修改器命令。"火效果"参数面板如图 6-36 所示。

提示：火效果不支持透明物体，若要表现物体被烧尽的效果应该用可见性的物体。

图 6-35 三种"大气装置"

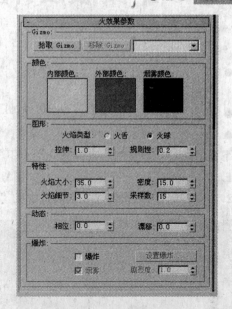

图 6-36 "火效果"参数面板

当单击"拾取 Gizmo"按钮后可拾取视图中的 Gizmo 作为火效果。

"火效果参数"卷展栏的参数解释如下:

"Gizmo"选项组

"Gizmo"选项组用于选取和删除作为火焰的 Gizmo。

"颜色"选项组

"颜色"选项组用于设置火焰的颜色。火焰的组成颜色有三种:内部颜色、外部颜色和烟雾颜色。

"图形"选项组

"图形"选项组的参数用于设置火焰的形状,火焰的总体形状是由加载的对象决定的,这里指的形状是火焰的形状。

火焰有"火舌"和"火球"两种类型。这两种类型是由"拉伸"和"规则性"的数值来控制。

"特性"选项组

"特性"选项组用于设置火焰的具体特性。

"特性"选项组的参数解释如下:

● 火焰大小:用于控制火焰的大小,值越大火焰越大。

● 密度:用于设置火焰的颜色浓度。

● 火焰细节:用于设置火焰的细节描述程度,数值越高,运算量越大。

● 采样数:用于设置火焰的模糊度,数值越大,渲染时间越长。

"动态"选项组

"动态"选项组的参数解释如下:

● 相位:用于设置不同类型的火焰。

● 漂移:数值越大,火焰的跳动越强烈。

"爆炸"选项组

"爆炸"选项组的参数解释如下：

- 爆炸：选中后，单击"设置爆炸"按钮，在弹出的对话框中可设置爆炸的开始时间和结束时间。

- 烟雾：选中后，爆炸发生的同时会产生浓烟。

- 剧烈值：用于控制爆炸的激烈程度。

下面就通过一个实例，来具体介绍一下"火效果"的使用方法，具体过程如下：

1）在场景中制作一个火把造型，如图 6-37 所示。

2）在火把头的位置创建大气装置中的"球体 Gizmo"，如图 6-38 所示。

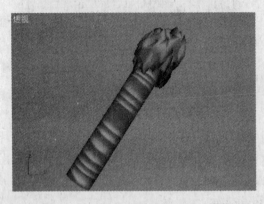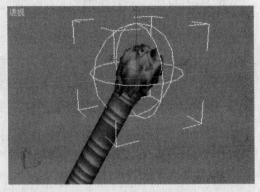

图 6-37　创建火把　　　　　　　　图 6-38　创建"球体 Gizmo"

3）在"球体 Gizmo 参数"卷展栏中选中"半球"前的复选框，将球体 Gizmo 变为半球 Gizmo，然后使用 （选择并非均匀缩放）工具对其进行拉伸，结果如图 6-39 所示。

4）执行菜单中的"渲染"→"环境"命令，进入"环境和效果"面板。

5）单击"大气"卷展栏中的"添加"按钮，在弹出的对话框中选择"火效果"，然后单击"确定"按钮。

6）这时就会出现"火效果参数"卷展栏。下面单击"拾取 Gizmo"按钮，到场景中拾取"圆柱体 Gizmo"，然后渲染场景，结果如图 6-40 所示。

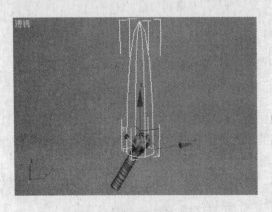

图 6-39　变形"球体 Gizmo"　　　　　　图 6-40　渲染结果

（2）雾

"雾"用于制造一种在视图中物体可见度随位置而改变的大气效果，像现实生活中的雾一样，它的位置一般以渲染的视图作为参照。"雾"的参数卷展栏如图6-41所示。

"雾参数"卷展栏的参数解释如下：

"雾"选项组

"雾"选项组用于设置雾的环境。

"雾"选项组的参数解释如下：

图6-41　"雾"参数卷展栏

- 颜色：用于设置雾的颜色。
- 环境颜色贴图：用贴图来控制雾的颜色，取消勾选"使用贴图"复选框，渲染时将不会有贴图颜色。
- 环境不透明贴图：用贴图来控制雾的透明度，把后面"使用贴图"复选框关闭，渲染时将不会有贴图颜色。
- 雾化背景：用于控制背景的雾化。
- 类型：分为"标准"和"分层"两种。"标准"指雾的浓度随远近的变化而变化；"分层"指雾的浓度随视图的纵向变化。

"标准"选项组

"标准"选项组只有在选择"标准"类型时才可用。

"标准"选项组的参数解释如下：

- 指数：用于控制雾的浓度随距离的变化符合现实中的指数规律。
- 近端%/远端%：用于控制在摄像机的近端和远端位置上雾的浓度的百分数，在这两者之间系统会自动产生过渡。

图6-42为使用"标准"雾前后的比较。

未使用"标准"雾

使用"标准"雾

图6-42　使用"标准"雾前后的比较

"分层"选项组

"分层"选项组只有在选择"分层"类型时才可用。

"分层"选项组的参数解释如下：

● 顶：用于设定雾的顶端到地平线的值，也就是雾的上限。

● 底：用于设定雾的底端到地平线的值，也就是雾的下限。

● 密度：用于控制雾的整体浓度。

● 衰减："顶"、"底"、"无"三种，将添加一个额外的垂直地平线的浓度衰减，在顶层或底层雾的浓度将为 0。

● "地平噪波"复选框指的是为雾添加噪波，可在雾的地平线上增加一些噪波以增加真实感。

● "角度"用于控制效果偏离地平线的角度。

● "大小"用于控制噪波的尺寸，值越大雾的卷须越长。

● "相位"数值框数值可制作雾气腾腾的效果。

图 6-43 为使用"分层"雾的效果。

图 6-43   "分层"雾效果

（3）体积雾

"体积雾"是一种拥有一定作用范围的雾，它和火焰一样需要一个 Gizmo。体积雾的参数卷展栏如图 6-44 所示。

"体积雾参数"卷展栏的参数解释如下：

"Gizmo"选项组

"Gizmo"选项组的参数解释如下：

● 拾取 Gizmo：单击该按钮后拾取一种类型的 Gizmo，即可产生"体积雾"效果。如果不选择任何 Gizmo，那么体积雾将会弥漫整个场景。

● 柔化 Gizmo 边缘：用于控制加载物体的边缘模糊，这样体现在体积雾的效果上会使得雾的边缘更加柔和，产生更为朦胧的感觉。

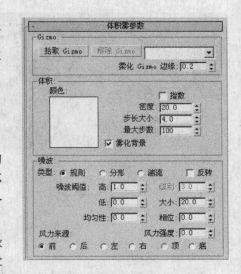

图 6-44   "体积雾"参数面板

178

"体积雾"选项组

"体积雾"选项组用于设定体积雾的特性。

"体积雾"选项组的参数解释如下：

● 颜色：用于控制体积雾的颜色。

● 指数：能使雾的浓度随距离的变化符合现实中的指数规律。

● 密度：用于定义体积雾的整体浓度。

● 步长大小：用于控制体积雾的粒度，值越大体积雾就显得越粗糙。

● 最大步数：用于限定取样的数量。

● 雾化背景：选中后使背景雾化。

"噪波"选项组

噪波有规则、分形和湍流三种类型。"噪波"选项组的参数解释如下：

● 反转：用于将噪波浓度大的地方变成浓度小的，浓度小的地方变成浓度大的。

● "噪波阈值"中的"高"：用于设定阈值的上限。

● "噪波阈值"中的"低"：用于控制阈值的下限，两者的值均在 0 至 1 之间，它们的差越大，雾的过渡越柔。

● 均匀性：用于控制雾的均匀性，取值范围为-1～1。值越小，越容易形成分离的雾块，雾块间的透明也越大。

● 级别：只有选择分形或湍流时才有效，用于调整噪波的程度。

● 大小：用于调整体积雾的大小。

● 相位：用于调节动画时控制体积雾的相位。

● 风力强度：用于控制烟雾的速度。

● 风力来源：可在下面选择风的方向。风力来源的方向有 6 种，分别是:前、后、左、右、顶、底。

图 6-45 为应用前边火把的场景，为火焰添加体积雾效果。

图 6-46 为使用体积雾表现的山峰云雾环绕的效果。

图 6-45　烟雾效果

图 6-46　云雾环绕的效果

3ds max8中文版

（4）体积光

"体积光"是用来模拟光柱或光圈等效果，它在制造氛围时十分有用。体积光必须与灯光相结合，也就是说场景中必须有灯光。体积光和体积雾的参数十分相似，在此我们只对体积光特有的参数作介绍，如图 6-47 所示。

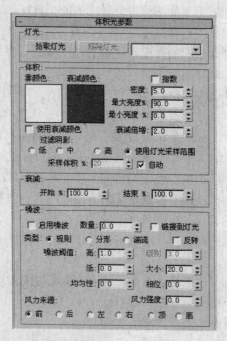

图 6-47 "体积光"参数面板

"体积光参数"卷展栏的参数解释如下：

"灯光"选项组

"灯光"选项组用于选取灯光。将设置好的大气效果添加到场景中的灯光上。单击"选取灯光"按钮后，在视图中拾取作为体积光的灯光，即可将体积光添加到灯光上。

"体积"选项组

"体积"选项组用于调整体积光的特性。它的色块有两种，"雾颜色"和"衰减颜色"。

"体积"选项组的参数解释如下：

● 当选中色块下的"使用衰减颜色"复选框后，体积光将由"雾颜色"逐渐变成"衰减颜色"。

● "衰减倍增"数值用于控制衰减的程度。

● "最大亮度%"和"最小亮度%"两者用于控制体积光的最大亮度和最小亮度，一般最小亮度的值设为"0"。

● "过滤阴影"用来提高体积光的渲染质量，随着渲染质量的提高渲染的时间也会增加。对不同的输出应使用不同方法，一般使用默认即可。

"衰减"选项组

"衰减"选项组用于控制体积光的衰减速度。"开始%"和"结束%"是体积衰减和灯光衰减的比较。数值在 100 时体积光的衰减和灯光的衰减是一致的，如果数值小于 100 时，体积光比灯光衰减要快，而数值大于100时则相反。

"噪波"选项组

"噪波"选项组的参数解释如下：

● "启用噪波"复选框指的是把噪波加入到体积光上。
● "数量"数值框指的是噪波的强度。
● "链接到灯光"复选框是使噪波跟随灯光一起移动，一般不使用此项，除非要达到一种特殊的效果。
● 体积光的"风力来源"也可制作动画，设置方法与体积雾相同。

图6-48为使用体积光制作的路灯效果。

图6-48 体积光效果

6.3 摄影机

在三维世界中，摄像机就像自然界中的人的眼睛一样，用来观察场景中的对象。可以从各个角度、位置拍摄各种镜头，还可以通过它的参数，设置一些特殊的效果。

6.3.1 摄影机的种类

单击 （创建）面板下的 （摄影机）按钮，即可显示出摄影机命令面板，如图 6-49 所示。3ds max 8 提供的摄影机分为"目标"摄影机和"自由"摄影机两种。

● "目标"摄影机：有一个目标点和一个视点。一般把摄影机所处的位置称为视点，把目标所处的位置称为目标点。可以通过调整目标点或者视点来调整观察方向，也可以在目标点和视点选择后同时调整它们。
● "自由"摄影机：只有视点没有目标点。用户可以通过移动视点来调整观察区域，也可以旋转变换调整观察方向。

6.3.2 摄影机的参数

摄影机的参数与现实中的摄影机功能有很多相同的地方，摄影机"参数"卷展栏如图 6-50 所示。

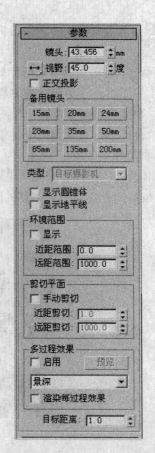

图 6-49 摄影机"对象类型"卷展栏

图 6-50 摄影机"参数"卷展栏

1."参数"卷展栏

"参数"卷展栏用于调整摄影机的参数。

"参数"卷展栏解释如下：

- 镜头：用于改变摄影机的镜头大小，单位是 mm（毫米）。随着镜头数值的增大，摄影机视图的物体变大，通过摄影机所能看到的范围变窄。

- 视野：用于设置摄影机的视野范围，单位是"度"。默认值相当于人眼的视野值，当修改其数值时，镜头的数值也将随之改变。它左边弹出的按钮有 ↔（水平）、↕（垂直）或 ◲（对角线）三种视野范围可供选择。

- 正交投影：选中后，摄影机会以正面投影的角度面对物体进行拍摄。这样将消除场景中后面对象的任何透视变形，并显示场景中所有对象的真正尺寸。

- "备用镜头"选项组：是系统预设的镜头，镜头包括 15mm、20mm、24mm、28mm、35mm、50mm、85mm、135mm 和 200mm 九种。"镜头"和"视野"数值框将根据所选择的备用镜头自动更新。

- 类型：右边的下拉列表框可以来回切换目标摄影机和自由摄影机。

- 显示圆锥体：选中后，系统会将摄影机所能够拍摄的锥形视野范围在视图中显示出来。

● 显示地平线：选中后，系统会将场景中的水平线显示于屏幕上。

"环境范围"选项组

"环境范围"选项组用于设置远近范围值。

"环境范围"选项组的参数解释如下：

● 显示:选中后在视图中将显示摄影机圆锥体内的黄色矩形。

● 近距范围：用于设置取景作用的最近范围。

● 远距范围：用于设置取景作用的最远范围。

"剪切平面"选项组

"剪切平面"选项组用于设置摄影机视图中对象的渲染范围，在范围外的任何物体都不被渲染。

"剪切平面"选项组的参数解释如下：

● 手动剪切：选中后，可以以手动的方式来设定摄影机的切片功能。

● 近距剪切：用于设定摄影机切片作用的最近范围，物体在范围内的部分不会显示于摄影机场景中。

● 远距剪切：用于设定摄影机切片作用的最远范围，物体在范围外的部分不会显示于摄影机场景中。

"多过程效果"选项组

"多过程效果"选项组用于设定摄影机的深度或模糊效果。

"多过程效果"选项组的参数解释如下：

● 启用：选中后，将启动景深模糊效果，其右侧的"预览"视野按钮也会变成启用的；如不选中，景深效果只有在渲染时才有效。

● 预视：单击"预视"按钮后，景深效果将在视图中显示出来。

● "多次效果"的下拉列表：在"多次效果"的下拉列表中有"景深 metal ray"、"景深"和"运动模糊"三种效果类型可供选择。在选择不同效果类型时会出现不同的参数卷展栏。

● 渲染每过程效果：选中后，场景的景深效果会被最终渲染出来。

● 目标距离：用于控制摄影机目标与摄影点之间的距离。

2. **"景深参数"卷展栏**

"景深参数"卷展栏用于调整摄影机镜头的景深与多次效果的设置，"景深参数"卷展栏如图 6-51 所示。

"景深参数"卷展栏解释如下：

"焦点深度"选项组

"焦点深度"选项组的参数解释如下：

● 使用目标距离：选中后，可以通过改变这个距离来使目标点靠近或远离摄影机。当使用景深时，这个距离非常有用。在目标摄影机中，可以通过移动目标点来调整距离，但在自由摄影机中只能改变这个参数来改变目标距离。

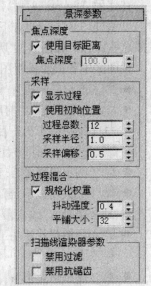

图 6-51　"景深参数"卷展栏

- 焦点深度：用于控制摄影机焦点远近的位置。当"使用目标距离"复选框被选中后，就使用摄影机的"使用目标距离"参数。如果没被选中，那么可以在"焦点深度"数值框内手工输入距离。

"采样"选项组

"采样"选项组用于渲染景深特效的抽样观察。

"采样"选项组的参数解释如下：

- 显示过程：选中后，系统渲染将能看到景深特效的叠加生产过程。
- 使用初始位置：选中后，渲染将在原位置上进行。
- 过程总数：数值越大，特效越精确，渲染耗时越大。
- 采样半径：决定模糊的程度。
- 采样偏移：决定场景的模糊程度。

"过程混合"选项组

"过程混合"选项组用于控制系统控制模糊抖动的参数。

"过程混合"选项组的参数解释如下：

- 标准化权重：选中后，系统会给一个标准的平滑作业结果。
- 抖动强度：控制抖动模糊的强度值。
- 平铺大小：用于设定抖动的百分比，最大值为100%，最小值为0。

"扫描线渲染器参数"选项组

"扫描线渲染器参数"选项组的参数解释如下：

- 禁用过滤：选中后，系统渲染将不使用滤镜效果。
- 禁用抗锯齿：选中后，系统渲染将不使用保真效果。

6.3.3 摄影机视图按钮

在使用 3ds max8 时，需要经常放大显示场景中某些特殊部分，以便进行细致调整。此时可以通过 3ds max8 右下角视图区中的摄影机视图按钮来完成这些操作，如图 6-52 所示。

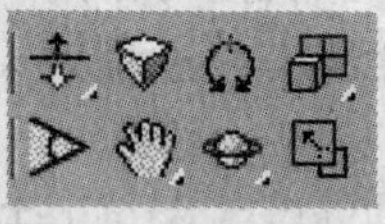

视图区中各摄影机视图按钮的具体解释如下：

图 6-52　摄影机视图调整工具

- （推拉摄影机）：前后移动摄影机来调整拍摄范围。
- （推拉目标）：前后移动目标进行拍摄范围的调整。
- （推拉摄影机＋目标）：同时移动目标物体以及摄影机来改变拍摄范围。
- （透视）：移动摄影机的同时保持视野不变，改变拍摄范围，用于突出场景主角。
- （侧滚摄影机）：转动摄影机，产生水平的倾斜。
- （最大化显示全部）：最大化显示所有视图。
- （视野）：改变摄影机的视野范围，它不会改变摄影机和摄影机目标点的位置。
- （环游摄影机）：固定摄影机的目标点，保持目标物体不变，转动摄影机来调整拍摄范围。
- （摇移摄影机）：固定摄影机的视点，使摄影机目标点围绕摄影机视点旋转。
- （最大化视窗切换）：最大化或最小化单一的显示视图。

6.4　实例讲解

本节将通过"制作烟雾环绕的山峰"和"制作体积光夜景"两个实例来讲解环境在实践中的应用。

6.4.1　制作烟雾环绕的山峰

 要点：

本例将制作烟雾环绕的山峰效果，如图6-53所示。通过本例学习应掌握"体积雾"和"雾"效果的应用。

图6-53　烟雾环绕的山峰效果

 操作步骤：

1．创建体雾效果

1）执行菜单中的"文件|打开"命令，打开"配套光盘|第 6 章|6.4.1 制作烟雾环绕的山峰|山峰源文件.max"文件。

2）单击 （创建）命令面板下 （辅助对象）中的 标准 下拉列表，从中选择 大气装置 。然后单击"球体 Gizmo"按钮后，在前视图中创建一个球体 Gizmo，接着利用工具栏中的 （选择并挤压）工具进行挤压，结果如图 6-54 所示。

图 6-54　挤压球体 Gizmo 后效果

3）执行菜单中的"渲染|环境"命令，在弹出的"环境和效果"对话框中单击"添加"按钮。然后在弹出的"添加大气效果"对话框中选择"体积雾"选项，如图 6-55 所示，单击"确定"按钮，结果如图 6-56 所示。

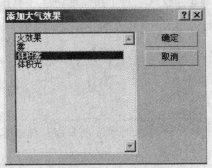

图 6-55　选择"体积雾"选项

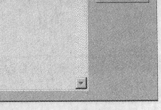

图 6-56　添加"体积雾"

4）单击"拾取 Gizmo"按钮，然后拾取视图中的 SphereGizmo，结果如图 6-57 所示。

5）为了使烟雾更加真实，下面复制 SphereGizmo，结果如图 6-58 所示。

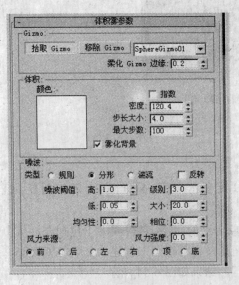

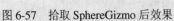

图 6-57　拾取 SphereGizmo 后效果

图 6-58　复制 SphereGizmo

6）选择 Camera01 视图，单击工具栏上的 （快速渲染）按钮，渲染后的结果如图 6-59 所示。

2. 制作分层雾效果

1）单击"环境和效果"对话框中的"添加"按钮，然后在弹出的"添加大气效果"对话框中选择"雾"选项，如图 6-60 所示，单击"确定"按钮。

2）调节参数如图 6-61 所示，然后选择 Camera01 视图，单击工具栏上的（快速渲染）按钮，渲染后的结果如图 6-62 所示。

图 6-59 渲染体积雾效果

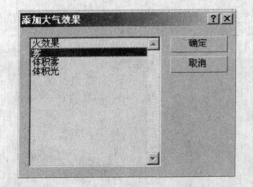

图 6-60 选择"雾"选项

图 6-61 设置雾参数

图 6-62 渲染后的效果

3）柔化层雾边缘。方法：选中"地平线噪波"选项，如图 6-63 所示。然后渲染 Camera01 视图，结果如图 6-64 所示。

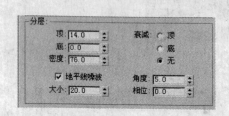

图 6-63　选中"地平线噪波"选项

图 6-64　柔化层雾边缘效果

3. 制作标准雾效果

1）在"环境和效果"对话框中再次单击"添加"按钮。然后在弹出的"添加大气效果"对话框中选择"雾"选项，单击"确定"按钮。

2）设置"雾"参数，如图 6-65 所示。然后选择 Camera01 视图，单击工具栏中的 👁 （快速渲染）按钮，渲染后的效果如图 6-66 所示。

图 6-65　设置"雾"参数

图 6-66　渲染体积雾效果

6.4.2　制作体积光夜景

 要点：

本例将制作烟雾环绕的山峰效果，如图6-67所示。通过本例学习应掌握"体积雾"和"雾"效果的应用。

图 6-67　体积光夜景

 操作步骤:

1. 改变背景色

1）执行菜单中的"文件|打开"命令，打开"配套光盘|第 6 章|6.4.2 制作体积光夜景|夜景源文件.max"文件。打开 Camera01 视图，单击工具栏中的 （快速渲染）按钮，渲染后的效果如图 6-68 所示。

图 6-68　源文件渲染效果

2）执行菜单中的"渲染|环境"命令，在弹出的对话框中将背景颜色改为白色，如图 6-69 所示。

3）在 Camera01 视图中，单击工具栏中的 （快速渲染）按钮，渲染后的效果如图 6-70 所示。

2. 制作体积光效果

1）展开"大气"卷展栏，然后单击"添加"按钮，接着在弹出的"添加大气效果"对话框中选择"体积光"选项，如图 6-71 所示，单击"确定"按钮。

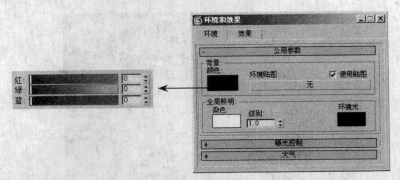

图 6-69　设置背景颜色

图 6-70　改变背景色

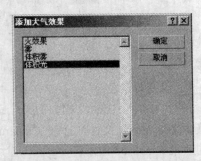

图 6-71　选择"体积光"选项

2）单击"拾取 Gizmo"按钮后，拾取视图中的 Omni1，如图 6-72 所示，并设置参数如图 6-73 所示。

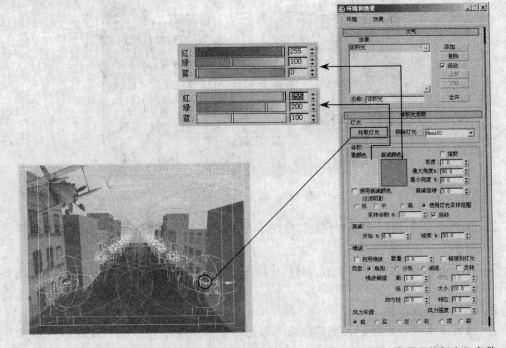

图 6-72　拾取视图中的 Omni1

图 6-73　设置"体积光"参数

3）在 Camera01 视图中，单击工具栏中的 ⊙（快速渲染）按钮，渲染后效果的如图 6-74 所示。

图 6-74 体积光渲染效果

3．制作体雾效果

1）再次单击"添加"按钮，然后在弹出的"添加大气效果"对话框中选择"体积雾"选项，如图 6-75 所示，单击"确定"按钮。

2）单击"拾取 Gizmo"后拾取视图中的 SphereGizmo01，如图 6-76 所示，并设置参数如图 6-77 所示。

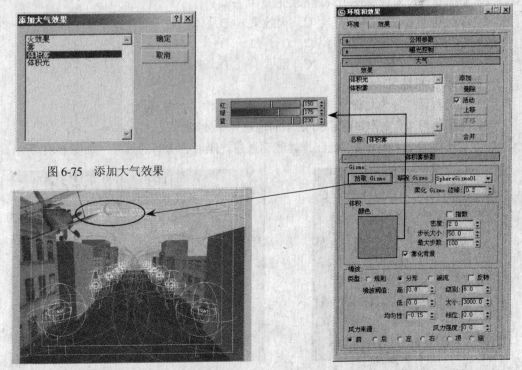

图 6-75 添加大气效果

图 6-76 拾取视图中的 SphereGizmo01

图 6-77 设置"体积雾"参数

右侧竖排：3ds max 8中文版

3）在 Camera01 视图中，单击工具栏中的 👁 （快速渲染）按钮，渲染后的效果如图 6-78 所示。

4）同理，制作其余的体积光和体积雾效果，渲染后的最终效果如图 6-79 所示。

图 6-78　体积雾渲染效果　　　　　　　　　图 6-79　体积光夜景

6.5　课后练习

1. 填空题

（1）在 3ds max 8 灯光面板的下拉列表中，有_____和_____两种灯光类型。

（2）摄影机分为_____摄影机和_____摄影机两种。

2. 选择题

（1）下面哪种特效需要使用灯光来定位？（　　　）

　　A. 雾　　　　B. 体积雾　　C. 火效果　　D. 体积光

（2）下列哪些属于聚光灯的形状？（　　　）

　　A. 矩形　　　B. 星形　　　C. 圆　　　　D. 多边形

3. 问答题/上机练习

（1）环境对话框分为几部分，每一部分各有什么作用？

（2）上机练习 1：制作如图 6-80 所示的地球光晕效果。

（3）上机练习 2：利用体积光制作光线穿过窗户照射到房间的效果，如图 6-81 所示。

图 6-80　上机练习 1 效果　　　　　　　　图 6-81　上机练习 2 效果

第 7 章　动画与动画控制器

通过本章学习应掌握以下内容：
- 动画制作的一般流程
- 基本动画的制作方法
- 利用轨迹视图对动画轨迹进行控制
- 利用常用的动画控制器制作动画

7.1　动画制作基础理论

前面各章讲述的建模、材质等，都是静止不动的，用其他软件，甚至是手绘同样能够制作出逼真的静止画面，而 3ds max 最为突出的优势在于制作动画，通过它我们可以制作出真正意义上的高端动画。

7.1.1　动画基础知识

动画基本原理跟电影一样，当一系列相关的静态图片快速从眼前闪过，利用人眼的视觉暂留现象，我们会认为它是连续运动的。这一系列相关的图片我们称为动画序列。其中每一张图片称为一帧。一个最基本的动画最少要每秒 15 帧，过去的黑白影片播放每秒少于 15 帧，以至于看到的都是些不自然的运动画面。这是因为人眼的视觉暂留时间是 0.04 秒，所以要形成连续的播放，每秒必须有 24 帧图像。

根据不同的需要应选择相应的帧速率（制式）。我们日常接触的帧速率（制式）主要有四种：
- NTSC（N 制式）：美国和日本录像播放使用的制式，其播放速率为 30F/S（帧/秒）；
- PAL（P 制式）：欧洲录像播放使用的制式，其播放速率为 25F/S（帧/秒）；
- 电影制式：它的播放速率为 24F/S（帧/秒）；
- 卡通片制式：它的播放速率为 15F/S（帧/秒）。

每一段动画都是由若干动画序列组成的，而每一个动画序列由若干帧组成。关键帧是一个动画序列中起决定性作用的帧，它记录着动画对象的改变点的全部参数。一般而言，一个动画序列的第一帧和最后一帧是默认的关键帧，关键帧的多少与动画复杂程度有关。在 3ds max 中关键帧之间的帧称为中间帧，中间帧是由系统自动计算出来的，不需要逐帧设置。

7.1.2　制作动画的一般过程

制作动画前首先要对制作的动画进行整体策划，确定作品要向观众表达的某种感情或某种观点，这些在制作动画之前都要加以考虑。有很多人将精力放在如何建模、如何运用材质、渲染等制作上，而动画的主题不明确，使观众对其要表达的主题很模糊，那么，这样的作品就是不成功的。

明确了动画所要表达的主题，接下来就是确定动画的剧情。在有限的动画时间里，将自己的思想表达出来，内容太多是不现实的。要用有代表性的内容，有限的情节，使观众感受到动画的情感所在，与观众产生共鸣。

接下来就是进行角色设定，一部动画片必须保证内容的完整性和角色形象的统一性。要根据故事情节确定角色的性格特征，然后再根据角色的性格特征构思角色的服饰特点。比如蓝紫色服饰可以用来表现角色冷静、沉着、不张扬的性格，而红色服饰可以用来表现角色外向、热情和容易冲动的性格。

在角色设定之后，接下来是对具体场景、分镜头的设计。每一个场景中要发生什么事，通过什么物件或通过主人公的什么动作来表现自己的感情，考虑每个镜头有几个分镜头组成，以及过程中的场景变换，都是这一步中需要明确的。

在分镜头和场景设计之后，我们就进入了原动画制作阶段。原画（也称动画设计），是动画片中每个角色动作的主要创作者。原画设计师的主要职责和任务是按照剧情和导演的意图完成动画镜头中所有角色的动作设计，画出一张张不同动作和表情的关键动态画面。动画（也称中间画），是原画的助手和合作者，是原画关键动态之间的变化过程，按照原画所规定的动作范围、张数及运动规律，一张张地画出中间画来。

最后一步就是对场景进行剪辑，添加一些声音和视觉特效，从而得到最终的作品。

整个动画的制作过程示意图如图 7-1 所示。

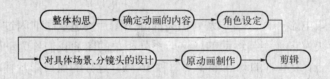

图 7-1 整个动画的制作过程示意图

7.2 轨迹视图

轨迹视图是 3ds max 最重要的动画编辑工具，它提供了精确修改物体运动轨迹的功能。单击工具栏中的按钮，即可进入轨迹视图。轨迹视图分为"曲线编辑器"和"摄影表"两种不同的模式，在不同的模式下轨迹视图显示的内容是不同的。曲线编辑器模式是以功能曲线的方式来显示动画，通过它可以形象地对物体的运动、变形进行修改；摄影表模式是将动画的所有关键点和范围显示在一张数据表格上，通过它可以很方便地编辑关键点。轨迹视图可分为菜单栏、编辑工具栏、树状结构图、轨迹视图区域和视图调整按钮 5 部分，如图 7-2 所示。

7.2.1 菜单栏

菜单栏位于轨迹视图的最上方，它包括"模式"、"设置"、"控制器"、"轨迹"、"关键点"、"时间"和"工具" 7 个菜单。这 7 个菜单中的相应命令与编辑工具栏中的相应按钮相对应。

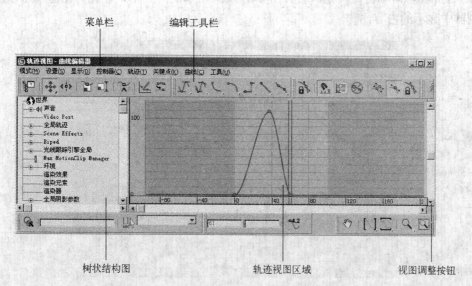

曲线编辑器模式

摄影表模式

图 7-2 轨迹视图两种模式

7.2.2 编辑工具栏

编辑工具栏位于菜单栏的下方，工具栏中的按钮都是最常使用的命令，工具栏在"曲线编辑器"和"摄影表"模式下有部分按钮是不同的。图 7-3 为"曲线编辑器"模式下的工具栏，图 7-4 为"摄影表"模式下的工具栏。这些按钮的主要功能如下：

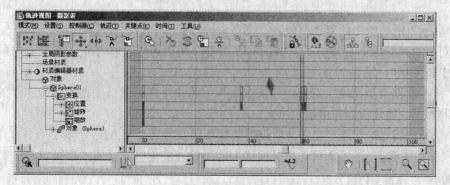

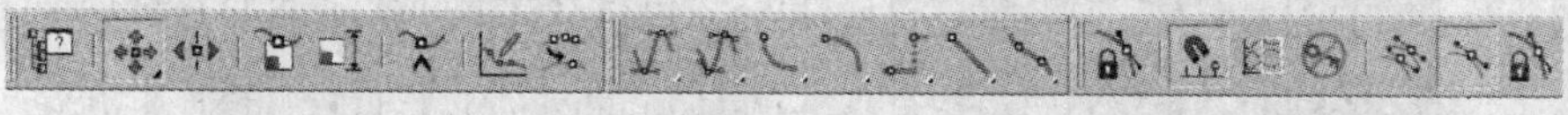

图 7-3 "曲线编辑器"模式下的工具栏

图 7-4 "摄影表"模式下的工具栏

3ds max 8 中文版设计基础

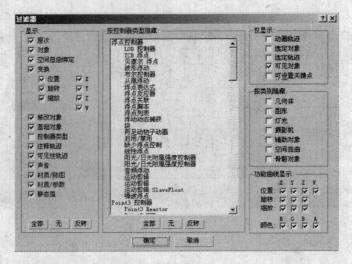（过滤器）：单击该按钮，会弹出如图 7-5 所示的对话框，在此对话框中可以选择轨迹控制器中显示的内容。

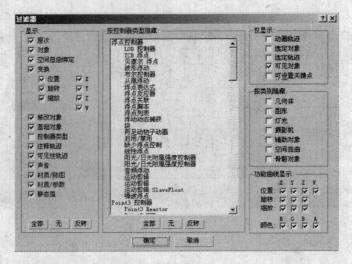

图 7-5 "过滤器"对话框

- "显示"选项组中的复选框代表需要在轨迹控制器中显示的内容，因为这是 3ds max8 对所有的记录、描述参数，有的并不需要，所以可以选择在轨迹控制器中的树状图中是否予以显示。
- "按控制器类型隐藏"选项组中的列表框中列出了所有的运动控制器，选中的运动控制器不在轨迹控制器中显示出来。
- "功能曲线显示"选项组中将轨迹以函数曲线的方式显示出来。

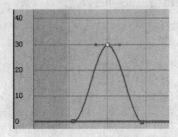（移动关键点）：用于移动功能曲线中的关键点的位置，从而改变关键点的数值以及时间位置。

（滑动关键点）：用于将选择的关键点在水平方向上产生位置变化，而垂直方向的数值大小不发生变化。

（缩放关键点）：用于以当前所在的帧为中心点，将所有选择的关键点进行相互之间的距离缩放。如果它们在当前帧两侧，会向当前帧靠拢；如果在一侧，则在向当前帧移动时进行缩小变化，远离当前帧时进行放大变化。缩放的同时会在轨迹视图状态栏中显示缩放比例。

（缩放值）：激活该按钮，将以值为 0 的水平线为缩放中心，在垂直方向上缩放选定关键点的值，如图 7-6 所示。

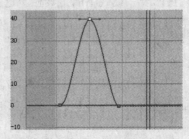

图 7-6 运用"缩放值"工具比较

196

（添加关键点）：用于在任意位置添加一个新的关键点。

（绘制曲线）：用于根据需要，在编辑窗口绘制所需要的轨迹或对现有轨迹进行修改。

（减少关键点）：用于减少复杂动画中的关键点数。因为反向运动时，往往产生过多的关键点，几乎每帧都有，使用该项可以减少关键点的数目，加快 IK 解答速度。

（将切线设置为自动）：单击该按钮，可将内切线和外切线设置为自动切线，如图 7-7 所示。另外按住该按钮不放会弹出 （将内切线设置为自动）和 （将外切线设置为自动）两个按钮，利用这两个按钮我们可以分别将内切线和外切线设置为自动。后面所有切线设置按钮都包括内切线和外切线设置按钮。

（将切线设置为自定义）：单击该按钮，可对切线进行手动编辑。

（将切线设置为快速）：激活该按钮，可将曲线设置为快速型，如图 7-8 所示。

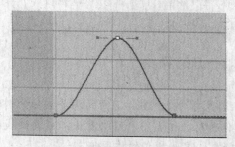

图 7-7　将切线设置为自定义

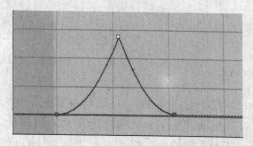

图 7-8　将切线设置为快速

（将切线设置为慢速）：单击该按钮，可将曲线设置为慢速型，如图 7-9 所示。

（将切线设置为阶跃）：单击该按钮，可将切线设置为阶跃型，如图 7-10 所示。

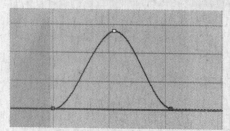

图 7-9　将切线设置为慢速

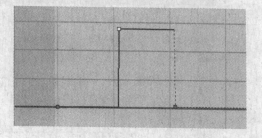

图 7-10　将切线设置为阶跃

（将切线设置为线性）：单击该按钮，可将切线设置为线性型，如图 7-11 所示。

（将切线设置为平滑）：单击该按钮，可将切线设置为平滑型，如图 7-12 所示。

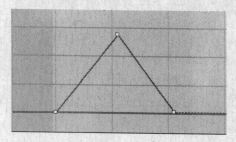

图 7-11　将切线设置为线性

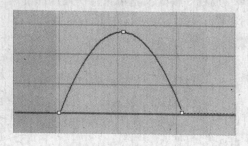

图 7-12　将切线设置为平滑

3ds max 8 中文版设计基础

（锁定当前选择）：用于将当前选择的关键点进行锁定，这样可以防止错误操作。

（捕捉帧）：默认为选择状态。用于将关键点和时间范围与最靠近的帧精确对齐。

（参数曲线超出范围类型）：用于设置范围类型之外的参数曲线。设置关键点范围之外的运动重复方式，常用于循环和周期性动画的制作。单击该按钮会弹出"参数曲线超出范围类型"对话框，如图 7-13 所示。

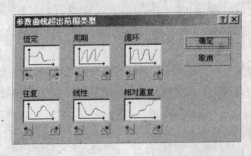

图 7-13　"参数曲线超出范围类型"对话框

提示：在这个对话框中，7个图标分别代表7种曲线模式，每个图标下面的两个按钮分别代表减缓曲线之前和之后时间段的曲线模式，例如从上图7-13中可以看出，减缓曲线的之前和之后的曲线模式均为"恒定"的曲线模式。这些模式的作用如下：

● "恒定"模式：指的是两端的数值不变，也就是说在选定范围的第一帧之前和最后一帧之后的时间里，对象在选中的方向上位置没有变化，如图 7-14 所示。

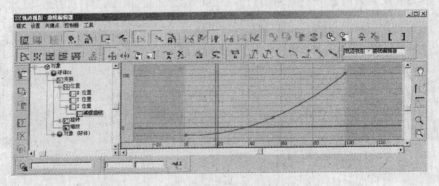

图 7-14　"恒定"模式

● "周期"模式：使对象保持周期性的运动方式，如图 7-15 所示。

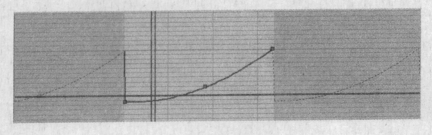

图 7-15　"周期"模式

- "循环"模式：这也是一种周期方式，但是它在第一帧和最后一帧之间插入关键点，使整个循环运动是平滑的。
- "往复"模式：这种方式交替复制向前或向后的运动，使之成为对称的曲线，如图 7-16 所示。

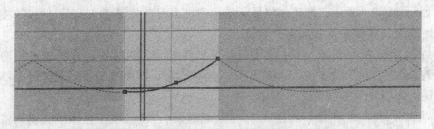

图 7-16　"往复"模式

- "线性"模式：根据设置曲线的起始点和结束点的切线直线延续曲线，如图 7-17 所示。

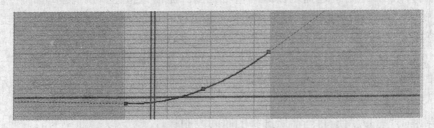

图 7-17　"线性"模式

- "相对重复"模式：在时间范围的曲线终点延续设置范围曲线的起点，而之后的曲线起点延续该时间范围之内曲线的终点，曲线形状不变，如图 7-18 所示。

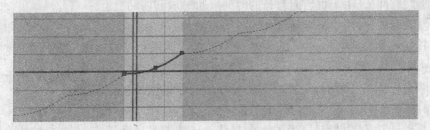

图 7-18　"相对重复"模式

- "一致"模式：根据当前曲线起始点和结束点的连线向两端直线延伸，如图 7-19 所示。

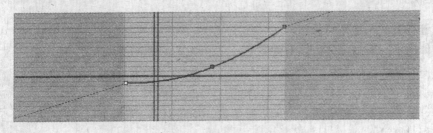

图 7-19　"一致"模式

（显示可设置关键点的图标）：激活该按钮，对于可编辑关键点的轨迹将会标识一个红色钥匙图标，不可编辑的轨迹将会标识黑色钥匙图标。

（显示所有切线）：用于显示选择关键点的切线。激活该按钮，将显示选定关键点 Bezier 曲线的控制手柄。对轨迹指定的控制器必须是 Bezier 控制器。

（显示切线）：激活该按钮，将显示选定曲线上所有关键点 Bezier 曲线的控制手柄。对轨迹指定的控制器必须是 Bezier 控制器。

（锁定切线）：激活该按钮，若选定了多个关键点，则调整一个关键点的切线手柄，其他选定的关键点的切线手柄也跟着调整；关闭该按钮，即使选定了多个关键点，也只能调整一个关键点的切线手柄。

（编辑关键点）：在摄影表模式下，激活该按钮，轨迹视图区域中关键点将以彩色方块表示。黑色的直线表示时间值域。此时可对每个关键帧进行编辑，如通过拖拽改变关键点的位置。此外，还能改变时间值域范围条的范围。

（编辑范围）：用于选择编辑时间值域范围。激活该按钮，所有的动画轨迹将以范围条的形式显示，当需要快速缩放或移动整个动画轨迹时是很方便的。在选中多个轨迹时，可以同时改变它们的范围。此时不能对单个的关键点进行编辑。

（选择时间）：激活该按钮，在所选项目的轨迹上单击并拖动鼠标可拉出一个选择的时间段。时间段的起始点和结束点的帧数在下方数字框显示。双击该轨道可选择所有的关键点。

（删除时间）：用于将当前所选择的时间段删除。

（反转时间）：用于将当前时间段反向操作，通常用于动画倒放。

（缩放时间）：激活该按钮，在所选轨道上单击并拖动鼠标，可对这段时间进行缩放。

（插入时间）：激活该按钮，在所选轨道上单击并拖动鼠标，可插入一段新的时间。

（剪切时间）：用于将当前选择的时间段暂时放到剪贴板上。

（复制时间）：用于将当前选择的时间复制到剪贴板上。

（粘贴时间）：用于将当前剪贴板中复制的时间段粘贴到指定位置，新的时间段会覆盖旧的时间段。

（修改子树）：激活该按钮，对父对象做的编辑修改将会影响到它的子对象。

（修改子对象关键点）：当关闭 （修改子树）时，激活该按钮，将会把上级关键点做的修改应用到子关键点上。

7.2.3 树状结构图

在轨迹视图的左边是树状结构图，如图 7-20 所示。在其范围内根据物体的不同属性可分为很多种类型，它很清楚地显示出物体之间及物体内部的各种关系。

整个场景中的属性有：声音、全局轨迹、Video post、环境、渲染效果、渲染元素、渲染器、全局阴影参数、场景材质、材质编辑器材质和对象等。

树状图中前面有加号的选项，单击加号后，可以弹出下一级的

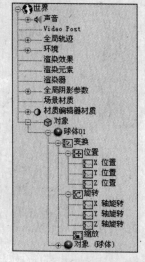

图 7-20 树状结构图

子项，例如"对象"下面就有该对象的所有参数，"变换"选项下面就有"位置"、旋转和缩放三个子项，而位置下有三维空间中三个轴向的子项。

7.2.4　轨迹视图区域

轨迹视图区域位于树状结构图的右边，是和树状结构图的各选项紧密相连的窗口。当选择树状结构图列表中不同选项时，轨迹视图区域的内容将同步变化。轨迹视图区域从左往右显示对象的特征参数在动画中的作用历程，并以黑色的线段表示，黑色的长度范围代表动画历程的起止，成为范围线。

有些选项，诸如"位置"，轨迹视图窗口将在动画关键点处显示关键点。我们可以通过拖动的方法来改变关键点的位置，并且可以利用黑色的范围线来控制动画关键点的移动或比例变化。

利用轨迹视图区域，将使动画历程的调整得心应手。

7.2.5　视图调整按钮

视图调整按钮用于动画轨迹在轨迹视图中的显示。它们的作用如下：

（平移）：激活该按钮，可将动画轨迹进行平移。

（水平方向最大化显示）：激活该按钮，可将关键点信息在水平方向最大化显示，以便能看到全部选取的功能曲线。

（最大化显示值）：激活该按钮，可将关键点信息在垂直方向最大化显示。

（缩放）：激活该按钮，可将动画轨迹进行整体缩放。按住该按钮不放，还会出现（水平缩放）和（垂直缩放）两个按钮。利用它们可对动画轨迹进行单独水平方向或单独垂直方向的缩放，以便更好地观察轨迹。

（区域缩放）：激活该按钮，可在轨迹中拉出线框，根据线框的大小对动画区域进行缩放。

7.3　动画控制器

3ds max 8 之所以具有强大的动画设计功能，在很大程度上得力于动画控制器的功能。所谓动画控制器，指的是用来控制物体运动规律的功能模块，能够决定各项动画参数在动画各帧中的数值，以及在整个动画过程中这些参数的变化规律。

7.3.1　动画控制器概述

在 3ds max 8 中，创建的任何一个对象都被指定了一个默认的控制器。轨迹视图中的关键点控制器以及各种轨迹曲线也都被指定了系统的默认控制器，它们具有强大的编辑、修改和调整功能。如果我们要制作一些与变换不同的动画，就需要指定其他的动画控制器。在控制器的左边有">"标记的，表明是当前使用的控制器，或是系统默认的设置，

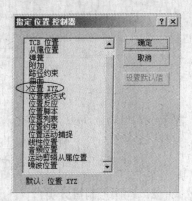

图 7-21　当前使用的控制器

如图 7-21 所示。

1. 指定动画控制器的方法

3ds max 8 提供了两种应用动画控制器的方法：一种是通过运动命令面板。方法：单击 ⊕（运动）按钮，打开运动命令面板，然后展开"指定控制器"卷展栏，在窗口中选择要指定控制器的位置，如图 7-22 所示。接着单击 ▣（指定控制器）按钮，在弹出的"指定变换控制器"对话框中选择所需的动画控制器，单击"确定"按钮。

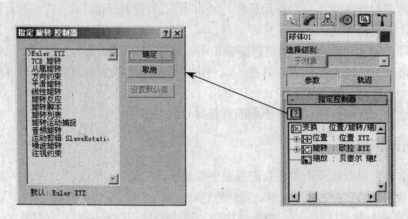

图 7-22　在运动命令面板中指定动画控制器

另一种方法是在轨迹视图中，右键单击项目窗口中的任意一个要指定控制器的选项，然后在弹出的快捷菜单中选择"指定控制器"选项，如图 7-23 所示，接着在弹出的"指定变换控制器"对话框中选择所需的动画控制器，单击"确定"按钮。

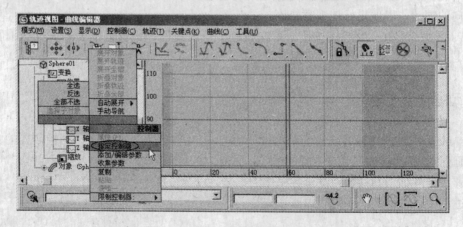

图 7-23　选择"指定控制器"选项

> 提示：在运动命令面板的指定控制器卷展栏中有"变换"、"位置"、"旋转"和"缩放"
> 4 个项目，分别单击各个项目，将会弹出相应的控制器设置对话框。对于不同的控制
> 器设置对话框而言，其中的大部分控制器类型也不相同。

2. 动画控制器分类

动画控制器按参数类型分类可分为单一参数型和复合参数型。单一参数型的动画控制器

位于层次列表的最下一层，返回值既有单一量值的又有复合量值的，既可以是参数型的又可以是关键点型的。复合参数型控制器是把其他控制器的输出看作它的输入，然后将该数据与联系复合控制器的任何参数连接起来，处理数据并输出结果。比如说，"链接约束控制器"、"位置 XYZ 控制器"、"Euler XYZ 控制器"、"注视约束控制器"等都是复合控制器。

　　另外一种分类方法是把动画控制器分为参数型控制器和关键点控制器。参数型控制器输入用户指定的数据，通过计算机计算输出。噪波控制器就是一个参数型控制器。关键点型控制器是把用户指定的特定时间的数据值看作输入，把适合任何时间的插入值作为输入，比如："Euler XYZ 控制器"、"TBC 旋转控制器"就是关键点控制器。

7.3.2　常用动画控制器

　　3ds max8 中的动画控制器类型很多，针对不同的项目使用不同的控制器。下面将介绍一些常用的动画控制器。

1．Bezier 控制器

　　"Bezier 控制器"是 3ds max 中使用最多的一种控制器。对于绝大多数参数，都是以"Bezier 控制器"作为默认的控制器。使用贝塞尔控制器，可以完全控制关键点之间的插值。有些操作只有"Bezier 控制器"中才能实现，例如拖动切线手柄、设置阶跃线类型等。

　　下面我们在视图中创建一个小球，并设置它的位置动画，此时系统会自动给小球"位置"添加一个"Bezier 控制器"，如图 7-24 所示。

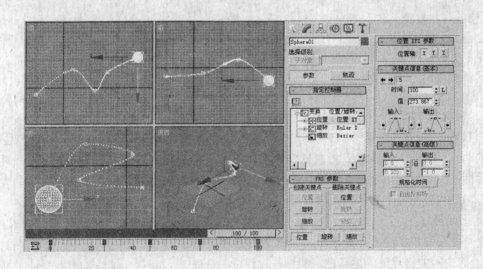

图 7-24　关键点动画与关键点信息参数面板

　　在轨迹参数面板中，"关键点信息（基本）"卷展栏中的"时间"表示当前动画点对应的时间；X 值、Y 值和 Z 值分别表示动画对象在当前帧的空间坐标。"关键点信息（高级）"参数卷展栏中的"规格化时间"按钮用以设置物体的轨迹，使关键点平均化。

　　打开轨迹视图的曲线编辑器，选中小球轨迹对应的位置项目，可以在轨迹视图看到关键点上采用"Bezier 控制器"的光滑程度，如图 7-25 所示。

　　"Bezier 控制器"提供了 6 种"输入"和"输出"方式，如图 7-26 所示。

3ds max 8 中文版设计基础

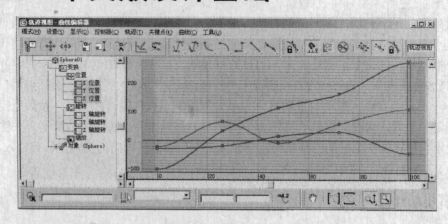

图 7-25 "Bezier 控制器"对应的轨迹曲线

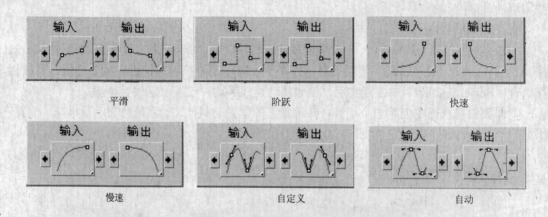

平滑 阶跃 快速

慢速 自定义 自动

图 7-26 6 种"输入"和"输出"方式

2. TCB 控制器

"TCB 控制器"包括"TCB 位置控制器"和"TCB 旋转控制器"两种。用于产生基于曲线的动画。类似于"Bezier 控制器",不过"TCB 控制器"不使用切线类型或是可调整的切线手柄,而是使用数字区来调整动画的张力、连续性和偏移。

"TCB 控制器"的参数面板如图 7-27 所示。它的参数解释如下:

● "缓入"和"缓出"数值框分别代表靠近和离开,选中的关键点处的运动曲线集中程度。

● "张力"数值框中的数值用于表现曲线的曲率。该值越高,曲线的曲率越低。

● "连续性"数值框用于设定曲线连续性,连续性越高曲线会越见锐,运动的效果就越快。

● "偏移"设定运动曲线进入关键点处的偏斜程度。

3. 噪波控制器

"噪波控制器"包括"噪波位置控制器"和"噪波旋转控制器"两种。可以让对象产生一种随机的、不规

图 7-27 "TCB 控制器"的参数面板

204

则的运动，这种运动可以模拟震动效果，比如地震。

为运动指定噪波控制器后，会弹出一个参数设置面板，如图 7-28 所示。它的参数解释如下：

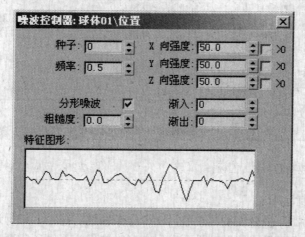

图 7-28　"噪波控制器"参数面板

- "特征图形"显示的是一个噪波属性如何影响噪波曲线的固定格式的图形。
- "种子"表示开始噪波计算的随机种子数，改变该随机值将创建一条新的曲线。
- "频率"用于控制噪波曲线的频率。值越大，曲线波动就越大，而小的值将产生缓和的噪波曲线。
- "强度"用于设置噪波强度值。
- "渐入"用于设置到达最大强度所需要的时间。若值为 0，则一开始噪波就处于最大值。若为其他的值，则噪波一开始强度为 0，经过该值所代表的时间后，强度达到最大值。
- "渐出"用于设置强度将为 0 所需要的时间。若值为 0，则在范围结束时，噪波立即停止。若为其他的值，则在结束前的这一段时间内，噪波逐渐减少为 0。
- "分形噪波"是采用分形布朗运动算法计算噪声，使用该项的主要目的是为了激活下面的"粗糙度"选项。"粗糙度"选项用于改变噪声曲线的粗糙度。

4. 浮点反应器控制器

"浮点反应器控制器"是个过程控制器，用于任何可动画的参数对另外一个可动画参数的变化起反应作用。浮点反应控制器并不是基于时间而是基于场景中的其他变化，其应用非常广泛。比如当机械骨架旋转的时候，肌肉鼓胀出来；当球接近地面时，球体自动压缩变形等。

"浮点反应器控制器"的参数面板如图 7-29 所示。它的参数解释如下：

- 单击"反应到"按钮后可在选择视图中选择控制其他物体动画的主物体。
- "创建反应"可用于创建新的反应。
- "删除反应"可用于删除选择的反应。
- 单击衰减选项组中的"曲线"按钮，可在弹出的如图 7-30 所示的对话框中设置被控制物体的反应曲线。

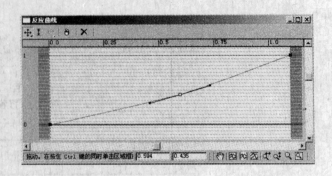

图 7-29 "浮点反应器控制器"参数面板   图 7-30 反应曲线

5. 路径约束控制器

　　"路径约束控制器"可以使动画对象沿一个样条曲线（路径）进行运动，其用途非常广泛，通常在需要物体沿路径轨迹运动且不发生变形时使用，否则还需要使用"路径变形"修改器或添加空间扭曲。

　　"路径约束控制器"在轨迹视图和运动命令面板上均可指定，但只有在运动命令面板上才可以进行路径指定和参数设置。其参数面板如图 7-31 所示。它的参数解释如下：

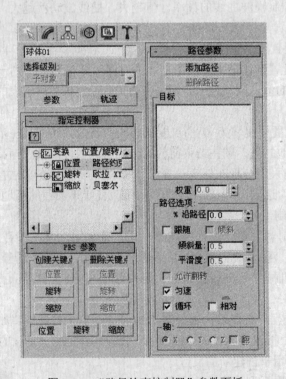

图 7-31 "路径约束控制器"参数面板

● "添加路径"用以在视图中选择作为运动路径的样条曲线。
● "跟随"用以强制对象在样条曲线路径运动时重新定向，如图 7-32 所示。

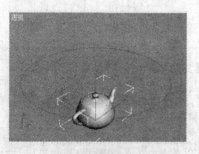
未选择"跟随"选项

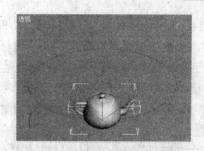
选择"跟随"选项

图 7-32 "跟随"选项比较图

● "倾斜"用以设置物体在运动时的倾斜量和光滑度。可制作飞机俯冲的效果，如图 7-33 所示。

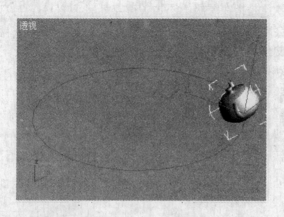
图 7-33 "倾斜"效果

6. 链接约束控制器

"链接约束控制器"是将源对象连接到一个目标对象上，源对象会继承目标对象的位置、旋转和尺寸大小等参数。比如小球传递动画，如图 7-34 所示。

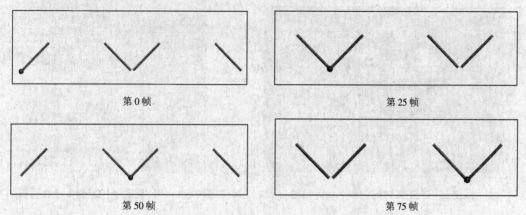
第 0 帧 第 25 帧

第 50 帧 第 75 帧

图 7-34 小球传递动画

"链接约束控制器"参数面板如图 7-35 所示。它的参数解释如下：

● "添加链接"用于选择一个新的目标。

● "链接到世界"用于将对象连接到世界坐标上。

● "删除链接"用于删除一个链接目标。

● "开始时间"控制目标对象何时开始与源对象连接起来。

● "无关键点"是指使用连接约束时不对任何对象添加关键点。

● "关键点节"是指对特殊对象添加关键点；选中"子级"会对源对象添加关键点；选中"父级"会对目标对象添加关键点。

● "关键点整个层次"是指在层级上添加关键点；选中"子级"会对源对象与其父对象添加关键点；选中"父级"会对源对象、目标及其上级对象添加关键点。

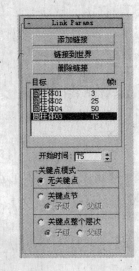

图 7-35　"链接约束控制器"参数面板

7. 注视约束控制器

"注视约束控制器"可将源对象的一个轴在运动过程中始终指向另一个目标对象，就好像注视着它一样。比如人的眼球随物体运动而运动，如图 7-36 所示。

"注视约束控制器"参数面板如图 7-37 所示。它的参数解释如下：

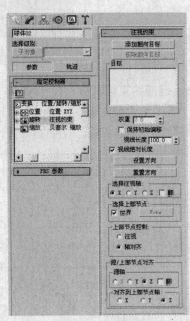

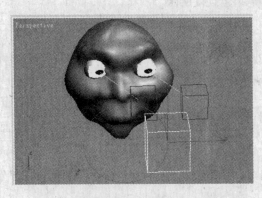

图 7-36　人的眼球随物体运动而运动　　　　图 7-37　"注视约束控制器"参数面板

● "添加朝向目标"用于添加目标对象。

● "删除朝向目标"用于删除目标对象。

● "权重"用于设置目标对象的权值。

- 选中"保持初始偏移"可保持源对象的原始角度作为目标对象之间的偏移量。
- "视线长度"用于定义源对象与目标对象枢轴之间投影线的长度，负值表示相反的方向。
- "设置方向"用于手动设定源对象的偏移量。
- 选中"视线绝对长度"将忽略"视线长度"的设置，在源对象与目标之间总是画一条投影线。
- "重置方向"用于重新设置源对象的偏移量。
- "选择注视轴"是指选择朝向目标的轴。
- "选择上部节点"用于选择向上节点平面，当注视轴与节点平面一致时，源对象就会反转。
- 单击"上部节点控制"选项组中的"注视"选项，节点平面将与目标匹配；单击"轴对齐"选项，节点将与目标轴匹配。

7.4　实例讲解

本节将通过"制作弹跳的小球"、"制作飞旋的飞机"和"制作眼睛注视动画"三个实例来讲解常用轨迹视图与动画控制器在实践中的应用。

7.4.1　制作弹跳的小球

 制作要点：

本例将制作弹跳的皮球效果，如图7-38所示，通过本例学习轨迹视窗的使用方法。

　　第0和20帧　　　　　　第8帧　　　　　　第10帧　　　　　　第12帧

图 7-38　弹跳的小球

操作步骤：

1. 制作小球上下循环运动

1）执行菜单中的"文件|重置"命令，重置场景。

2）单击 （创建）命令面板下 （几何体）中的按钮，然后单击其中的"球体"按钮后，在场景中创建一个"球体"，半径设为 10，并选中"轴心在底部"，设置如图7-39 所示，结果如图 7-40 所示。

3）制作球体上下运动动画。

激活 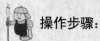 按钮，将时间滑块移至第 10 帧，如图 7-41 所示。

图 7-39 设置小球参数

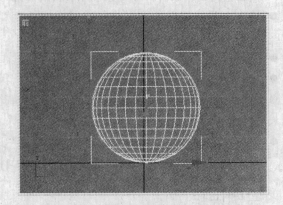

图 7-40 创建小球

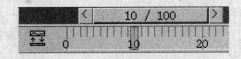

图 7-41 将时间滑块移至第 10 帧

将小球向下移动 10 个单位，如图 7-42 所示。

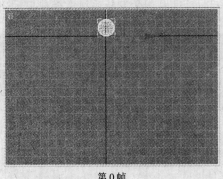

第 0 帧

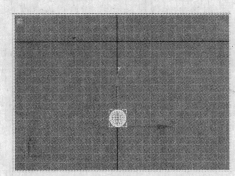

第 10 帧

图 7-42 将小球向下移动 10 个单位

选中时间线上的第 0 帧，按住键盘上的 <Shift> 键，将第 0 帧复制到第 20 帧，如图 7-43 所示。此时预览，小球已经是一个完整的上下运动过程。

4）制作球体上下循环运动动画。

单击工具栏上的 ▣ （曲线编辑器）按钮，进入轨迹视窗，如图 7-44 所示。

单击轨迹视窗工具栏上的 ▣ （参数曲线超出范围类型）按钮，在弹出的对话框中选择"循环"选项，如图 7-45 所示。此时小球运动为循环运动，轨迹视窗如图 7-46 所示。

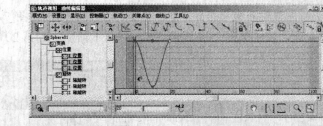

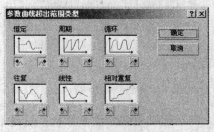

图 7-43　将第 0 帧复制到第 20 帧　　　　　　图 7-44　进入轨迹视窗

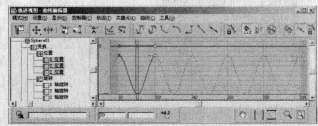

图 7-45　选择"循环"选项　　　　图 7-46　选择"循环"选项后的轨迹视图

2．制作小球向下做加速运动向上做减速运动

此时小球上下运动不正常，为了使小球向上运动为减速运动，向下运动为加速运动，需要进一步进行设置。

方法：用鼠标右键点中轨迹视窗中的第 10 帧，在弹出的对话框中按如图 7-47 所示设置。结果如图 7-48 所示。此时就完成了小球向下加速，向上减速的循环运动。

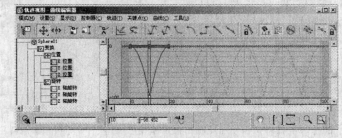

图 7-47　设置第 10 帧参数　　　　　　图 7-48　改变参数后的轨迹视图

3．制作小球与地面接触时的挤压动画

1）将时间滑块移动到第 10 帧，单击工具栏上的 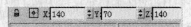（百分比捕捉）按钮，再单击 按钮，在前视图中对球体进行挤压，挤压参数如图 7-49 所示。接着单击工具栏上的 按钮，进入轨迹视窗，如图 7-50 所示。

图 7-49　挤压参数　　　　　　　　图 7-50　进入轨迹视图

3ds max 8 中文版设计基础

2）用鼠标右键单击菜单栏，在弹出的菜单中按如图 7-51 所示设置。然后选中"缩放"的第 1 帧，按住键盘上的<Shift>键，将第 1 帧复制到第 20 帧，如图 7-52 所示。

图 7-51　选择"摄影表布局"选项

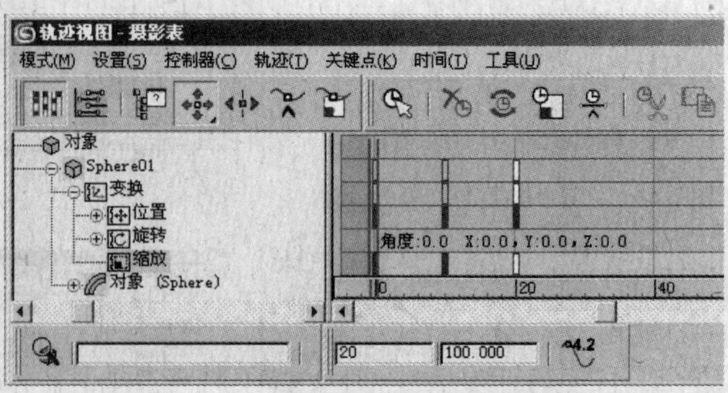

图 7-52　将第 1 帧复制到第 20 帧

3）此时预览会发现小球向下运动时开始挤压变形，向上运动时开始恢复原状，这是不正确的。为了解决这个问题，可以将"缩放"中的第 1 帧分别复制到第 8 帧和第 12 帧，如图 7-53 所示，使小球只在第 8~12 帧之间变形。

4）此时小球在第 8~12 帧之间变形的同时还在运动，这也是不正确的，为此可以将"位置"下的"Z 位置"中的第 10 帧复制到第 8 帧和第 12 帧，如图 7-54 所示。

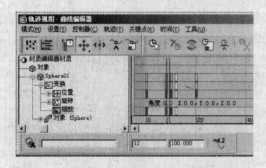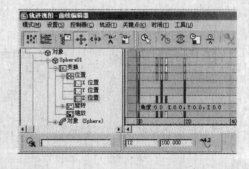

图 7-53　将第 1 帧分别复制到第 8 帧和第 12 帧

图 7-54　将第 10 帧复制到第 8 帧和第 12 帧

5）此时整个小球弹跳动画制作完毕，但是预览会发现小球挤压动画不能够循环，解决这个问题的方法很简单，只要在轨迹视窗工具栏上单击鼠标右键，在弹出的菜单中按如图 7-55 所示设置，回到功能曲线布局。然后单击轨迹视窗工具栏上的 ⬚（参数曲线超出范围类型）按钮，在弹出的对话框中重新选择"循环"选项即可。

6）赋给小球材质。方法：单击工具栏上的 ⬚（材质编辑器）按钮，进入材质编辑器。然后选择一个空白的材质球，指定给"漫反射"右侧按钮"配套光盘/maps/皮球.jpg"贴图，如图 7-56 所示。接着选中场景中的小球，单击材质编辑器上的 ⬚（将材质指定给选定对象）按钮，将材质赋给小球。

7）至此整个动画制作完毕，这个动画的整个过程：小球从第 0 帧开始向下左加速运动，在第 8 帧到达底部后开始挤压，在第 10 帧挤压到极限，在第 12 帧恢复原状，然后向上做减速运动，如图 7-57 所示。

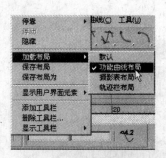

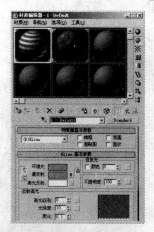

图 7-55　选择"功能曲线布局"选项　　　　图 7-56　设置小球材质

第 0 和 20 帧

第 8 帧

第 10 帧

第 12 帧

图 7-57　不同帧的小球位置和形状

7.4.2　制作飞旋的飞机

 制作要点：

本例将制作在蓝天中飞旋的飞机效果，如图7-58所示，通过本例学习应掌握"路径约束"控制器的使用方法。

图 7-58　飞旋的飞机

3ds max 8 中文版设计基础

 操作步骤:

1）执行菜单中的"文件|打开"命令，打开"配套光盘/第 7 章/7.4.2 制作飞旋的飞机/飞机源文件.max"文件，如图 7-59 所示。

图 7-59　飞机源文件

2）单击 （创建）面板中的 （图形）按钮，进入图形面板。然后单击其中的"线"按钮后，在视图中绘制飞机飞行的路径，如图 7-60 所示。

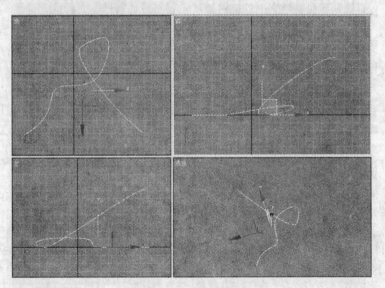

图 7-60　绘制路径

3）选中场景中的飞机，进入 （运动）面板，在"指定控制器"卷展栏中选择"位置：位置 XYZ"行，如图 7-61 所示，然后单击 （指定控制器）按钮。接着在弹出的"指定位置控制器"对话框中选择"路径约束"，如图 7-62 所示，单击"确定"按钮。

4）现在 （运动）面板的下方是"路径约束"控制器的一系列相应参数，如图 7-63 所示。下面单击 添加路径 按钮后拾取前面绘制好的路径，此时飞机的运动就被加载到路径上了，如图 7-64 所示。

图 7-61 选择"位置：位置：XYZ"行

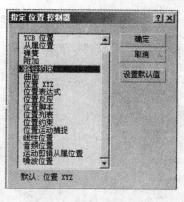

图 7-62 选择"路径约束"

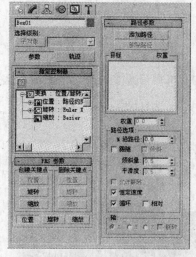

图 7-63 "路径约束"控制器参数

图 7-64 将飞机的运动加载到路径

5）此时飞机并没有按照路径的方向飞行，下面就来解决这个问题。方法：选中"路径选项"选项组中的"跟随"复选框，这样可以使飞机在路径转弯时跟着转弯。然后在"轴"选项组中单击"Y"，并选中"翻转"复选框，如图 7-65 所示，此时飞机飞行的方向就正确了。

6）制作飞机在转弯时发生倾斜的效果。方法：在"路径选项"选项组中选中"倾斜"复选框，然后将"倾斜量"设为 2 即可，如图 7-66 所示。

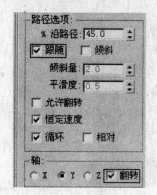

图 7-65 设置飞机沿路径飞行的参数

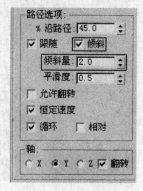

图 7-66 设置飞机在转弯时发生倾斜的参数

7) 至此，整个动画制作完毕，图 7-67 为在不同帧的渲染效果。

图 7-67　飞旋的飞机

7.4.3　制作眼睛注视动画

　制作要点：

> 本例将制作眼球注视效果，如图7-68所示，通过本例学习应掌握"注视约束"控制器的使用方法。

图 7-68　眼睛注视动画

　操作步骤：

1) 执行菜单中的"文件→打开"命令，打开"配套光盘/第 7 章/7.4.3 制作眼球注视动画/眼球注视动画源文件.max"文件，如图 7-69 所示。

图 7-69　眼球注视动画源文件

2）单击 ![]（创建）面板中的 ![]（辅助对象）按钮，进入辅助对象面板。然后单击其中的"虚拟对象"按钮，如图 7-70 所示。接着在视图中绘制一个虚拟对象，如图 7-71 所示。

图 7-70 单击"虚拟体"按钮   图 7-71 在视图中创建虚拟体

3）选中左侧眼球，进入 ![]（运动）面板，在"指定控制器"卷展栏中选择"旋转：Euler XYZ"行，如图 7-72 所示，然后单击 ![]（指定控制器）按钮。接着在弹出的"指定位置控制器"对话框中选择"注视约束"，如图 7-73 所示，单击"确定"按钮。

图 7-72 选择"旋转：Euler XYZ"行   图 7-73 选择"注视约束"

4）现在 ![]（运动）面板的下方是"注视约束"控制器的一系列相应参数，如图 7-74 所示。下面单击 [添加注视目标] 按钮后拾取前面视图中的虚拟对象，结果如图 7-75 所示。

图 7-74　"注视约束"控制器参数　　　图 7-75　给眼球添加"注视约束"控制器的效果

5）此时眼球的方向与我们要求的方向不一致，下面就来解决这个问题。方法：在"选择注视轴"选项组中单击"Y"，然后选中"翻转"复选框，如图 7-76 所示，此时眼球的方向就正常了，结果如图 7-77 所示。

图 7-76　选中相关选项　　　　　　　图 7-77　调整参数后的效果

6）同理，对另一侧眼球进行同样的处理。然后拖动虚拟对象的位置，此时人物的两个眼球会始终注视虚拟对象，如图 7-78 所示。

图 7-78 眼球会始终注视虚拟对象

7.5 课后练习

1．填空题

（1）轨迹视图可分为_____、_____、_____、_____和_____5部分。

（2）_____可以使动画对象沿一个样条曲线（路径）进行运动；_____可以让对象产生一种随机的、不规则的运动；_____可将源对象的一个轴在运动过程中始终指向另一个目标对象，就好像注视着它一样。

2．选择题

（1）下面哪个选项属于参数曲线超出范围类型？（   ）

    A．减速   B．往复   C．一致   D．加速

（2）下列哪种制式的播放速率为 30F/S（帧/秒）？（   ）

    A．NTSC（N 制式）   B.PAL（P 制式）   C．电影制式   D．卡通片制式

3．问答题/上机练习

（1）简述制作动画的一般过程。

（2）简述指定动画控制器的方法。

（3）上机练习 1：通过轨迹视图制作文字从水平到垂直，然后旋转一周的效果，如图 7-79所示。

图 7-79 上机练习 1 效果

（4）上机练习 2：通过"路径约束"控制器，"噪波"控制器和轨迹视图制作小球沿螺旋线运动，中途停止，然后继续运动到顶端后跳动的效果，如图 7-80 所示。

图 7-80　上机练习 2 效果

第8章　粒子系统与空间扭曲

粒子系统与空间扭曲工具都是动画制作中非常有用的特效工具。粒子系统可以模拟自然界中的真实的烟、雾、飞溅的水花、星空等效果。空间变形听起来好像是科幻影片中的特殊效果，其实它是不可渲染的对象，仿佛就像是一种无形的力量，可以通过多种奇特的方式来影响场景中的对象，如产生引力、风吹、涟漪等特殊效果。通过本章学习应掌握以下内容：

- 粒子系统的种类和创建粒子系统的方法
- 空间扭曲的种类和创建空间扭曲的方法

8.1　粒子系统

3ds max 8 中粒子系统共有 7 种粒子。它们分别是：PF Source、喷射、雪、暴风雪、粒子云、粒子阵列和超级喷射，如图 8-1 所示。

8.1.1　创建粒子系统

粒子系统的具体创建过程如下：

1）创建一个粒子发射器。单击要创建的粒子类型，在视图窗口中拖拉出一个粒子发射器，所有的粒子系统都要有一个发射器，有的用粒子系统图标，有的则直接用场景中的物体作为发射器。

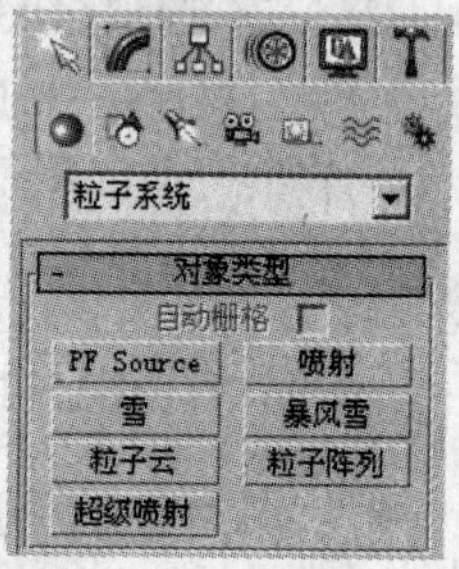

2）定义粒子的数量。设置粒子发射的"速度"、"开始"发射粒子以及粒子"寿命"等参数给定时间内粒子的数量。

图 8-1　"粒子系统"面板

3）设置粒子的形状和大小。可以从标准粒子类型中选择，也可以拾取场景中的对象作为一个粒子。

4）设置初始的粒子运动。主要包括粒子发射器的速度、方向、旋转和随机性。粒子还受到粒子发射器动画的影响。

5）修改粒子的运动。可以在粒子离开发射器之后，使用空间扭曲来影响粒子的运动。

8.1.2　粒子种类

1."喷射"粒子

喷射粒子是最简单的粒子系统，但是如果充分掌握喷射粒子系统的使用，我们同样可以创建出许多特效，比如喷泉、降雨等效果，图 8-2 为使用喷射粒子创建的喷泉效果。

打开粒子系统，单击"喷射"按钮，即可看到"喷射"粒子的参数面板，如图 8-3 所示。

图 8-2 喷泉

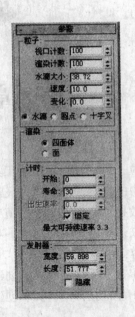

图 8-3 "喷射"粒子参数面板

（1）"粒子"选项组

"粒子"选项组用于设定粒子本身的属性。

"粒子"选项组的参数解释如下：

● 视窗显示数：用于控制在视图中显示出的粒子的数量。

● 渲染数量：用于控制在渲染输出时的粒子数量。

提示：将视图中的粒子数量和渲染的粒子数量分开设置，是因为粒子系统非常占用内存，所以在编辑调整时，可以让数量调少一些，从而加快显示速度。

● 水滴大小：用于控制单个粒子的尺寸大小。

● 速度：用于控制粒子从发射器中喷射出来的初始速度。

● 变化：用于控制粒子的喷射方向以及速度发生变化的程度，这个参数可以使各个粒子之间有所不同，其余粒子系统中也有这个参数。

● 水滴/圆点/十字叉：选中"水滴"单选框后粒子的形状是水滴状；选中"圆点"单选框后，粒子的形状成为点状；选中"十字叉"单选框后，粒子形状成为十字形。

（2）"渲染"选项组

"渲染"选项组用于设定粒子物体渲染后的显示状态。

"渲染"选项组的参数解释如下：

四面体/面：选中"四面体"单选框后，渲染时粒子成四面体状的晶体，如图 8-4 所示；选中"面"单选框后粒子的每个面都将被渲染输出，如图 8-5 所示。

（3）"定时"选项组

"定时"选项组用于设定粒子动画产生的时间。

"定时"选项组的参数解释如下：

● 开始：用于设定粒子系统产生粒子的起始时间。

图 8-4　选中"四面体"

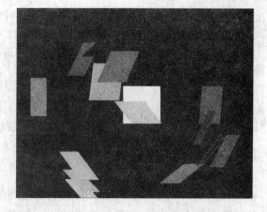

图 8-5　选中"面"

- 寿命：用于设定粒子产生后在视图中存在的时间。
- 再生速度：用于设定粒子产生的速率。
- 常量：选中该复选框后，粒子产生的速率将被固定下来。

（4）"发射器"选项组

"发射器"选项组用于控制发射器是否显示以及显示的尺寸。

"发射器"选项组的参数解释如下：

- 宽度：用于控制发射器的宽度。
- 长度：用于控制发射器的长度。
- 隐藏：选中该"复选框后，发射器将被隐藏起来，不在视图中显示。

2．"雪"粒子

"雪"粒子系统主要用于模拟下雪和乱飞的纸屑等柔软的小片物体。它的参数与"喷射"粒子很相似。它们的区别在于"雪"粒子自身的运动。换句话说"雪"粒子在下落的过程中可自身不停地翻滚，而"喷射"粒子是没有这个功能的。

打开粒子系统，单击"雪"按钮，即可看到"雪"粒子的参数面板，如图 8-6 所示。

（1）"粒子"选项组

"粒子"选项组同样是设置物体的自身属性。

"粒子"选项组的参数解释如下：

- 雪花大小：可设定粒子的尺寸大小。
- 翻滚：可以设定粒子随机翻转变化的程度。
- 翻滚速度：用来设置翻转的频率。

（2）"渲染"选项组

选中"六角形"单选框，渲染后雪花成六角星形，如图 8-7所示；选中"三角形"单选框，渲染后雪花成三角形，如图 8-8 所示；选中"面"单选框，渲染后雪花成四方形，如图 8-9 所示。

图 8-6　"雪"粒子参数面板

3ds max 8 中文版设计基础

图 8-7 六角星形　　　　　　图 8-8 三角形　　　　　　图 8-9 四方形

3．"暴风雪"粒子

顾名思义："暴风雪"粒子系统是很猛烈的降雪，从表面现象看，它不过是比"雪"粒子在强度上要大一些，但是从参数上看，它比"雪"粒子要复杂得多，参数复杂主要在于对粒子的控制性更强，从运用效果上看，可以模拟的自然现象也更多，更为逼真。

打开粒子系统，单击"雪"按钮，即可看到"雪"粒子的参数面板，如图 8-10 所示。

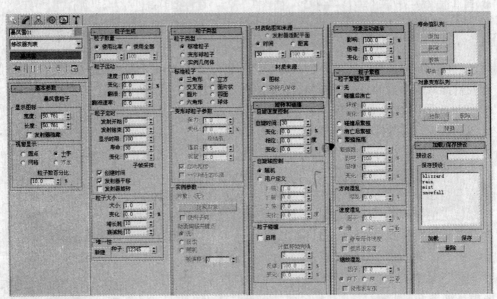

图 8-10 "暴风雪"粒子面板

（1）"基本参数"卷展栏

"基本参数"卷展栏主要用于设定发射器和视图显示的相关属性。

"暴风雪"粒子的参数很多，其中很多参数在另外几种粒子中。

（2）"粒子生成"卷展栏

"粒子生成"卷展栏的参数定义场景中的粒子数量。由于暴风雪粒子物体会随着时间的不同而改变形状，所以这里的设置比先前介绍的简单粒子系统要复杂一些。

"粒子生成"卷展栏的参数解释如下：

"粒子数量"选项组

"粒子数量"选项组用于设定产生的粒子数量。

● 使用比率/使用全部：单击"使用比率"复选框后，在下面的数值框中可以输入每帧产生的粒子数量；而选中"使用全部"复选框后，在下面的数值框中可以设置产生的粒子总量。

"粒子运动"选项组

"粒子运动"选项组用于设定物体运动的相关选项。

- 速度：用于设定粒子发射后的速度。
- 变化：用于设定粒子在运动中不规则变化的程度。
- 翻滚：用于设定粒子在运动中的翻滚程度。
- 翻滚速率：用于设定粒子翻滚的频率。

"粒子定时"选项组

"粒子定时"选项组用于设定粒子的周期选项。

- 发射开始：用于设定发射器开始发射粒子的时间。
- 发射结束：用于设定发射器结束发射粒子的时间。
- 显示时限：用于设定粒子显示的终止时间，利用此参数可以设计出某一时间所有粒子同时消失的效果。
- 寿命：用于设定每个粒子的生命周期。
- 变化：用于设定粒子的随机运动的程度。

子帧采样

"子帧采样"是在发射器本身进行运动时，粒子在输出取样的过程中的有关选项。

- 创建时间：选中该复选框，粒子系统从创建开始就不受喷射作用的影响。
- 发射器平移：选中"发射器平移"复选框，发射器在场景中发生位移时，系统会在渲染过程中避免粒子受到喷射作用的影响。
- 发射器旋转：选中该复选框，发射器在场景中发生旋转时，可以避免粒子受到喷射作用的影响。

"粒子大小"选项组

"粒子大小"选项组用于设定粒子物体的大小。

- 大小：用于设定粒子物体的大小，不过此粒子是系统生成的粒子，而非用户自定义的粒子物体。在暴风雪粒子中，用户可以自定义某种物体作为粒子物体。
- 变化：用于设定粒子间大小不同的差异值，这种差异实际上是相当小的。
- 增长耗：用于指定粒子物体由开始发射到指定尺寸的时间。
- 衰减耗：用于设定粒子物体由开始衰减到完全消失的时间。

"唯一性"选项组

"唯一性"选项组用于设定粒子产生时的外观布局，粒子开始发射时的布局是很随意的，这实际上是电脑为我们随机安排的一种布局。

- 新建：单击该按钮后，重新设定随机数值。
- 种子："种子"数值框用于设定系统所取的随机数值。

（3）"粒子类型"卷展栏

"粒子类型"卷展栏的参数解释如下：

"粒子类型"选项组

"粒子类型"选项组用于设定粒子的基本类型。"粒子类型"选项组中有"标准粒子物体"、"变形球粒子"和"实例几何体"三个粒子形式可供选择。

3ds max 8 中文版设计基础

- 标准粒子物体：它是系统默认的粒子物体形式，这种粒子形式可以选择多种内部系统提供的方式，用户可以在下面的"标准粒子"栏中选择系统提供的方式。
- 变形球粒子：用来模拟液体形态的粒子，如图 8-11 所示。
- 实例几何体：这种方式实际上就是由用户指定粒子的形式，这样用户可以自行创建粒子的形状，如图 8-12 所示为指定茶壶为粒子形状的结果。

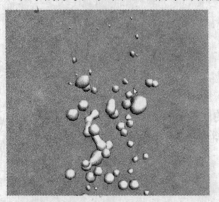

图 8-11　变形球粒子　　　　　　　　　图 8-12　实例几何体

"标准粒子"选项组

"标准粒子"选项组提供了 8 种标准形式的粒子，如图 8-13 所示。

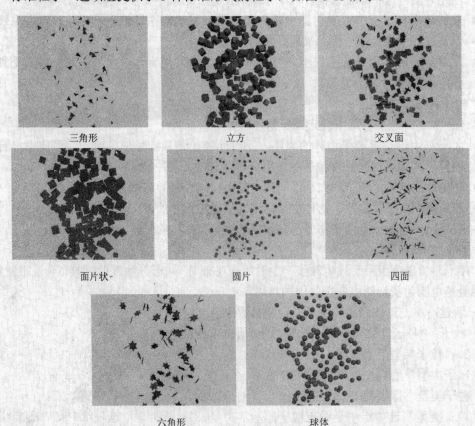

三角形　　　　　　　　立方　　　　　　　　交叉面

面片状　　　　　　　　圆片　　　　　　　　四面

六角形　　　　　　　球体

图 8-13　8 种标准形式的粒子

226

"变形球粒子参数"选项组

"变形球粒子参数"选项组用于设置用户选择这种方式的粒子形式时的相关参数。

- 张力：用于设置变形粒子物体间的紧密程度，该参数值越高，代表粒子物体越容易结合在一起。
- 变化：用于设定"张力'参数值的变化程度。
- 粗糙值：用于设定系统对于变形粒子的计算细节，此参数值越高，系统会忽略的细节越多，越缩短变形粒子物体的作业时间。
  - "渲染和视图"数值框可分别设定渲染结果和视图的粗糙值。
  - 选中"自动粗糙"复选框，系统会自动计算"粗糙值"的参数。
  - 选中"一个相连的水滴"复选框，系统会将所有的粒子结合成一个粒子。

"实例参数"选项组

"实例参数"选项组用于选中"实例几何体"粒子后的有关设置。"实例几何体粒子"是非常有用的一种粒子形式，在创作过程中，最大的乐趣便是自由，如果只能使用系统提供的几种形状，无疑会约束我们的思维。现在好了，我们可以创作出奔跑的兽群、飞翔的鸟类等大规模的集群物体了。

- 拾取对象：单击该按钮后，可以选中场景中的物体作为粒子物体。
- 使用子树：选中该复选框，选择的物体将包含连接关系，可以将子物体一并选中作为粒子物体。
- 动画偏移关键点：是指当实例物体本身具有动画编辑的关键点时，用户可以设定的动画操作方式。具体有三种方式如下：
  - 单击"无"，实例物体的运动仍然采用原来本身的关键点；
  - 单击"出生"，设定实例粒子物体以第一个产生的粒子物体为依据，其后产生的粒子物体皆和此粒子物体的形态相同；
  - 单击"随机"，以随机形式来决定实例粒子物体的形态，用户可以配合"帧偏移"来设定变化的程度。
- "帧偏移"数值框可设定距离目前多少时间以后物体的形态。

"材质贴图和来源"选项组

"材质贴图和来源"选项组用于设定实例形式的粒子物体的材质来源。

- 发射器适配平面：选中该单选框后，粒子材质将与反射器平面匹配。
- 时间：选中该单选框后，可设定粒子自发射到材质完全表现的时间，具体时间在下面的数值框中进行设定。
- 距离：选中该单选框后，可设定粒子自发射到材质完全表现的距离。
- 材质来源：单击该按钮后，可以在场景中选择作为材质来源的物体。
- 图标：单击该单选框，可以选择场景中物体的材质。
- 实例几何体：单击该单选框，可设定材质来源为实例物体的材质。

（4）"旋转与碰撞"卷展栏

"旋转与碰撞"卷展栏中用于设定有关粒子物体自身的旋转和碰撞的参数。

"旋转与碰撞"卷展栏的参数解释如下：

3ds max 8 中文版设计基础

"自旋速度控制"选项组

"自旋速度控制"选项组用于设定粒子旋转运动的相关选项。

● 自旋时间：用于粒子物体旋转的时间。

● 变化：用于设定旋转效果的变化程度。

● 相位：用于设定粒子物体旋转的初始角度。

● 变化：用于设定相位的变化程度。

"自旋轴控制"选项组

"自旋轴控制"选项组用于设定粒子发生旋转作用时的轴向控制。

● 随机：单击该单选框后可随机选取旋转轴向。

● 用户定义：单击该单选框后，用户可以自行定义粒子的旋转轴向，下面的 X、Y、Z 轴向以及（变化）数值框可具体设定旋转轴向。

"粒子碰撞"选项组

"粒子碰撞"选项组用于设定各个粒子在运动过程中发生碰撞的有关设置。

● 启用：选中"启用"复选框后，允许在粒子系统的生成过程中发生粒子碰撞事件。

● 计算每帧间隔：用于设定每帧动画中粒子的碰撞次数。

● 反弹：用于设定粒子碰撞后发生反弹的程度。

● 变化：用于设定粒子碰撞的变化程度。

（5）"对象运动继承"卷展栏

"对象运动继承"卷展栏用于设定有关粒子物体在运动体系中的反应的选项。

"对象运动继承"卷展栏的参数解释如下：

● 影响：用于设定粒子受到发射位向的影响程度，该数值越大，所受到的影响也就越大。

● 倍增：用于设定粒子受到发射器位向的影响时的繁殖数量。

● 变化：用于设定"倍增"的变化程度。

（6）"粒子繁殖"卷展栏

"粒子繁殖"指的是这样一种现象，在粒子发生碰撞的情况下，会产生新的粒子，使用好这一类参数能够模仿出两个物体相撞的逼真效果。

"粒子繁殖"卷展栏的参数解释如下：

"粒子繁殖效果"选项组

"粒子繁殖效果"选项组用于设定粒子碰撞后所产生的效果的相关选项。

● 无：单击该单选框后粒子物体在碰撞后不会产生任何效果。

● 碰撞后消亡：单击该"单选框后可使粒子碰撞后消失。

● "持续"和"变化"：分别控制碰撞后存留的时间以及变化程度。

● 碰撞后繁殖：单击该单选框后，粒子物体会在破灭时产生新的次粒子物体。

● 消亡后繁殖：单击该单选框后，碰撞后的粒子物体会在移动时产生新的次粒子物体。

● 繁殖拖尾：单击"沿轨迹繁殖"单选框后，碰撞后的粒子物体会沿运动轨迹产生新的次粒子物体。

● 繁殖数：用于设定产生新的次粒子的数量。

- 影响：用于设定有多少比例的粒子会产生新的次粒子。
- 倍增：用于设定粒子在碰撞后会以多少倍率的数量产生新的次粒子。
- 变化：可设定"倍增"参数变化程度。

"方向混乱"选项组

"方向混乱"选项组用于设定增生粒子物体在运动方向的随机程度。

"速度混乱"选项组

"速度混乱"选项组用于设定增生粒子物体在速度上的随机选项。

- 因子：用于设定碰撞后粒子产生速度变化的要素值，当参数为 0 是不会产生任何变化。下面"慢"、"快"和"二者"三个单选框用于设定碰撞后粒子的速度变化趋势。
- 继承母体速度：选中该复选框后，新生的粒子物体以母体的速度作为变化的依据。
- 使用固定值：选中该复选框后，系统会以一固定的值作为速度的变化。

"缩放混乱"选项组

"缩放混乱"选项组用于设定粒子新生后在尺寸上的随机选项。

- 因子：用于设定碰撞后粒子产生尺寸变化的要素值，当参数值为 0 时不会产生任何变化。下面"向下"、"向上"和"二者"三个单选框代表尺寸变化的 3 种趋势。
- 使用固定值：选中该复选框后，系统会以一固定的值作为尺寸的变化。

"寿命值队列"选项组

"寿命值队列"选项组用于让用户指定次粒子的生命周期。

- 添加：单击该按钮后，可将"生命"数值框所设定的参数增加到列表框中。
- 删除：单击"删除"按钮后，将删除"生命"列表框中的参数。
- 替换：单击"替换"按钮后，将替换"生命"列表框中的参数。
- 寿命：用于设置次粒子物体的生命值。

"对象变形队列"选项组

"对象变形队列"选项组中提供了在关联粒子物体以及次粒子物体间进行切换的能力。

- 拾取：单击该按钮后，可将场景中拾取物体加入到"对象变形队列"列表框中。
- 删除：单击该按钮后，可将"对象变形队列"列表框中的物体删除。
- 替换：单击该按钮后，可用选中的物体取代"对象变形队列"列表框中的物体。

（7）"载入/保存预设"卷展栏

"载入/保存预设"卷展栏用于直接载入或保存先前设置好的参数。全部重新设置很复杂，而粒子系统描述的很多场景都是自然现象，在许多场合都比较类似，我们可以多次调用设置好的参数，从而大大提高工作效率。

- 预设名：是预先设置好的参数资料名称。
- 加载：单击该按钮后可载入需要的参数资料。
- 保存：单击该按钮后可存储设置好的参数资料。
- 删除：单击该按钮后可将列表框中选中的参数资料删除。

4."粒子阵列"粒子

"粒子阵列"同暴风雪一样，也可以将其他物体作为粒子物体，选择不同的粒子物体，我们可以利用粒子阵列轻松地创建出气泡、碎片或者是熔岩等特效。图 8-14 为利用"粒子阵列"制作出的"地雷爆炸"时的碎片效果。

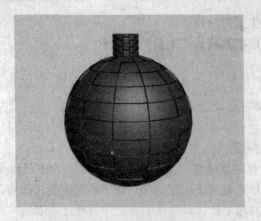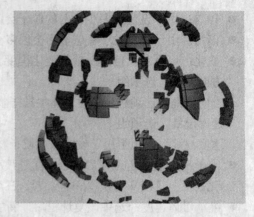

图 8-14 "地雷爆炸"效果

打开粒子系统，单击"粒子阵列"按钮，即可看到"粒子阵列"的参数面板，如图 8-15 所示。

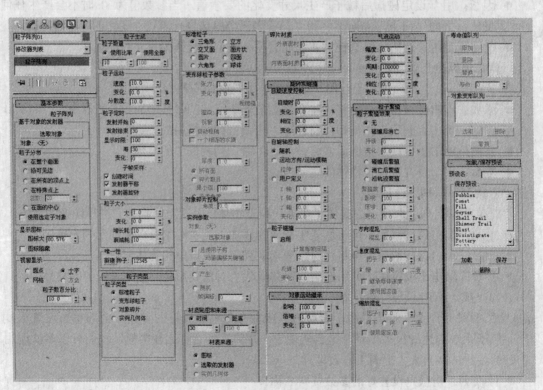

图 8-15 "粒子阵列"参数面板

（1）"基本参数"卷展栏

"基本参数"卷展栏的参数与"暴风雪"的基本参数有所不同，在基本参数中，粒子阵列增加了一个拾取发射器的功能，在"暴风雪"粒子系统中，可以选择场景中的物体作为粒子物体，现在甚至可以选择粒子的发射器。单击"基于对象的发射器"选项组中的"选取对象"按钮，就能够在场景中任意选择物体作为粒子发射器。

　　"粒子分布"选项组用于设定发射器的粒子发射编制方式。编制方式指的是粒子从发射器的什么部分发射出来，粒子阵列共有 5 种编辑方式：

- 在整个曲面：单击该单选框后，系统会设定粒子的发射位置为物体表面。
- 沿可见边：单击该单选框后，系统会设定粒子的可见沿边。
- 在所有的顶点上：单击该单选框后，系统会设定粒子的顶点。
- 在特殊点上：单击该单选框后，系统会设定粒子的特殊点。
- 在面的中心：单击该单选框后，系统会设定粒子的表面中心。

图 8-16 为 5 种情况的比较。

在整个曲面

沿可见边

在所有的顶点

在特殊点上（此时设为 5）

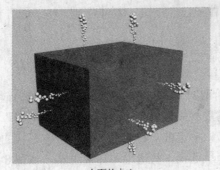
在面的中心

图 8-16　5 种情况的比较

- 使用选定对象：选中该复选框后，只将选中的物体的一部分作为物体发射的位置，如图 8-17 所示。

图 8-17　选中"使用选定对象"复选框后的效果

（2）"气泡运动"卷展栏

"粒子阵列"与"暴风雪"相比，多了一个"气泡运动"卷展栏，在其中可以设定粒子物体泡沫运动的相关参数。所谓"气泡运动"，就是物体在运动过程中自身的一些震动。

"气泡运动"卷展栏的参数解释如下：

- 幅度：用于设定粒子进行左右摇晃的幅度。
- 变化：用于设定"幅度"的变化程度。
- 周期：用于设定粒子物体振动的周期。
- 变化：用于设定"周期"的变化程度。
- 相位：用于设定粒子在初始状态下距离喷射方向的位移。
- 变化：用于设定"相位"的变化程度。

5. "粒子云"粒子

"粒子云"粒子适合于创建云雾，参数与"粒子阵列"基本类似，其中粒子种类有一些变化。系统默认的粒子云系统是静态的，如果想让设计的云雾动起来，可通过调整一些参数来录制动画。

打开粒子系统，单击"粒子云"按钮，即可看到"粒子云"粒子的参数面板，如图 8-18所示。

（1）"基本参数"卷展栏

"基本参数"卷展栏的参数解释如下：

- 拾取对象：单击"拾取对象"按钮，可以在场景中选择物体作为发射器的基体。当你在"粒子分布"卷展栏中选择了"基于对象的发射器"选项时才有效。
- 立方体发射器：单击该单选框，将选用一个立方体形状的发射器，如图 8-19 所示。
- 球体发射器：单击该单选框，将选用球体发射器，如图 8-20 所示。
- 圆柱体发射器：单击该单选框，将选用圆柱体发射器，如图 8-21 所示。
- 基于对象的发射器：单击该单选框，会将选取的物体作为发射器，如图 8-22 所示。
- "显示图标"选项组：用于调整发射器图标的大小。"半径/长"用于调整球形或圆柱形的半径和长方体的长度；"宽度"用于调整长方体发射器的宽度；"高度"用于调整长方体发射器的高度。

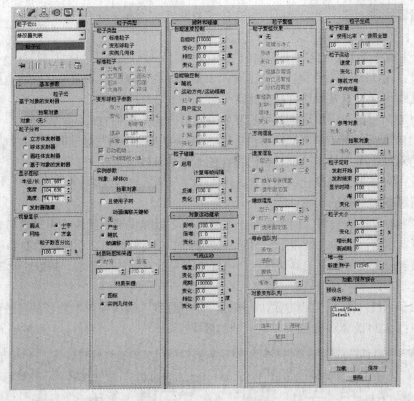

图 8-18 "粒子云"粒子面板

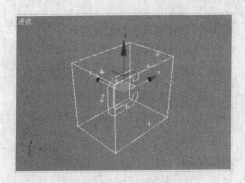

图 8-19 立方体发射器

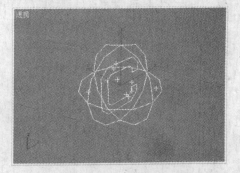

图 8-20 球体发射器

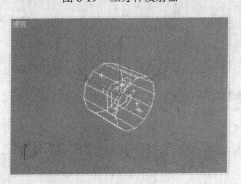

图 8-21 圆柱体发射器

图 8-22 基于对象的发射器

● 发射器隐藏：选中该复选框，将在视图中显示发射器。

（2）"粒子生成"卷展栏

"粒子生成"卷展栏的参数解释如下：

● 速度：用于设置粒子发射时的速度。如果想得到正确的容器效果，应将速度设为0。

● 变化：用于设置发射速度的变化百分数。

● 随机方向：单击该单选框，可控制粒子发射方向为任何方向随机发射。

● 方向向量：单击该单选框，可由X/Y/Z组成的矢量控制发射方向。

● 参考对象：单击该单选框，将沿指定的对象的z轴发射粒子。

● 变化：可控制方向变化的百分比。

6. "超级喷射"粒子

"超级喷射"是"喷射"的增强粒子系统，它可以提供准确的粒子流。它与"喷射"粒子的参数基本相同，不同之处在于它自动从图标的中心喷射而出，而超级喷射并不需要发射器。超级喷射用来模仿大量的群体运动，电影中常见的奔跑的恐龙群、蚂蚁奇兵等都可以用此粒子系统制作。

打开粒子系统，单击"超级喷射"按钮，即可看到"超级喷射"粒子的参数面板，如图8-23所示。图8-24为以茶壶作为发射粒子的效果。

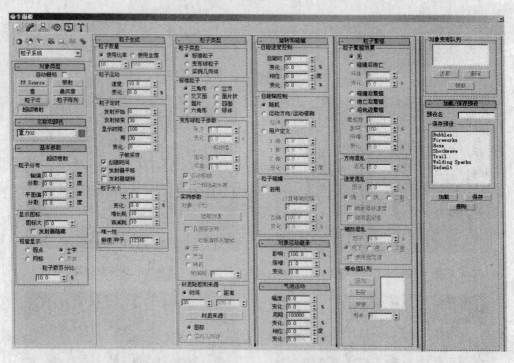

图 8-23　"超级喷射"粒子面板

7. "PF Source"粒子

我们所说的高级粒子系统，也就是" PF Source"粒子。它的创建方法没有特别之处，与其他粒子系统一样。

打开粒子系统，单击"PF Source"按钮，即可看到"PF Source"粒子的参数面板，如

图 8-25 所示。

图 8-24 以茶壶作为发射粒子的效果

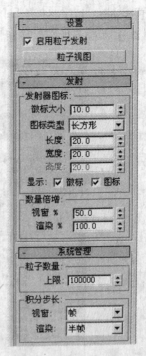

图 8-25 "PF Source"粒子的参数面板

PF Source 粒子与先前介绍的粒子系统最为不同的一点是它有一种"事件触发"类型的粒子系统。也就是说,它生成的粒子状态可以由其他事件引发而进行改变。

这个特性大大增强了粒子系统的可控性,从效果上来说,它可以制作出千变万化、真实异常的粒子喷射场景。当然,它的使用方法也是最为复杂的。

(1)"设置"卷展栏

"设置"卷展栏用于设置 PF Source 有关属性的参数,当然,它的属性是非常复杂的,这里实际上只有一个"粒子视图"按钮,单击这个按钮后,会弹出"粒子视图"面板。对"PF Source"粒子的设置可在这个面板中进行。

选中"启用粒子发射"复选框后,系统中设置的"粒子视图"才发生作用。

(2)"发射器"卷展栏

"发射器"卷展栏用于设置发射器的有关参数。

● 徽标大小:用于设置发射器中间的循环标记的大小。

● 图标类型:用于设置发射器图标的形状,在下拉式列表框中有"长方形"、"长方体"、"圆形"和"球体"4 种选择。

● 长度/宽度:分别代表发射器图标的长度和宽度,这个参数是随着所选择的发射器图标的形状不同而变化。

●"数量倍增"选项组:用于设置视图中和渲染时粒子生成数量的比率,粒子系统中都有这个参数,是为了控制视图中或者观察初步渲染效果时的粒子数量,以提高显示和渲染速度。

3ds max 8 中文版设计基础

（3）"粒子视图"面板

PF Source 粒子是一种"事件触发"类型的粒子系统，具体的设置都在"粒子视图"中进行，单击"粒子视图"按钮，就会弹出"粒子视图"面板，如图 8-26 所示。

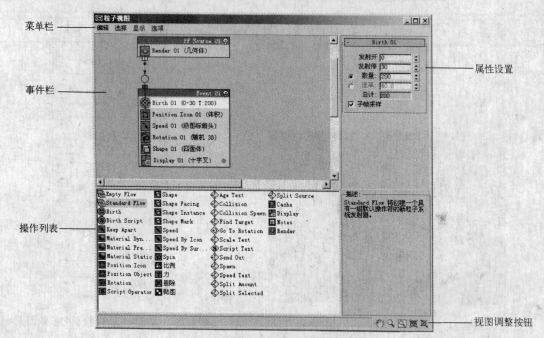

图 8-26 "粒子视图"面板

"PF Source"粒子的使用方法比较复杂，对它的掌握关键在各种操作和测试的使用。当然，要制作出高水平的粒子发射动画，还需要有大量的经验，对日常生活中各种自然现象的细致观察是必不可少的。下面我们将介绍一下它的制作流程。

在"粒子视图"中，系统设置了一些常用的"操作图标"，将某个操作拖拽到事件栏中，可以创建"事件"，也可以加入到某个已经存在的"事件"中。选中事件中的操作，右面的属性栏中，可以设置这个操作所包含的属性。测试也在操作列表中，图标为黄色，它的加载方法与操作完全相同。通过菜单栏，或者是右键快捷菜单同样可以实现删除、插入、追加等操作。

"测试"前面有"分支"，用鼠标可以将"分支"与另一个"事件"相连，系统自动根据测试结果，判断"事件"的流程。

8.2 空间扭曲

空间扭曲是影响其他对象外观的不可渲染对象。空间扭曲能创建使其他对象变形的力场，从而创建出涟漪、波浪和风吹等效果。

空间扭曲的行为方式类似于修改器，只不过空间扭曲影响的是世界空间，而几何体修改器影响的是对象空间。

3ds max 8 中空间扭曲工具分为 7 类，它们分别是：作用力、导向器、几何/可变形、基于修改器、力、reactor、粒子和动力学，如图 8-27 所示。

空间扭曲看起来有些像修改器，但是空间扭曲影响的是世界坐标，而修改器影响的却是物体自己的坐标。

当你创建一个空间扭曲物体时，在视图中显示的是一个线框符号，可以向别的物体一样对空间扭曲的符号进行变形处理，这些变形都可以改变空间扭曲的作用效果。

图 8-27 "空间扭曲工具"的种类

8.2.1 创建空间扭曲

空间扭曲的具体创建过程如下：

1）单击创建面板中空间扭曲面板，在下拉列表中选择合适的类别。

2）选择要创建的空间扭曲工具按钮。

3）在视图中拖动鼠标，即可生成一个空间扭曲工具图标。

8.2.2 使用空间扭曲

空间扭曲的使用方法如下：

1）创建一个空间扭曲对象。

2）利用工具栏上的 ▨（绑定到空间扭曲）按钮，将物体绑定到空间扭曲对象上。

3）调整扭曲的参数。

4）对空间扭曲进行平移、旋转、比例缩放等调整。

8.2.3 "力"空间扭曲的种类

本节我们以常用的"力"类型空间扭曲为例，来讲解一下空间扭曲。3ds max8 中"力"空间扭曲面板包括 9 种力，它们分别是：推力、马达、漩涡、阻力、粒子爆炸、路径跟随、置换、重力和风，如图 8-28 所示。下面我们就来介绍几种主要的力。

1. 重力

"重力"是我们经常说的重力系统，它用于模拟自然界的重力，可以作用于粒子系统或动态效果。它的参数面板如图 8-29 所示。

图 8-28 "作用力"面板

图 8-29 "重力"参数面板

（1）"支持对象类型"卷展栏

"支持对象类型"卷展栏有"粒子类型"和"动态效果"两种重力支持的类型。

（2）"参数"卷展栏

"参数"卷展栏的参数解释如下：

"力"选项组

● 强度：用于定义重力的作用强度。

● 衰减：用于设置远离图标时的衰减速度。

● 平面：单击该按钮，将使用"平面"力场，平面力场可使粒子系统喷射的粒子或物体沿箭头方向运动。

● 球形：单击该按钮，将使用"球形"力场，球形力场将吸引粒子或物体向球形符号运动。

图8-30为"平面"和"球形"力场的比较。

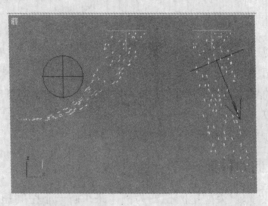

图 8-30　"平面"和"球形"力场的比较

"显示"选项组

选中"范围指示器"复选框，当"衰减"值大于 0 时，用于指示力场衰减在什么位置衰减到了原来的一半。

"图标大小"数值框可定义图标的大小。

2. 风

"风"用于模拟风吹对粒子系统的影响，粒子在顺风的方向加速运动，在迎风的方向减速运动。风与重力系统非常相像，风增加了一些自然界中风的特点，比如气流的紊乱等。它的参数面板如图 8-31 所示。大部分参数与重力系统相同，我们这里只说明一下"风"选项组。

"风"选项组

"风"选项组的参数解释如下：

● 紊乱：用于定义风的紊乱量；

● 频率：用于定义动画中风的频率；

● 比例：用于定义风对粒子的作用程度。

3. 置换

"置换"空间扭曲可以模拟力场对物体表面的三维变形效果，与"置换"修改器效果类似。它的参数面板如图 8-32 所示。"参数"卷展栏的参数解释如下：

图 8-31 "风"参数面板

图 8-32 "置换"参数面板

"置换"选项组

- 强度：用于设置"置换"工具的作用效果，当值为 0 时，没有效果，值越大效果越明显。
- 衰减：用于设置作用效果在一定距离内衰减到 0。
- 亮度中心：选中该复选框将使用"亮度中心"。
- 中心：用于设置以哪一级灰度值作为亮度中心值，默认值是 50%。

"图像"选项组

"图像"选项组用于选择图像作为错位影响。

- 无：可以指定一幅用于置换效果图片。
- 移除位图：用于去除该图片。
- 模糊：用于定义图像的模糊程度，以便增加错位的真实感。

"贴图"选项组

"贴图"选项组用于定义所采用的贴图类型。

- "平面"、"柱面"、"球面"和"收缩环绕"：用于控制将图片以何种方式映射为置换效果。
- "长度"、"宽度"和"高度"：用于控制空间扭曲工具的大小，高度并不影响平面贴图效果。
- U/V/W 向平：用于控制在 UVW 平面上的平铺。

4. 粒子爆炸

"粒子爆炸"空间扭曲用于产生一次冲击波使粒子系统发生爆炸。它的参数面板如图 8-33

所示。"基本参数"卷展栏的参数解释如下：

"爆炸对称"选项组

- "球形"、"圆柱体"和"平面"：用于控制不同的爆炸对称类型。
- 混乱：用于设置爆炸的混乱程度。

"爆炸参数"选项组

该选项组用于设置爆炸的参数。

- 开始时间：用于设置爆炸发生的时间帧数。
- 持续时间：用于定义爆炸持续的时间。
- 强度：用于设定爆炸的强度。
- 无限制：单击该单选框，表示爆炸影响整个场景范围。
- 线性：单击该单选框，表示爆炸力量以线性衰减。
- 指数：单击该单选框，表示爆炸力量以指数衰减。
- 范围：用于确定爆炸的范围，它从空间扭曲的图标中心开始计算。

5. 漩涡

"漩涡"空间扭曲应用于粒子系统，会对粒子施加一个旋转的力，使它们形成一个漩涡，类似龙卷风。可以很方便地创建黑洞、漩涡或漏洞状的物体。它的参数面板如图 8-34 所示。"参数"卷展栏的参数解释如下：

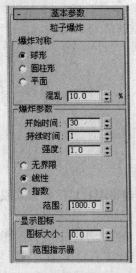

图 8-33 "粒子爆炸"参数面板

图 8-34 "漩涡"参数面板

"旋涡外形"选项组

"旋涡外形"选项组用于控制漩涡的大小形状。

- 锥化长度：用于控制漩涡的长度，较小的值会使漩涡看起来比较紧，而大的值可以得到稀松的漩涡。
- 锥化曲线：用于控制漩涡的外形，小值时的漩涡开口比较宽大，大的值可以得到几乎垂直的入口。

"捕捉和运动"选项组

"捕捉和运动"选项组包含了一系列对漩涡的控制。

- 无限范围：选中该复选框，漩涡将在无限范围内发挥作用。
- 轴向下：用于控制粒子在漩涡内沿轴向下落的速度。
- 范围：用于定义轴向阻尼具有完全作用的范围。
- 衰减：用于定义在轴向阻尼的完全作用范围之外的分布范围。
- 阻尼：用于定义轴向阻尼。
- 轨道速度：用于控制粒子旋转的速度。
- 径向拉力：用于控制粒子开始旋转时与轴的距离。

"显示"选项组

"显示"选项组用于控制视图中图标的显示大小。

6. 阻力

"阻力"空间扭曲其实就是一个粒子运动阻尼器，在指定的范围内以特定的方式减慢粒子的运动速度，可以是线性的、球状的或圆柱形的。在模拟风的阻力或粒子在水中的运动时有很好的效果。它的参数面板如图 8-35 所示。"参数"卷展栏的参数解释如下：

"阻尼特性"选项组

"阻尼特性"选项组可以选择不同的阻尼器形式，以及一系列的参数设置。

- 无限范围：选中该复选框，阻尼效果将在无限的范围内以相同的大小作用，若不选中则"范围"和"衰减"就会起作用。
- 线性阻尼：单击该单选框，会根据阻尼工具的本身坐标定义一个 XYZ 矢量，每个粒子都要受到垂直于这个矢量的平面的阻尼，阻尼平面的厚度由"范围"决定。
- X/Y/Z 轴：用于分别定义在阻尼工具的本身坐标方向上影响粒子的程度，也就是粒子在阻尼工具本身坐标轴方向上受到的阻尼程度。
- 范围：用于定义阻尼平面的厚度，在此平面厚度内，阻尼作用是 100% 的。
- 衰减：用于定义阻尼在"范围"以外，以线性规律衰减的范围。
- 球形阻尼：单击该单选框，阻尼器图标显示为两个同心的球，粒子的运动被分解为径向和切向，球形阻尼分别在这两个方向对粒子施加作用，作用范围由相应的"范围"和"衰减"确定。
- "圆柱体阻尼：单击该单选框，阻尼器图标显示为两个套在一起的圆柱，阻尼工具分别在"径向"、"切向"和"轴"对粒子施加作用，作用范围分别由相应的"范围"和"衰减"确定。

7. 路径跟随

"路径跟随"空间扭曲可使粒子沿着某一条曲线路径运动。它的参数面板如图 8-36 所示。"参数"卷展栏的参数解释如下：

3ds max 8中文版

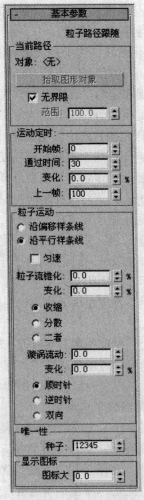

图 8-35　"阻力"参数面板　　　　图 8-36　"路径跟随"参数面板

"基本参数"选项组

该选项组用于选择作为样条曲线路径的物体。

● 拾取图形对象：单击该按钮，可以在视图中指定某个对象作为路径。

● 无界限：选中该复选框后的"范围"数值框将不可使用。

● 范围：用于指定从路径到粒子的距离。

"运动定时"选项组

"运动定时"选项组用于设置运动的时间参数。

● 开始帧：用于确定粒子开始跟随路径运动的起始时间。

● 通过时间：用于确定粒子通过整个路径需要的时间帧数。

● 变化：用于设置粒子随机变化的比率。

● 上一帧：用于确定粒子不再跟随路径运动的时间。

"粒子运动"选项组

"粒子运动"选项组用于控制粒子沿路径运动的方式。

● 沿偏移样条线：单击该单选框，表示粒子沿着与原样条曲线有一定偏移量的样条曲线运动。

● 沿平行样条线：单击该单选框，表示所有粒子从初始位置沿着平行于路径的样条曲
  线运动。

● 匀速：选中该复选框，表示粒子以相同的速度运动。

● 粒子流锥化：用于设置粒子在一段时间内从路径移开的幅度。

● 收缩：单击该单选框，所有的粒子在运动时汇聚在路径上。

● 分散：单击该单选框，所有的粒子在运动时沿路径越来越分散。

● 二者：单击该单选框，粒子在运动时产生两种效果。

● 漩涡流动：用于设定粒子绕路径旋转的圈数。

● "顺时针"、"逆时针"和"双向"：用于控制粒子运动的方向。

"唯一性"选项组

"唯一性"选项组中的"种子"数值框用于为当前的路径跟随效果设置一个随机的种子
数。

8.3　实例讲解

本节将通过"制作茶壶倒水动画"、"制作小球穿过木板后爆炸"和"制作闪闪发光的魔
棒"三个实例来讲解粒子系统和空间扭曲在实践中的应用。

8.3.1　茶壶倒水

制作要点：

> 本例将制作茶壶倒水效果，如图8-37所示。通过本例学习应掌握"喷射"粒子、"重
> 力"和"导向板"的综合应用，以及使用"布尔"运算命令制作复合物体茶杯造型的
> 技术。

图 8-37　茶壶的倒水效果

操作步骤：

1．创建茶杯和茶壶造型

1）执行菜单中的"文件|重置"命令，重置场景。

2）单击 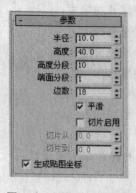（创建）命令面板下 （几何体）中的 圆柱体 按钮，在顶视图中创建一个圆柱体，设置参数如图 8-38 所示。

3）进入 （修改）面板，执行修改器下拉列表中的"锥化"命令，设置参数如图 8-39 所示，结果如图 8-40 所示。

图 8-38　圆柱体参数设置

图 8-39　锥化参数设置

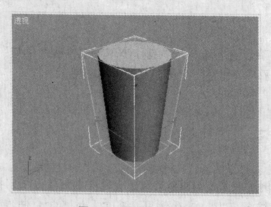

图 8-40　锥化后的效果

4）复制茶杯。方法：按下<Shift>键并单击视图中的"茶杯 1"模型，在弹出的对话框中按如图 8-41 所示设置，然后单击"确定"按钮。此时原地复制了一个名称为"茶壶 2"的茶壶模型。

5）为了便于观察结果，选择工具栏上的 （选择并移动）工具，将复制后的茶杯模型移出来，结果如图 8-42 所示。

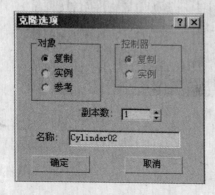

图 8-41　单击"复制"选项

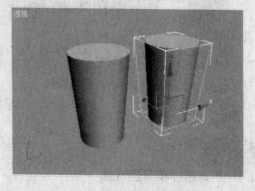

图 8-42　复制后的效果

244

6）选择视图中的"茶壶 2"模型，在 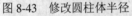（修改）的修改列表框中选择圆柱体，修改参数如图 8-43 所示。

7）将"茶杯 2"向"茶杯 1"靠拢，并留较小距离，如图 8-44 所示。

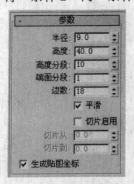

图 8-43 修改圆柱体半径

图 8-44 对齐后的效果

8）选择"茶杯 1"模型，进入 ◎ 命令面板，在 标准基本体 ▼ 下拉列表中选择 复合对象 ▼ 选项。然后单击 布尔 按钮，接着单击 拾取操作对象 B 按钮后拾取场景中的"茶杯 2"模型，结果如图 8-45 所示。

图 8-45 "布尔"后的效果

9）进入 ◎（几何体）命令面板，单击 茶壶 按钮，在顶视图中创建一个茶壶，设置参数如图 8-46 所示，放置位置如图 8-47 所示。

图 8-46 设置茶壶参数

图 8-47 茶壶放置位置

10）制作桌面。进入 ⊙（几何体）命令面板，单击 长方体 按钮，在顶视图中创建一个长方体作为桌面，放置位置如图 8-48 所示。

图 8-48 茶壶放置位置

2．创建茶壶中的水流造型

下面通过"喷射"粒子系统创建茶壶的水流，并通过"重力"和"导向板"扭曲对象确定水流的方向和位置。

1）进入 ⊙（几何体）命令面板，在 标准基本体 ▾ 中选择 粒子系统 ▾，进入创建粒子系统状态。然后单击 喷射 按钮，在视图中创建一个"喷射"粒子系统，如图 8-49 所示。

2）利用工具栏上的 ✛ 和 ↻ 工具将粒子的发射方向调整到向上，并移到茶壶嘴边，如图 8-50 所示。

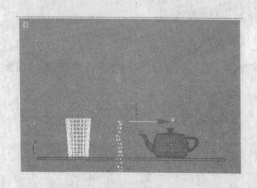

图 8-49 创建"喷射"粒子系统

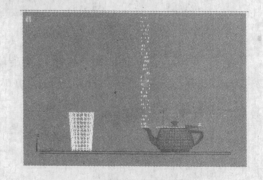

图 8-50 调整"喷射"粒子的位置和方向

3）选择视图中的"喷射"粒子，利用工具栏上的 ⬚（选择并链接）工具，将其链接到茶壶对象上。此时移动茶壶可以看到粒子跟随茶壶一起移动。

4）现在给水流创建一个地球引力使水流向下。方法：单击 ≋（空间扭曲）按钮，然后单击其下的 ⬚ 按钮，接着在顶视图中创建一个重力矩形图标，设置参数如图 8-51 所示。

5）选择工具栏上的 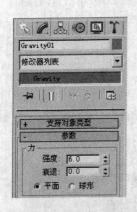（绑定到空间扭曲）工具，将视图中的"喷射"粒子捆绑到"重力"上。此时水流受到重力影响向下流动，如图 8-52 所示。

图 8-51　设置重力参数　　　　　　　图 8-52　"喷射"粒子捆绑到"重力"上的效果

3. 录制动画

1）在第 0 帧处设置场景如图 8-53 所示。

2）单击动画控制区中的 按钮，打开动画录制器，将时间滑块移到第 30 帧，移动茶壶到如图 8-54 所示的位置。然后再次单击 按钮，关闭动画录制器。

图 8-53　第 0 帧场景　　　　　　　　图 8-54　第 30 帧场景

3）此时水流在第 0 帧就开始流下，这是不正确的。为了解决这个问题，需进入 （修改）的 Spray 级别，将"开始"由 0 改为 30，如图 8-55 所示。

4）将时间滑块移动到第 100 帧，会发现水流会穿透茶杯，如图 8-56 所示。为了解决这个问题需添加一个"导向板"，将水流挡在茶杯内。方法：单击 （空间扭曲）按钮，将出现空间扭曲面板。选择 导向器 ，然后单击其下的 导向板 按钮，在顶视图中创建一个导向板。接着在命令面板中设置参数如图 8-57 所示，放置位置如图 8-58 所示。

5）选择工具栏上的 （绑定到空间扭曲）工具，将视图中的"喷射"粒子捆绑到导向板上。此时导向板会挡住透过茶杯的粒子。

6）单击动画控制区中的 按钮，打开动画录制器，将时间滑块移到第 30 帧，设置"喷射"粒子的"水滴大小"为 3.5；然后将时间滑块移到第 80 帧，设置"喷射"的"水滴大小"为 0。接着再次单击 按钮，关闭动画录制器。

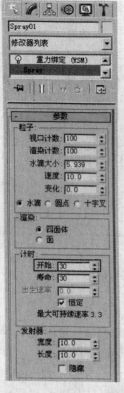

图 8-55　改变"开始"参数

图 8-56　第 100 帧效果

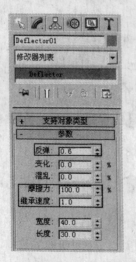

图 8-57　设置导向板参数

图 8-58　受导向板影响后的效果

　　7）制作茶壶倒水后的复位动画。方法：选择视图中的茶壶，在时间轴上按下<Shift>键并将第 0 帧复制到第 100 帧，第 30 帧复制到第 80 帧，结果如图 8-59 所示。

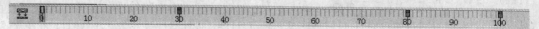

图 8-59　复制关键帧

8）执行菜单"渲染|渲染"命令，将文件渲染输出到"倒水茶壶.avi"文件。

8.3.2 制作小球变形后的爆炸动画

 要点：

本例将制作小球穿过木板时变形，穿过后爆炸的效果，如图8-60所示。通过本例学习应掌握"FFD（圆柱体）"和"爆炸"的使用。

图 8-60 小球变形后的爆炸效果

操作步骤：

1．制作小球穿过木板时的变形效果

1）执行菜单中的"文件|重置"命令，重置场景。

2）在左视图中创建一个"矩形"和一个"圆"。然后选择视图中的"矩形"，执行修改器中的"编辑样条线"命令，接着单击 附加 按钮后再单击场景中的"圆"，这样矩形和圆环就结合成了一个整体，结果如图 8-61 所示。

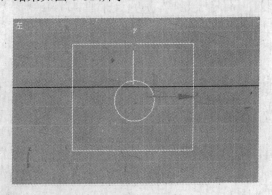

图 8-61 将矩形和圆结合成一个整体

3）进入 （修改）面板，执行修改器中的"挤出"命令，如图 8-62 所示，结果如图 8-63 所示。

4）进入 （几何体）命令面板，单击 球体 按钮，在视图中创建一个球体，如图 8-64 所示。

提示： 需要注意的是球体大小应该大于木板的小洞。

5）制作小球穿过木板时的变形。小球变形是因为 FFD（圆柱体）的影响，因此需要先建立一个 FFD（圆柱体）。方法：单击 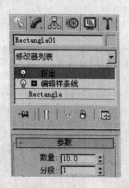（创建）下 ≋（空间变形）中 几何/可变形 ▾ 列表内的 FFD(圆柱体) 按钮，如图 8-65 所示。然后在左视图中拖拉，从而创建一个 FFD（圆柱体），如图 8-66 所示。

图 8-62　设置"挤出"参数

图 8-63　"挤出"后的效果

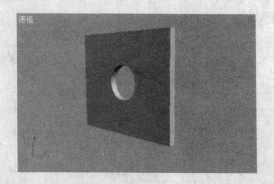

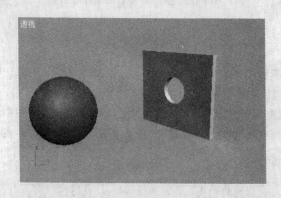

图 8-64　创建球体

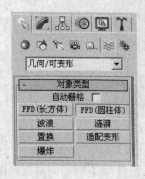

图 8-65　单击"FFD(圆柱体)"按钮

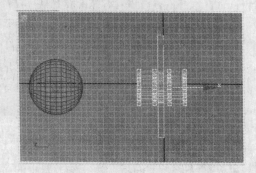

图 8-66　创建 FFD(圆柱体)

6）进入 （修改）面板重新设置控制点的数目。方法：单击 设置点数 按钮，在弹出的对话框中按如图 8-67 所示设置，单击"确定"按钮，结果如图 8-68 所示。

7）进入 （修改）面板的"控制点"层级，如图 8-69 所示。然后利用 （选择对象）工具选取如图 8-70 所示的控制点，接着利用 （等比例缩放）工具缩放控制点，使其与小洞等大，如图 8-71 所示。

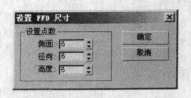

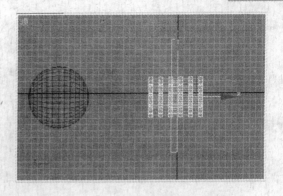

图 8-67　设置 FFD(圆柱体)参数　　　　　　　图 8-68　改变参数后的效果

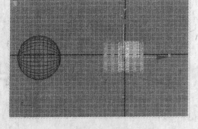
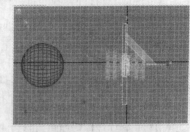

图 8-69　进入"控制点"级别　　　　图 8-70　选择控制点　　　　　图 8-71　缩放控制点

8）选中场景中创建的 FFD（圆柱体），单击 🔧（绑定到空间扭曲）按钮，然后拖拉到小球上，这样小球就受到了 FFD（圆柱体）的约束。

9）制作小球运动动画。方法：激活 自动关键点 按钮，在第 0 帧处移动小球到如图 8-72 所示的位置，在第 50 帧处移动小球到如图 8-73 所示的位置。然后关闭 自动关键点 按钮。

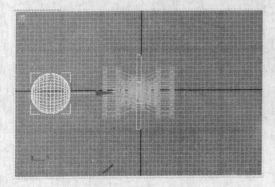
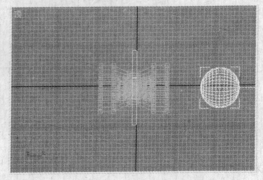

图 8-72　第 0 帧位置　　　　　　　　　　　图 8-73　第 50 帧位置

此时移动时间滑块，可以清楚地看到小球穿过木板时的变形效果，如图 8-74 所示。

2．制作小球穿过木板后的爆炸效果

1）单击 🔧（创建）下 ≋（空间变形）中列表内的 几何/可变形 按钮，如图 8-75 所示。然后在场景中单击鼠标，从而创建一个"爆炸"，如图 8-76 所示。

2）为了便于观看，下面选中场景中的"爆炸"，利用工具栏中的 ♦（对齐）工具，将创建的"爆炸"与球体中心对齐，结果如图 8-77 所示。

图 8-74 小球穿过木板时的效果

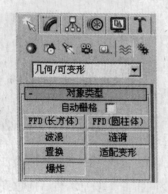

图 8-75 单击"爆炸"按钮

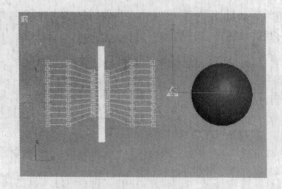

图 8-76 在视图中创建"爆炸"

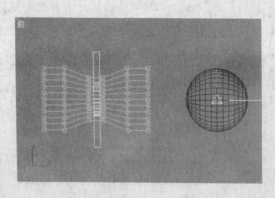

图 8-77 将"爆炸"与球体中心对齐

3）选中"爆炸"，利用工具栏中的 （选择并链接）工具将"爆炸"链接到小球上，此时就可以保证"爆炸"和小球同时移动。

4）制作小球爆炸效果。方法：选中"爆炸"，单击 （绑定到空间扭曲）按钮，拖拉"爆炸"到小球上，这样"爆炸"即可约束小球。

5）但此时小球爆炸是从第 0 帧开始的，且碎片大小一致，方向十分有规律，明显受重力影响。为了解决这个问题，选择场景中的"爆炸"，进入 （修改）面板，参数设置如图 8-78 所示，结果如图 8-79 所示。

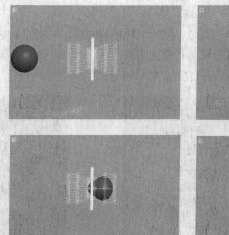

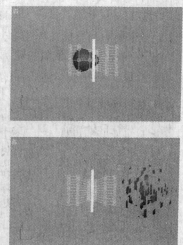

图 8-78 设置"爆炸"参数 　　　　　　　 图 8-79 最终动画效果

提示："重力"设为0，表示不受重力影响；"混乱度"设为10，表示爆炸后的碎片是无规律的炸开；"起爆时间"设为50，表示球体在第50帧处开始起爆；设置"最大"为10，"最小"为1，从而产生碎片大小不一致的变化。

8.3.3 制作闪闪发光的魔棒

 要点：

本例将制作一根闪闪发光的魔棒，如图8-80所示。通过本例学习应掌握粒子系统，"粒子寿命"材质和"镜头效果高光"滤镜的综合应用。

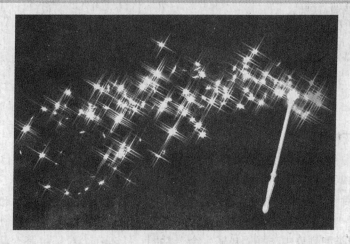

图 8-80 使用镜头效果高光后的魔棒

操作步骤：

1. 创建魔棒

1）执行菜单中的"文件|重置"命令，重置场景。

2）创建魔棒。方法：单击 面板中的 按钮，然后单击其中的"线"按钮后在前视图中绘制魔棒的轮廓图案，接着执行修改器中的"车削"命令，结果如图 8-81 所示。接着赋予其材质，渲染后的效果如图 8-82 所示。

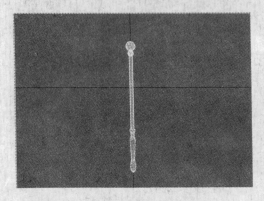

图 8-81 绘制魔棒轮廓

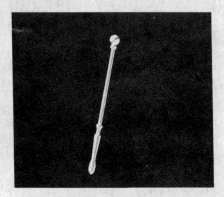

图 8-82 赋予材质后的魔棒

2. 创建雪花粒子

1）单击" 面板中的 按钮，然后从下拉列表中选择"粒子系统"后单击其中的"雪"按钮，如图 8-83 所示。接着用鼠标在视图中拖出一个雪花粒子发射器。

2）进入 面板将"速度"设为 2，"变化"设为 1.5，"开始"设为-30，此时视图中便出现一束雪花，如图 8-84 所示。

图 8-83 单击"雪"按钮

图 8-84 视图中显示出雪花

3. 制作雪花材质

1）单击工具箱上的 按钮，打开材质编辑器，将"自发光"选项组中的"颜色"设为 100，如图 8-85 所示。

2）此时要制作雪花能够随着时间的变化而出现不同的颜色，我们通过"粒子生命"贴图来实现。设置"粒子生命"贴图的方法：单击"漫反射颜色"右边的按钮，如图 8-86 所示，然后在贴图类型列表中选择"粒子生命"贴图。接着在"粒子生命"贴图设置面板中分别将三个颜色窗口设置为不同的颜色，如图 8-87 所示。最后渲染视图，可以看到雪花粒子在不同的年龄段呈现出不同的颜色，如图 8-88 所示。

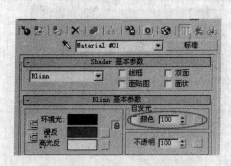

图 8-85 编辑自发光材质

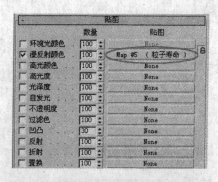

图 8-86 设置漫反射贴图

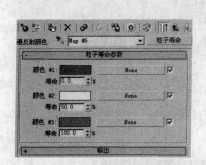

图 8-87 设置不同颜色

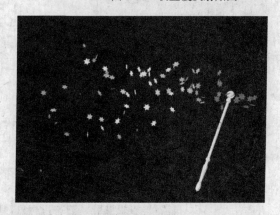

图 8-88 不同阶段出现不同颜色

4. 制作雪花粒子高亮特效

1）在雪花粒子上单击鼠标右键，在弹出的快捷菜单中选择"属性"命令，然后在弹出的"对象属性"对话框中将"G 缓冲区"选项组中的"对象通道"设置为 1，单击"确定"按钮。

2）执行菜单中的"渲染|Video Post"命令，在弹出的设置面板上单击 ![] （添加场景事件）按钮，然后在弹出的对话框中将渲染视图设置为"透视"，如图 8-89 所示，单击"确定"按钮。

3）单击 ![] （添加图像过滤事件）按钮，在弹出的对话框中选择"镜头效果高光"，如图 8-90 所示，单击"设置"按钮。然后在弹出的"镜头效果高光"设置对话框中将"对象 ID"设为 1，接着单击"预览"按钮和"VP 队列"按钮就可以看到雪花的高亮效果，如图 8-91 所示。

4）单击 ![] （添加图像输出事件）按钮，在弹出的对话框中设定文件名、存储位置及格式等，然后单击 ![]

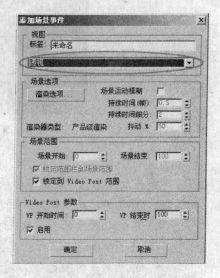

图 8-89 设置需要的合成视图

（执行序列）按钮，稍后生成最终的效果，如图 8-92 所示。

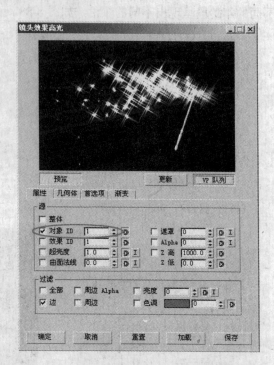

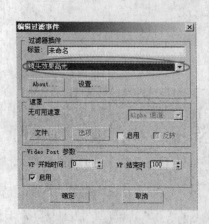

图 8-90　选择镜头效果高光

图 8-91　设置高亮参数

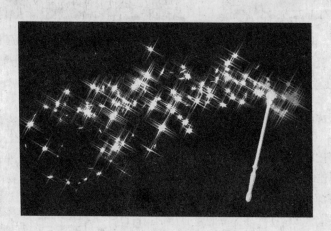

图 8-92　使用镜头效果高光后的魔棒

提示： "镜头效果高光" 在调节时的预视效果不能作为最后效果的参考，因为它是针对像素进行计算的，而预览窗口图像的尺寸只有320×240左右大小。实际渲染时，只有在渲染320×240尺寸的图像效果才会与预览窗口相符，而其他尺寸则会相应发生变化，如实际渲染640×480尺寸，产生光芒的区域与预览窗口相比会增多，光芒的数量也会增多。最后效果的确定要以实际尺寸的渲染为准。

8.4　课后练习

1．填空题

（1）3ds max 8 中的粒子系统共有 7 种粒子，它们分别是：＿＿＿＿、＿＿＿＿、＿＿＿＿、＿＿＿＿、＿＿＿＿、＿＿＿＿和＿＿＿＿。

（2）3ds max 8 中的空间扭曲工具分为 7 类，它们分别是：＿＿＿＿、＿＿＿＿、＿＿＿＿、＿＿＿＿、＿＿＿＿和＿＿＿＿。

2．选择题

（1）下列哪些属于"力"空间扭曲的类型？（　　　）

　　A．重力　　　　　　B．风　　　　　　　C．导向板　　　　　D．粒子爆炸

（2）下列哪些选项属于重力的类型？（　　　）

　　A．平面　　　　　　B．球形　　　　　　C．立方体　　　　　D．圆柱形

3．问答题/上机练习

（1）简述创建粒子系统的方法。

（2）上机练习 1：制作小球撞击茶壶的动画，如图 8-93 所示。

图　8-93

（3）制作茶壶摔碎后被风吹走的效果，如图 8-94 所示。

图　8-94

第9章 character studio 技术

character studio 是为制作三维角色动画提供专业的工具。利用它可以使动画片制作者快速而轻松地建造骨骼然后使之具有动画效果，从而创建运动序列的一种环境。通过本章学习应掌握以下内容：

- 利用 Biped 将骨骼与模型进行匹配
- 利用 Physique 将骨骼与模型进行绑定
- 利用 character studio 的动作库制作动画
- 利用 character studio 的手动关键帧制作动画

9.1 character studio 基础知识

character studio 主要由三个基本插件组成，它们分别是 Biped、Physique 和群组。

- Biped：可以轻松地创建骨架并任意调整它的结构。对于创建的骨架，Biped 可以使用脚步动画、关键点以及运动捕捉为它产生各种各样的动画。Biped 还可以将不同的运动连接成连续的动画或它们组合到一起形成一个运动序列。使用 Biped 还可以对运动捕捉文件进行编辑。

- Physique：使用 Physique 可以对创建的二足角色骨架进行编辑，它可以提供自然的表皮变形，并能精确控制肌肉隆起和肌腱的行为，从而产生自然而逼真的 3D 角色。此外，Physique 还可以应用到其他 3ds max 层级中。

- 群组：群组通过代表和行为系统可以使用一组 3D 对象和角色产生动画。群组具有最丰富的处理行为动画的工具，它可以控制成群的角色和动物（例如人群、兽群、鱼群、鸟群以及其他对象）。很多影视中气势恢宏的大场面都是由群组动画完成的。

本节我们主要对 Biped 和 Physique 的相关知识进行具体讲解。

9.1.1 Biped

Biped 是 character studio 产品附带的 3ds max 系统。它提供了确立角色姿态的骨架，还便于使用足迹或自由形式的动画设置其动画。

1. 创建 Biped

创建 Biped 的具体过程如下：

1）单击 ![图标]（创建）面板中的 ![图标]（系统）按钮，然后单击其中的"Biped"按钮，此时会出现"创建 Biped"卷展栏，如图 9-1 所示。

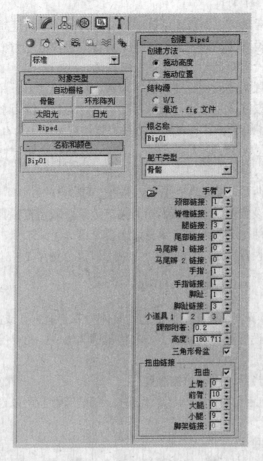

图 9-1　单击 Biped 按钮

"创建 Biped"卷展栏的参数解释如下：

"创建方法"选项组

● 拖动高度：单击该单选框，然后用鼠标在视图中拖拽来确定两足动物的高度。

● 拖动位置：单击该单选框，然后用鼠标在视图中拖拽来确定两足动物的位置。

提示：无论在哪个视图中进行拖拽，效果都是一样的，两足动物始终会在前视图中面向我们。

"结构源"选项组

● U/I：单击该单选框，会根据下面的参数创建两足动物。

● 最近.fig 文件：按照上次调好的文件创建两足动物。

"根名称"选项组

用于显示或更改当前两足动物的名称。

"躯干类型"选项组

用于设置两足动物在视图中的显示类型，共有"骨骼"、"男性"、"女性"和"标准"四种类型可供选择。

骨骼结构

● 📂：单击该按钮，可以在弹出的对话框中调入已有的.fig 文件。

- 手臂：选中该项后，可以在视图中创建带有手臂的当前两足动物。
- 颈部链接：用于设置两足动物颈部的链接块数，块数范围为 1～25。
- 脊椎链接：用于设置两足动物脊椎的链接块数，块数范围为 1～10。
- 腿链接：用于设置两足动物腿部的链接块数，块数范围为 1～10。
- 尾部链接：用于设置两足动物尾部的链接块数，块数范围为 1～25，0 表示没有尾巴。
- 马尾辫 1/2 链接：用于设置马尾辫 1 链接块数，块数范围为 0～25。

提示：马尾辫1/2链接除了用来制作辫子外，还可以用来制作四足动物，比如马的嘴部。

- 手指：用于设置两足动物的手指数量，取值范围为 0～5。
- 手指链接：用于设置两足动物的手指的关节数量，取值范围为 1～5。
- 脚趾：用于设置两足动物的手指数量，取值范围为 1～5。
- 脚趾链接：用于设置两足动物的手指数量，取值范围为 1～3。

提示："手指"可以为0，而"脚趾"不能为0。

- 小道具 1/2/3：用于表现连接到两足动物肢体关节上的工具或武器的动画。
- 踝部附着：用于设置踝部的粘贴点，取值范围为 0～1，0 表示踝部位置在脚跟，1 表示踝部位置在脚尖。
- 高度：用于设置当前两足动物的高度。
- 三角形骨盆：当应用 Physique 修改器时，三角形骨盆可以建立从大腿到最低脊椎对象的链接。

"扭曲链接"选项组

- 扭曲：选中该项，表示使用扭曲链接，取值范围为 0～10。
- 上臂：用于设置上臂扭曲链接的数量，取值范围为 0～10。
- 前臂：用于设置前臂扭曲链接的数量，取值范围为 0～10。
- 大腿：用于设置大腿扭曲链接的数量，取值范围为 0～10。
- 小腿：用于设置小腿扭曲链接的数量，取值范围为 0～10。
- 脚架链接：用于设置脚架链接中扭曲链接的数量，取值范围为 0～10。

2）在前视图中单击并拖拽即可创建骨骼，如图 9-2 所示。

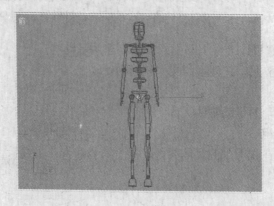

图 9-2 创建骨骼

2．Biped 的操作界面

在创建了 Biped 后，进入 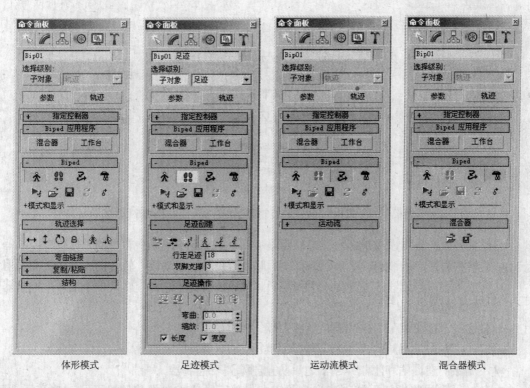（运动）按钮，即可进入 Biped 的参数面板。Biped 的参数面板由 4 种不同模式的面板组成，它们分别是 （体形模式）、 （足迹模式）、 （运动流模式）和 （混合器模式）。在不同模式下会显示不同的参数卷展栏，如图 9-3 所示。其中"指定控制器"、"Biped 应用程序"和"Biped"卷展栏是这 4 种模式所共有的。

| 体形模式 | 足迹模式 | 运动流模式 | 混合器模式 |

图 9-3　4 种不同模式的面板

此外如果不激活这 4 种状态，即在自由状态下，则会出现"四元数/Euler"、"扭曲姿势"、"关键点信息"、"关键帧工具"、"层"和"运动捕捉"6 个新的卷展栏，如图 9-4 所示。

（1）共有卷展栏

1）"指定控制器"卷展栏。指定控制器"卷展栏用于向独立对象指定和附加不同的变换控制器。也可以在"轨迹视图"中指定控制器。图 9-5 为展开"指定控制器"卷展栏的效果。添加控制器之后，用鼠标右键单击列表中的"Biped 子动画"选项，在弹出的快捷菜单中选择"属性"命令，将弹出如图 9-6 所示的"子动画属性"对话框。

"子动画属性"对话框的参数解释如下：

"启用"选项组

"启用"选项组可以有选择性地激活或禁用"位置列表"、"旋转列表"和"缩放列表"三个列表控制器。

3ds max 8 中文版设计基础

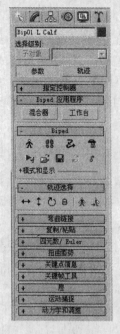

图 9-4　Biped 参数面板

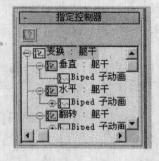

图 9-5　"指定控制器"展卷栏

图 9-6　"子动画属性"对话框

- 位置列表：启用该选项之后，选择要塌陷到"Biped 子动画"轨迹的"位置"控制器。
- 旋转列表：启用该选项之后，选择要塌陷到"Biped 子动画"轨迹的"旋转"控制器。
- 缩放列表：启用该选项之后，选择要塌陷到"Biped 子动画"轨迹的"缩放"控制器。

"塌陷"选项组

- 位置：单击"塌陷"来塌陷位置控制器。
- 旋转：单击"塌陷"来塌陷旋转控制器。
- 不删除：在塌陷和隐藏控制器之后防止删除列表控制器。
- 每帧：在塌陷期间每帧创建一个关键点，从而防止控制器塌陷到两足动物和子动画控制器的关键点时间。
- 塌陷：执行塌陷。

2）"Biped 应用程序"卷展栏。"Biped 应用程序"展卷栏包括"混合器"和"工作台"两个按钮。它的参数解释如下：

- 混合器：混合器可以很方便和直观地将两个或几个动作拼接在一起。
- 工作台：工作台可以方便地分析和过滤运动中的错误，并移除或修改错误的关键点。

3）Biped 卷展栏。Biped 卷展栏展开后如图 9-7 所示，它的参数解释如下：

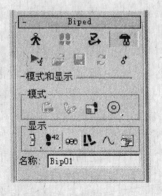

图 9-7　Biped 卷展栏

- ![icon]（Biped 播放）：如果单击![icon]（首选项）按钮，并在弹出的对话框中选中 Biped，那么此时就可以实时重放场景中所有的 Biped，如果使用动画控制区中的![icon]（播放动画）按钮，则做不到实时播放。

262

- （加载文件）：用于加载 .bip、.fig 或 .stp 文件。
- （保存文件）：用于保存"两足动物"文件 （.bip）、体形文件 （.fig）和步长文件（.stp）。
- （转换）：将足迹动画转换成自由形式的动画。这种转换是双向的。根据相关的方向，会显示"转换为自由形式"或"转换为足迹"对话框，如图 9-8 所示。

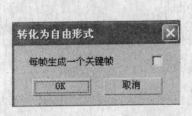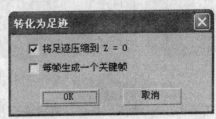

图 9-8　不同情况下的对话框

- （移动所有模式）：使两足动物与其相关的非活动动画一起移动和旋转。可以在视图中交互式变换两足动物，或使用按钮处于活动状态时打开的对话框。

"模式"选项组

- （缓冲区模式）：在 （足迹模式）下，选中场景中的足迹和相关的足迹关键帧复制到缓冲区后，该按钮才可以被激活，单击该按钮可以查看和编辑复制的动画。
- （橡皮圈模式）：该按钮在 （体形模式）下才能被激活，使用它可以重新定位两足动物的肘部和膝盖，而无需移动两足动物手部和脚，也可以更改两足动物的重心。常用于模拟两足动物受风力的影响或受推力的影响。
- （缩放步幅模式）：在该模式下，视图中的脚印会随着两足动物步幅的改变而随时改变，这样就可以和新步幅相匹配。该按钮默认情况下是激活状态。
- （原地模式）：使用该模式可以使两足动物在播放动画时显示在视窗中。并可以编辑两足动物的关键点，或使用 Physique 调整封套。两足动物的中心将只沿着 z 轴运动，不在 xy 水平面运动。
- （原地 X 模式）：在此模式下可以编辑两足动物的关键点，或使用 Physique 修改器调整封套，两足动物的重心将只沿着 x 轴运动，不在 yz 平面运动。
- （原地 Y 模式）：在此模式下可以编辑两足动物的关键点，或使用 Physique 修改器调整封套，两足动物的重心将只沿着 y 轴运动，不在 xz 平面运动。

"显示"选项组

- （对象）：用于显示两足动物形体对象。单击该按钮还可以弹出另两个隐藏按钮，其中 （骨骼）按钮用于显示两足动物的骨骼； （骨骼/对象）按钮用于同时显示骨骼和对象。图 9-9 为激活不同按钮的效果比较。
- （显示足迹和编号）：用于显示两足动物的足迹和足迹编号。单击该按钮还可以弹出另两个隐藏按钮，其中 （显示足迹）按钮用于显示视窗中的两足动物足迹，但不显示足迹编号； （隐藏足迹）按钮用于关闭视图中的足迹和足迹编号。
- （扭曲链接）：用于切换两足动物中使用的扭曲链接的显示。默认设置为激活状态。

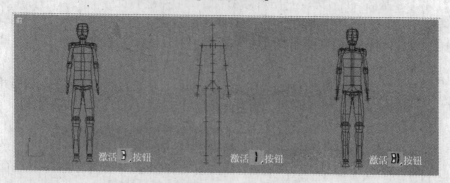

图 9-9　激活不同按钮的效果比较

- （腿部状态）：激活该按钮，则视窗会在相应帧中的每个脚部显示"移动"、"滑动"和"踩踏"。
- （轨迹）：用于显示选定两足动物肢体的轨迹。
- （首选项）：单击该按钮将弹出如图 9-10 所示的该对话框。该对话框可以更改足迹颜色和轨迹参数，还可以在"Biped"卷展栏中使用"两足动物重放"时设置要重放的两足动物数量。足迹颜色首选项是一种区别某个场景中两个或多个两足动物足迹的理想方法。

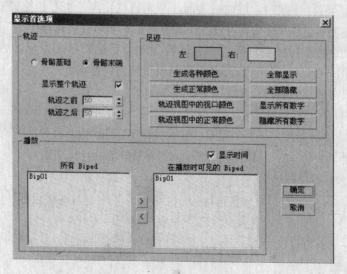

图 9-10　"显示首选项"对话框

（2）体形模式

使用体形模式，可以更改两足动物的骨骼结构，使之与模型相匹配。体形模式包括"轨迹选择"、"弯曲链接"、"复制/粘贴"和"结构"4 个特有卷展栏。

1）"轨迹选择"卷展栏。"轨迹选择"卷展栏用于控制两足动物的移动和旋转操作，并可以对两足动物的肢体进行对称或反向选择操作。它的参数面板如图 9-11 所示，它包括的按钮的参数解释如下：

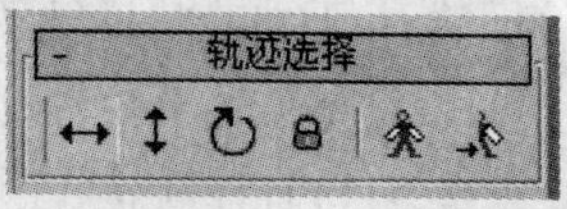

图 9-11　"轨迹选择"卷展栏

- ↔ （躯干水平）：用于控制身体水平。
- ↕ （躯干垂直）：用于控制身体垂直。
- ↻ （躯干旋转）：用于控制身体旋转。
- 🔒 （锁定 COM 关键点）：用于同时激活所有重心轨迹。
- 🚶 （对称）：用于选择当前选中的骨骼和与之对称的骨骼。图 9-12 为激活该按钮前后的效果比较。

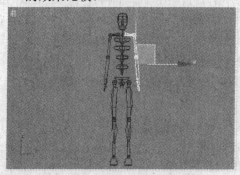

激活前　　　　　　　　　　　　激活后

图 9-12　激活 🚶 （对称）按钮的前后效果比较

- 🚶 （相反）：用于选择对称的骨骼。图 9-13 为激活该按钮前后的效果比较。

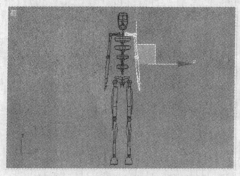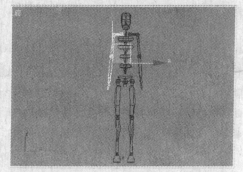

激活前　　　　　　　　　　　　激活后

图 9-13　激活 🚶 （对称）按钮的前后效果比较

2）"弯曲链接"卷展栏。"弯曲链接"卷展栏为 3ds max 8 新增的命令，用于使 Biped 下相互链接的骨骼模拟自然的弯曲，从而极大方便了模拟骨骼的运动。它的参数面板，如图 9-14 所示，它包括的按钮的参数解释如下：

图 9-14　"弯曲链接"卷展栏

- 〕 （弯曲链接模式）：用于在不选择所有链接的情况下，对单一选择的链接进行弯曲，并且可以将弯曲影响施加到其他链接上。
- ↘ （扭曲链接模式）：用于将沿局部 x 轴的旋转应用于选定的链接和增量，该增量在其余整个链中均等的递增，在其他两个轴的链接

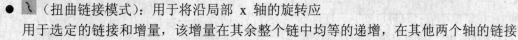

中，也可以保持上述的关系。

- （扭曲个别模式）：用于将选定的链链接沿局部 x 轴旋转，而不会影响其父链接或子链接，因此该链可以保持不变，而单个链接将被调整。

- （平滑扭曲模式）：此模式沿链的第一个和最后一个链接在局部 x 轴的方向，来分布其他链接的旋转，这将导致每个链链接的平滑旋转。

- （零扭曲）：用于根据选择链父链接的当前方向，沿局部 x 轴将每个链链接的旋转重置为 0，但不会更该链的当前形状。

- （所有归零）：根据选择链的父链接的当前方向，沿所有轴将每个链链接的旋转重置为 0，该命令将调整链的当前形状，使其余两足动物平行。

- 平滑偏移：用于设置旋转分布，取值范围为 0～1，值为 0 表示将偏向链的第一个链接，而值为 1，表示将偏向链的最后一个链接。

3）"复制/粘贴"卷展栏。"复制/粘贴"卷展栏用于复制两足动物某个部位的姿势、姿态或轨迹信息，然后将它们粘贴到两足动物的另一部位，或从一个两足动物复制粘贴到另一两足动物。它的参数面板如图 9-15 所示，它包括的按钮的参数解释如下：

- （创建集合）：用于创建一个新的集合，并将其命名为 Lower。

- （加载集合）：用于加载 CPY 文件，并在"复制集合"下拉列表的顶部显示其集合名称，并使其处于活动状态。

- （保持集合）：用于保存 CPY 文件中当前会话的活动集合内存储的所有姿势、姿态和轨迹。

- （删除集合）：从场景中删除当前集合。

- （删除所有集合）：从场景中删除所有集合。

- （Max 加载首选项）：单击该按钮，在弹出的如图 9-16 所示的对话框中可以对打开的 max 文件进行相关设置。

图 9-15 "复制/粘贴"卷展栏

姿态模式

该模式用于复制和粘贴两足动物的身体部位的信息，选择该模式后的面板如图 9-17 所示。

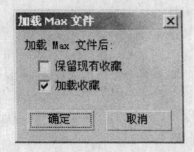

图 9-16 "Max 加载首选项"对话框

图 9-17 选择"姿态"

它包括的按钮的参数解释如下：

● ▣（复制姿态）：激活该按钮，用于复制当前姿态。

● ▣（粘贴姿态）：激活该按钮，用于粘贴当前姿态。

● ▣（向对面粘贴姿态）：激活该按钮，可以向对称的一侧粘贴姿态。图 9-18 为向对面
粘贴姿态前后的效果比较。

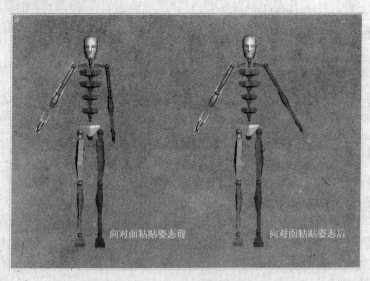

图 9-18　向对面粘贴姿态前后效果比较

● ▣（删除选定姿态）：用于删除选定的姿态缓冲区。

● ▣（删除所有姿态副本）：将缓冲区中的所有姿态删除。

姿势模式

该模式用于复制和粘贴两足动物的整个身体的信息，选择该
模式后的面板如图 9-19 所示。它包括的按钮的参数解释如下：

● ▣（复制姿势）：激活该按钮，用于复制当前姿势。

● ▣（粘贴姿势）：激活该按钮，用于粘贴当前姿势。

图 9-20 为复制和粘贴姿势前后的效果比较。

图 9-19　选择"姿势"

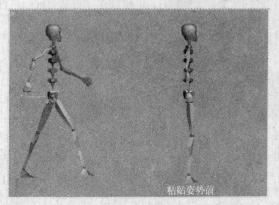

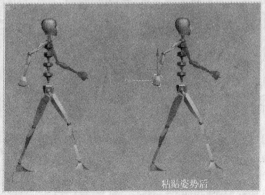

图 9-20　复制和粘贴姿势前后的效果比较

3ds max 8 中文版设计基础

- 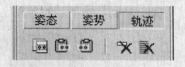（向对面粘贴姿势）：激活该按钮，可以向对称的一侧粘贴姿势。
- （删除选定姿势）：用于删除选定的姿势缓冲区。
- （删除所有姿势副本）：将缓冲区中的所有姿势删除。

轨迹模式

轨迹模式用于复制和粘贴选择的两足动物身体部位的轨迹信息。选择该模式后的面板如图 9-21 所示。它包括的按钮的参数解释如下：

图 9-21　选择"轨迹"

- （复制轨迹）：复制选定两足动物对象的轨迹并创建一个新的轨迹缓冲区。
- （粘贴轨迹）：将当前缓冲区中的一个或多个轨迹粘贴到选择的两足动物骨骼中。
- （向对面粘贴轨迹）：将当前缓冲区中的一个或多个轨迹粘贴到所选择骨骼相对称的骨骼中。
- （删除选定轨迹）：删除当前选择的轨迹。
- （删除所有轨迹副本）：删除缓冲区中所有的轨迹。

"复制的姿态/姿势/轨迹"选项组

"复制的姿态/姿势/轨迹"选项组用于在缩略图缓冲区中显示复制的姿态/姿势/轨迹信息，如图 9-22 所示。以便用户更加直观地了解复制的相关信息。它的参数解释如下：

- （从视窗中捕捉快照）：用于在缩略图缓冲区视图中显示两足动物激活的 2D 或 3D 视窗的快照。
- （自动捕捉快照）：用于在缩略图缓冲区视图中显示当前两足动物相互独立身体部位的前视图快照。
- （无快照）：用于在缩略图缓冲区视图中不显示快照。
- （隐藏快照）：用于切换是否显示缩略图缓冲区视图。

"粘贴选项"选项组

"粘贴选项"选项组如图 9-23 所示。它的参数解释如下：

图 9-22　"复制姿态/姿势/轨迹"选项组

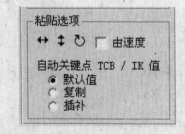

图 9-23　"粘贴选项"选项组

- ：启用后，在下次执行粘贴操作时会粘贴 COM 的躯干水平、躯干垂直或躯干旋转数据。
- 由速度：选中该项，表示将基于场景的上一个 COM 轨迹决定当前活动的 COM 轨迹的值。只有在 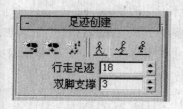 按钮被激活时才可以启用该选项。

- 自动关键点 TCB/IK 值：这组命令只有在打开"自动关键点"按钮时才会处于激活状态。
- 默认值：单击该项，当在关键点信息卷展栏下设置关键点时，缓入和缓出值将一直为 0，张力、连续性和偏移值将一直是 25，这些设置与复制的内容或粘贴的位置无关。
- 复制：单击该项，表示将 TCB/IK 值设置位于复制的数据值相匹配的值。如果复制的姿态或姿势不在关键点上，则 TCB/IK 值将基于从前面的关键点到后面的关键点之间的插值来进行设置。
- 插补：选中该项，表示将 TCB 值设置为进行粘贴的动画的插值。

4）"结构"卷展栏。"结构"卷展栏在前面章节"9.1.1 Biped"的"骨骼结构"中已经进行了详细的讲解，这里就不再说明。

（3）足迹模式

使用足迹模式，可以创建和编辑足迹。利用它可以生成行走、跑动和跳跃的动画。足迹模式包括"足迹创建"、"足迹操作"和"动力学和调整"3 个特有卷展栏。

1）"足迹创建"卷展栏。"足迹创建"卷展栏用于创建生成足迹，指定行走、跑动和跳跃的脚步模式，并可以对产生的足迹的位置进行初级的编辑。它的参数面板如图 9-24 所示，它的参数解释如下：

- （创建足迹（附加））：单击该按钮后可以在视图的任意位置放置脚步。
- （创建足迹（在当前帧上））：单击该按钮可以在当前帧上创建脚步。
- （创建多个足迹）：单击该按钮，将会弹出"创建多个足迹：行走/跑动/跳跃"对话框，如图 9-25 所示。在这里可以对相关动作进行具体设置。

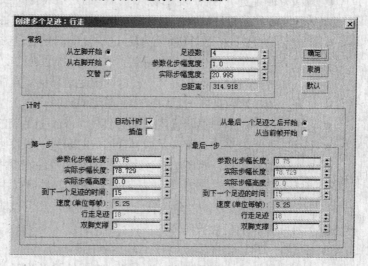

图 9-24　"足迹创建"卷展栏　　　　　　　　图 9-25　"创建多个足迹"对话框

- （行走）：用于设置两足动物步态为行走。"足迹行走"用于定义每只脚在地面上的帧数；"双脚支撑"用于定义两只脚同时在地面上的帧数。

● （跑动）：用于设置两足动物步态为跑动。单击该按钮后，面板变为如图9-26所示。"跑动足迹"用于设置跑动中地面上新足迹所含有的帧的数目；"悬空"用于设置跑动时形体在空中的帧数。

● （跳跃）：用于设置两足动物步态为跳跃。单击该按钮后，面板变为如图9-27所示。"双脚着地"用于指定在跳跃期间双脚都着地的帧数；"悬空"用于设置跳跃中形体在空中的帧数。

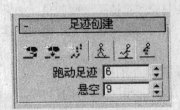

图9-26　单击"跑动"按钮

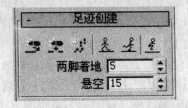

图9-27　单击"跳跃"按钮

2）"足迹操作"卷展栏。"足迹操作"卷展栏用于激活或禁用已经创建的足迹，以及对其进行进一步的编辑。它的参数面板如图9-28所示，它的参数解释如下：

● （为非活动足迹创建关键点）：用于激活所有的非活动足迹。如果场景中的足迹不含任何关键点，那么它在视图中是以亮绿色（右脚）或亮蓝色（左脚）进行显示的。利用该工具为足迹创建关键点后，足迹颜色变为淡绿色和淡蓝色。

● （取消激活足迹）：用于删除场景中所选择足迹的关键点，使这些足迹变为非活动状态。此时足迹仍保留在场景中，只是不再具有关键点属性。

● （删除足迹）：用于删除场景中所选择的足迹。

● （复制足迹）：用于复制场景中选择的足迹和足迹关键点到缓存区中，这种复制只能是连续的足迹序列（2、3、4...），不能是非连续的足迹序列（3、7、9...）。

● （粘贴足迹）：用于将足迹缓冲区中复制的足迹粘贴到场景中。我们可以将粘贴的足迹和场景中原来的足迹相粘连，将复制的足迹移动到原足迹上，当出现红色脚印显示时放开鼠标，计算机会自动将两端足迹粘连，重叠中多余的足迹将被删除。

● 弯曲：用于弯曲当前场景中所选择足迹的路径。

● 缩放：用于对场景中所选足迹进行缩放，以改变足迹的长度和宽度。

● 长度：取消勾选，对所选足迹进行缩放时足迹的长度将不发生改变。

● 宽度：取消勾选，对所选足迹进行缩放时足迹的宽度将不发生改变。

3）"动力学和调整"卷展栏。"动力学和调整"卷展栏主要用于修改关键点的重力和动力学属性，以及修改二足动物角色转换轨迹的数目，还可以防止关键点被改变。它的参数面板如图9-29所示，它的参数解释如下：

● 重力加速度：用于模拟地球表面上的牛顿重力。

● Biped动力学：根据Biped动力学创建新的重力关键点。

● 样条线动力学：根据样条线插值建立新的重心关键点。

● 躯干水平关键点：选中该项，可以在空间中编辑脚步时，防止身体水平关键点被改变。

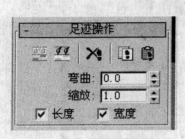

图 9-28　"足迹操作"卷展栏　　　　图 9-29　"动力学和调整"卷展栏

- 躯干垂直关键点：选中该项，可以在空间中编辑脚步时，防止身体垂直关键点被改变。
- 躯干旋转关键点：选中该项，可以在空间中编辑脚步时，防止身体旋转关键点被改变。
- 右腿移动关键点：选中该项，可以在空间中编辑脚步时，防止右腿移动关键点被改变。
- 左腿移动关键点：选中该项，可以在空间中编辑脚步时，防止左腿移动关键点被改变。
- 自由形式关键点：选中该项，可以防止脚步动画中的一个自由动画阶段被改变。
- 时间：如果脚步周期在"轨迹视图"中被改变，选中该项可以防止上身关键点被改变。

（4）运动流模式

运动流模式类似非线编辑系统，利用它可以自由地对两足动物动画进行编辑，在该模式下可以剪辑、拼接、组合动画片段，形成新的动画片段。足迹模式只有"运动流"1 个特有卷展栏，如图 9-30 所示。它的参数解释如下：

- （加载文件）：用于加载已有的运动流文件。
- （附加文件）：用于向已经加载的.MFE 运动流文件中添加另一个.MFE 运动流文件。
- （保存文件）：用于将已经编辑好的文件保存为.MFE 运动流文件。
- （显示图形）：单击该按钮，将弹出"运动流图"面板，如图 9-31 所示。运动剪辑文件的加载和编辑操作都在这里完成。
- （共享运动流）：用于多个两足动物使用相同的运动流文件。
- （定义脚本）：单击该按钮，将弹出"Biped 运动脚本"对话框，如图 9-32 所示。在该对话框中可以设置脚本的相关参数。
- （创建随机运动）：单击该按钮，将弹出"创建随机运动"对话框，如图 9-33 所示。利用它可以制作一个或多个两足动物的动画。
- （删除脚本）：用于删除当前脚本。

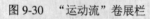

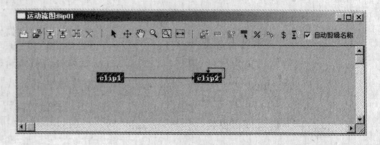

图 9-30　"运动流"卷展栏　　　　　　图 9-31　"运动流图"面板

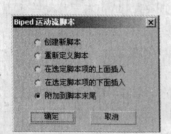

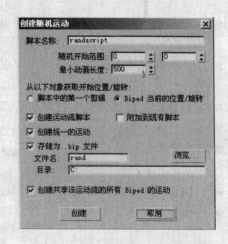

图 9-32　"Biped 运动脚本"对话框　　　图 9-33　"创建随机运动"对话框

- ■（创建统一运动）：用于将当前脚本转换成一个自由动画统一运动，当运动流模式关闭时，新建立的动画会替换现在的动画。
- ■（转到帧）：单击该按钮，时间滑块将直接移动到列表中选中剪辑的第 1 帧位置。
- ■（剪切）：用于对当前列表中选择的剪辑进行剪切，并自动为下一个剪辑建立一个默认的过渡。
- ■（复制）：用于将列表中选择的剪辑复制到剪贴板中。
- ■（粘贴）：用于将剪贴板剪切或复制的剪辑粘贴到当前列表中。
- ■（剪辑模式）：用于编辑所选剪辑两足动物的足迹和肢体。
- ■（编辑剪辑）：单击该按钮，将弹出如图 9-34 所示的对话框。利用该对话框可以改变当前剪辑的开始或结束帧，或用另一个剪辑替代当前的剪辑。
- ■（编辑过渡）：单击该按钮，将弹出如图 9-35 所示的对话框。利用该对话框可以在两个不同的动作剪辑之间创建无缝的过渡。
- 开始帧：用于为脚本中第 1 个剪辑设置开始帧。

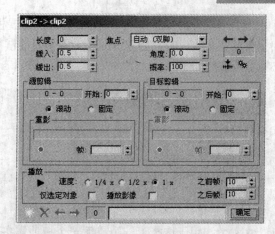

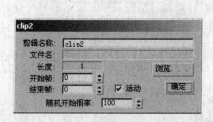

图 9-34　编辑剪辑对话框　　　　　　　图 9-35　编辑过渡对话框

- 开始位置 X：用于沿世界坐标的 x 轴移动整个脚本。
- 开始位置 Y：用于沿世界坐标的 y 轴移动整个脚本。
- 开始位置 Z：用于沿世界坐标的 z 轴移动整个脚本。
- 开始旋转：用于沿世界坐标的 z 轴旋转整个脚本。

（5）混合器模式

混合器模式可以混合两足动物动画的.BIP 文件。这些运动文件也称为剪辑，运动混合器的原理是为每个两足动物角色添加一系列轨迹并向每个轨迹添加.BIP 运动文件，通过在运动剪辑之间建立过渡处理、淡入淡出处理、在时间上移动动画、改变动画的速度、只使用选中两足动物部分骨骼的动画、让脚在过渡过程中保持踩踏状态、防止其滑动等各种命令的操作，来达到对运动的混合编辑工作。

混合器模式只有"混合器"1 个特有卷展栏，如图 9-36 所示。它的参数解释如下：

- （加载文件）：用于加载.BIP 文件。
- （保存文件）：用于保存.BIP 文件。

图 9-36　"混合器"卷展栏

（6）自由状态

当两足动物不出现于任何模式下，即为自由状态。在该状态下，可以对两足动物进行任何的关键点的创建和编辑，还可以对两足动物骨骼动画进行层的编辑，以使骨骼在不同的动作之间进行调试，并可以直接导入运动捕捉数据对齐进行编辑和修改。在该状态下会出现"四元数/Euler"、"扭曲姿势"、"关键点信息"、"关键帧工具"、"层"和"运动捕捉" 6 个新的卷展栏。

1）"四元数/Euler"卷展栏。"四元数/Euler"卷展栏包括了在两足动物动画上的 Euler 或四元数控制器，我们可以在两个选项之间进行切换。它的参数面板如图 9-37 所示，它的参数解释如下：

- 四元数：用于将选定两足动物动画转换为四元数旋转。
- Euler：用于将选定两足动物动画转换为 Euler 旋转。
- 轴顺序：用于选择计算 Euler 旋转曲线时的顺序。该项只在 Euler 出于活动状态时才可用，默认状态为"XYZ"。

2）"扭曲姿势"卷展栏。"扭曲姿势"卷展栏用于创建并编辑两足动物肢体的扭曲姿态。该卷展栏的参数只有在创建 Biped 设置了扭曲链接后才可使用，它的参数面板如图 9-38 所示，它的参数解释如下：

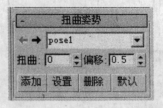

图 9-37 　"四元数/Euler"卷展栏　　　　图 9-38 　"扭曲姿势"卷展栏

- ←→：用于选择上一个或下一个扭曲姿态。
- 扭曲：用于设置当前选择肢体的扭曲链接的扭曲旋转数量（以度计算）。
- 偏移：用于沿扭曲链接设置旋转分布。设置为 1.0，表示将扭曲偏向顶部链接集中；设置为 0.5，表示将扭曲偏向底部链接集中；默认设置为 0.5，这时的旋转将匀称地分布在链接中。
- 添加：用于根据当前设置的肢体的方向创建一个新的扭曲姿态。
- 设置：用于使用当前"扭曲"和"偏移"的设置值来更新活动扭曲姿态。
- 删除：用于删除当前列表中的扭曲姿态。
- 默认：用于将系统默认的 5 个预设姿态替换所有具有 3 种自由度的肢体的所有扭曲姿态。

3）"关键点信息"卷展栏。"关键点信息"卷展栏的主要作用有 6 个：① 为选定的两足动物形体部位查找下一个或上一个关键点；② 使用时间微调器及时地来回滑动关键点；③ 更改关键点的张力、连续性、偏移并显示轨迹；④ 调节两足动物动态处理；⑤ 设置踩踏、滑动或自由关键点；⑥ 为两足动物的手和脚设置 IK 限制和坐标轴。

它的参数面板如图 9-39 所示，它的参数解释如下：

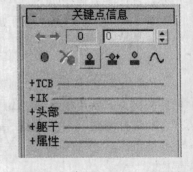

- ←→：用于选择选定两足动物骨骼部位的上一关键点或下一关键点。
- （设置关键点）：用于设置两足动物的动画关键点。使用其生成关键点的好处是可以在不更新运动的情况下，试验不同的两足动物姿态，直到做出理想的动作姿态。
- （删除关键点）：用于删除选中骨骼当前帧的关键点。

图 9-39 　"关键点信息"卷展栏

- （设置踩踏关键点）：用于设置两足动物和地面接出的关键点。
- （设置滑动关键点）：用于设置两足动物的滑动关键点。
- （设置自由关键点）：用于设置两足动物的自由关键点。
- （轨迹）：用于显示或隐藏选择骨骼的运动轨迹。
- TCB：用于调整已经存在的关键点中的缓和曲线与轨迹。

- IK：用于确定正向运动学和反向运动学的混合方式，以便添加一个中间的位置。
- 头部：用于为注视的目标确定一个目标对象。
- 躯干：用于设置两足动物的重心。
- 属性：用于设置当前帧的世界坐标、身体、右手和左手的位置和旋转的坐标空间位置的参考参数。

4）"关键帧工具"卷展栏。"关键帧工具"卷展栏用于清除两足动物或已选择部位上的动画，为两足动物动画制作镜像，促使颈部在形体空间内转动，而不是在父空间内转动。还可以弯曲选定水平关键点周围的水平中心轨迹。

它的参数面板如图 9-40 所示，它的参数解释如下：

- （启用子动画）：用于启用两足动物子动画。
- （清除选定轨迹）：用于清除当前选择的两足动物骨骼对象轨迹上所有的关键点。
- （清除所有动画）：用于将当前两足动物所有的动画关键点删除。
- （锚定左臂）：临时固定左臂的位置和方向。
- （锚定右臂）：临时固定右臂的位置和方向。
- （操纵子动画）：用于修改两足动物子动画。
- （镜像）：用于为当前的整个两足动物动画制作镜像的运动。
- （设置父对象模式）：用于对一个肢体设置关键点后，对其所有的父对象也设置关键点。此按钮在勾选了"手臂"选项后才会被激活。
- （设置多个关键点）：在使用过滤器选择关键点或将转动增量应用于选择的关键点时，使用该按钮可以更改轨迹视图中的周期运动关键点。
- （锚定左腿）：临时固定左腿的位置和方向。
- （锚定右腿）：临时固定右腿的位置和方向。
- 手臂：选中该项，可以为手指、手、前臂和上臂建立单独的转换轨迹。
- 腿：选中该项，可以创建单独的脚趾、脚和小腿的转换轨迹。
- 马尾辫 1：选中该项，可以为马尾辫 1 创建单独的转换轨迹。
- 马尾辫 2：选中该项，可以为马尾辫 2 创建单独的转换轨迹。
- 颈部：选中该项，可以为颈部创建单独的转换轨迹。
- 尾部：选中该项，可以为尾部创建单独的转换轨迹。
- 脊椎：选中该项，可以为脊椎创建单独的转换轨迹。
- 弯曲水平：用于围绕一个选择的水平关键点弯曲水平重心轨迹。

5）"层"卷展栏。"层"卷展栏用于在原两足动物动画之上添加动画层。利用它可以在保持原有动画的基础上，建立新的动画层并对动画进行任意的调节，从而创建出新的动画效果。它的参数面板如图 9-41 所示，它的参数解释如下：

- （上一层）：单击该按钮，将移动到上一层。
- （下一层）：单击该按钮，将移动到下一层。
- （创建层）：用于创建新层。
- （删除层）：用于删除当前层。

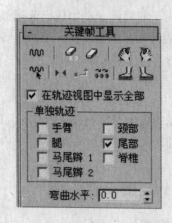

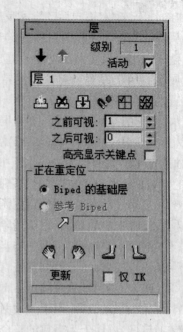

图 9-40 "关键帧工具"卷展栏   图 9-41 "层"卷展栏

- 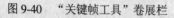（塌陷）：用于将所有层的动画塌陷。
- （捕捉和设置关键点）：用于将当前层选择骨骼的位置以原始层的骨骼位置为参考，创建一个关键点。
- （只激活我）：用于只观看当前选择层的动画。
- （全部激活）：用于观看全部层的动画。
- 之前可视：用于设置前层的序号。
- 之后可视：用于设置后层的序号。
- 高亮显示关键点：选中该项，线条在关键点处会高亮显示，从而方便观察动画。
- Biped 的基础层：用于将所选两足动物的原始层上的 IK 约束作为重新定位参考。
- 参考 Biped：用于将显示在"选择参考 Biped"按钮旁边的两足动物的名称作为重新定位参考。
- （选择参考 Biped）：用于选择一个两足动物作为当前选择两足动物的重新定位参考。
- （重定位左臂）：单击该按钮，两足动物的左臂将使用基础层的 IK 约束。
- （重定位右臂）：单击该按钮，两足动物的右臂将使用基础层的 IK 约束。
- （重定位左腿）：单击该按钮，两足动物的左腿将使用基础层的 IK 约束。
- （重定位右腿）：单击该按钮，两足动物的右腿将使用基础层的 IK 约束。
- 更新：单击该按钮，将执行重新定位的命令。
- 仅 IK：选中该项，表示仅在那些受 IK 控制的帧间才重新定位两足动物受约束的手部和足部。

6）"运动捕捉"卷展栏。"运动捕捉"卷展栏用于处理原始的运动捕获数据，还可以处理.BVH、.CSM 和.BIP 文件，并可以对这些运动文件进行编辑。它的参数面板如图 9-42 所示，它的参数解释如下：

图 9-42　"运动捕捉"卷展栏

- 🔩（加载运动捕捉文件）：用于加载已经存在的运动捕捉文件，可加载的文件类型包括.BIP、.CSM、.BVH 三种格式。
- 🔩（从缓冲区转化）：当我们对导入时的运动捕捉数据文件的处理不满意时，可以使用此命令对最后加载的运动捕获数据进行重新过滤。
- 🔩（从缓冲区粘贴）：当导入了一个运动捕捉文件之后，可能会因为损失了关键帧而丢失了某些细微的运动关键帧，使用此命令可以将缓冲区中保存的原始运动捕获数据粘贴到两足动物的选中部位的当前帧位置上，以恢复丢失的关键帧。

提示：使用此命令必须先激活 自动关键点 按钮。

- 📹（显示缓冲区）：用于对比过滤前后的运动捕捉数据的区别。
- ⚡（显示缓冲区轨迹）：用于在视图中以黄色线框的方式显示当前选择的两足动物的运动轨迹。
- 🔩（批处理文件转化）：用于将一个或多个.CSM 或.BVH 运动捕获文件转换为过滤后的.BIP 文件。
- 🕴（特征体形模式）：在加载了一个原始标记文件之后，单击该按钮，可以缩放两足动物。

提示：一般用不到此命令，因为当加载一个运动捕捉文件时，二足动物会根据数据努力进行相近的匹配。只有当提取的缩放不匹配原来的缩放时，才会使用此命令。另外需要注意的是，此命令只有在以原始文件形式调入时才有可能被使用，调入的文件不可以进行关键点的简化。

- 🕴（保存特征体形结构）：在 🕴（特征体形模式）下改变了两足动物的体形结构后，可以在这里对更改后的两足提醒进行保存。
- 🕴（调整特征姿势）：在加载了一个原始标记之后，单击该按钮可相对于标记修正两足动物的位置。
- 🕴（保存特征姿势调整）：用于对调整后的特征姿态进行保存。
- 📂（加载标记名称文件）：用于加载.MNM 文件。
- ✛（显示标记）：用于显示两足动物标记。

9.1.2　Physique

使用 Physique 修改器可将蒙皮对象附加到骨骼结构上，蒙皮在 3ds max 中是指可以任意变形的、基于顶点结构组成的对象，如网格对象、面片对象等。当为蒙皮对象指定了 Physique 修改器后，此时制作骨骼动画时，蒙皮会随之一起运动。

选择蒙皮对象后，进入 🖊（修改）面板，即可显示出 Physique 修改器操作界面，如图 9-43 所示。Physique 包括"封套"、"链接"、

图 9-43　Physique 操作界面

3ds max 8 中文版设计基础

"凸出"、"腱"和"顶点"5 个次对象层级，在不同的层级会显示出不同的卷展栏，如图 9-44 所示。

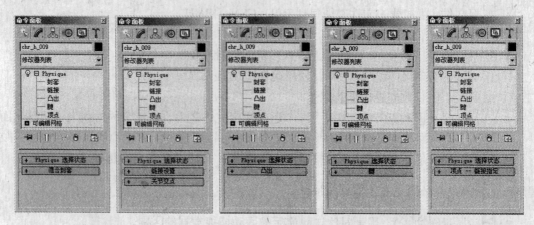

图 9-44　5 个子对象层级

1．Physique 操作界面

Physique 操作界面是指最初执行 Physique 修改器命令，而未进入次对象层级的状态。它包括"浮动骨骼"、"Physique"和"Physique 细节级别"3 个卷展栏。

（1）"浮动骨骼"卷展栏

"浮动骨骼"卷展栏提供了除 Biped 骨骼以外的其他对象来充当骨骼的途径。它的参数面板如图 9-45 所示，它的参数解释如下：

- 添加：用于添加选择的骨骼，这样可以选择样条线或骨骼与 Physique 修改器一起使用。
- 重置：用于在出事位置重置样条线或骨骼。
- 删除：用于删除当前选择的样条线或骨骼。

（2）Physique 卷展栏

Physique 卷展栏用于将网格对象链接到 Biped 或 3ds max 中的任何骨骼层级上，还可以加载和保存 Physique 文件，重新初始化模型的 Physique 参数，以及打开凸出编辑器对隆角进行创建和编辑。它的参数面板如图 9-46 所示，它的参数解释如下：

图 9-45　"浮动骨骼"卷展栏

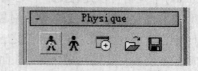

图 9-46　Physique 卷展栏

278

● 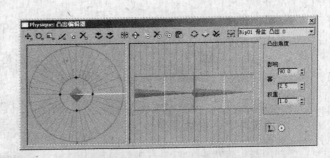（附加到节点）：用于将模型对象附加到两足动物或骨骼层次上。单击该按钮，将弹出如图 9-47 所示的"Physique 初始化"对话框。

● （重新初始化）：用于重新设置 Physique 的属性值。

● （凸出编辑器）：是一种使用"凸出"次对象级别创建和编辑凸出角度的方法，单击该按钮，将弹出如图 9-48 所示的对话框。

图 9-47 "Physique 初始化"对话框

图 9-48 "Physique 凸出编辑器"对话框

● （打开 Physique（*.phy）文件）：用于打开一个已经保存好的 Physique 文件。

● （保存 Physique（*.phy）文件）：用于将当前已经调节好的封套、凸出角度、链接、腱部和顶点参数摄制的文件保存为 Physique 文件。

（3）"Physique 细节级别"卷展栏

"Physique 细节级别"卷展栏用于在视图中发现和解决出现的问题。比如在创建了隆角和肌腱后，可以通过打开或关闭相关的命令在视图中观察蒙皮对象的变化，同时还可以优化视图。它的参数面板如图 9-49 所示，它的参数解释如下：

● 渲染器：单击该选项，表示下面的"蒙皮更新"选项组中的设置将会影响最后渲染的图像。

● 视口：单击该选项，表示下面的"蒙皮更新"选项组中的设置将会影响当前视口的图像。

1）"蒙皮更新"选项组。"蒙皮更新"选项组用于指定网格对象是使用可变性影响还是刚性影响。

● 可变形：单击该选项，Physique 变形将处于活动状态，此时 Physique 下各子对象的调节将对网格对象产生变形影响。

● 关节交点：单击该选项，模型网格会产生重叠（如肘部和膝盖弯曲时）。

图 9-49 "Physique 细节级别"卷展栏

- 凸出：单击该选项，将打开凸出交点产生的全部影响。
- 腱：单击该选项，将打开腱的影响。
- 蒙皮滑动：单击该选项，将打开蒙皮滑动产生的影响。
- 链接混合：单击该选项，将打开链接混合产生的影响。
- 刚性：单击该选项，可强制所有顶点使用刚性指定。

2）"堆栈更新"选项组。"堆栈更新"选项组用于设置当在修改器堆栈中使用修改命令对顶点产生影响时，所做的更改是否有效。

- 添加更改：选中该项后，可自动添加修改器堆栈中的更改，然后应用 Physique 变形。
- 局部重映射：选中该项后，可重新设置 Physique 变形样条或手动添加样条上的顶点位置。
- 全局重新分配：选中该项后，可在全局范围内重新设置移动顶点的权重和在样条线上的位置。
- 隐藏附加的节点：选中该项后，可以在视图中隐藏两足动物的骨骼。图 9-50 为选中该选项前后的效果比较。

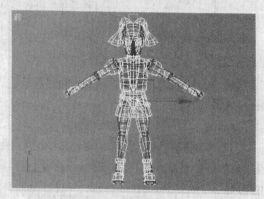 

选中前　　　　　　　　　　　　　　　　选中后

图 9-50　选中"隐藏附加的节点"选项前后效果比较

2. Physique 次对象层级

（1）"封套"次对象

"封套"次对象用于定义链接对模型顶点的影响区域。它包括"Physique 选择状态"和"混合封套"两个卷展栏。

1）"Physique 选择状态"卷展栏。"Physique 选择状态"卷展栏，如图 9-51 所示。用于显示当前 Physique 中选择的骨骼对象名称。

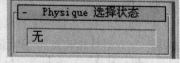

2）"混合封套"卷展栏。"混合封套"卷展栏用于对封套的相关具体操作。它的参数面板如图 9-52 所示，它的参数解释如下：

图 9-51　"Physique 选择状态"卷展栏

"选择级别"选项组

- 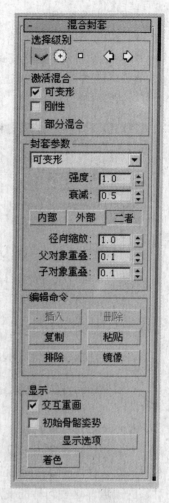（链接）：用于在视图中选择链接并编辑选择链接的封套参数。

- （横截面）：用于通过编辑封套的横截面来改变封套的形状和影响区域。

- （控制点）：用于编辑横截面的控制点来改变封套的形状和影响区域。

- （上一个）：移动到上一个链接。

- （下一个）：移动到下一个链接。

"激活混合"选项组

- 可变形：选中此项，表示对选择的链接进行可变形封套的变形。默认情况下，可变形封套在视图中显示为红色。

- 刚性：选中此项，表示对选择的链接进行刚性封套变形。默认情况下，可变形封套在视图中显示为绿色。

- 部分混合：选中此项，表示对选择的链接进行部分混合变形。

"封套参数"选项组

- 强度：用于设置封套的影响强度。这个命令主要应用于封套重叠的区域，可以通过设置使某个封套比其他封套具有更强的影响作用。

- 衰减：用于更改封套内部边界与外部边界之间的衰减速率。

- 内部：单击该按钮，调节下面的参数时将只影响内部封套边界。

- 外部：单击该按钮，调节下面的参数时将只影响外部封套边界。

- 二者：单击该按钮，调节下面的参数时将同时影响外部封套边界。

- 径向缩放：通过半径的缩放来改变封套边界的影响范围。

- 父对象重叠：用于在层次中改变父对象链接的封套重叠。

- 子对象重叠：用于在层次中改变子对象链接的封套重叠。

"编辑命令"选项组

- 插入：用于在横截面上插入横截面或控制点。

- 删除：用于删除当前选择的横截面或控制点。

- 复制：用于复制封套或横截面。

- 粘贴：用于粘贴封套或横截面。

- 排除：单击该按钮，将弹出如图 9-53 所示的对话框。在该对话框中可以排除一个或多个链接，使之不影响其他链接。

- 镜像：用于镜像当前选择的封套或横截面。

图 9-52　"混合封套"卷展栏

"显示"选项组

● 交互重画：选中此项，表示调节封套时将实时地反应对网格的影响。

● 初始骨骼姿势：选中此项，表示网格物体将显示为施加骨骼之前的状态。

● <u>显示选项</u>：单击该按钮，将弹出如图 9-54 所示的对话框，从中可以设置封套在视图中的显示。

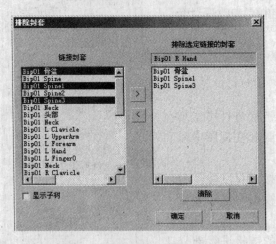

图 9-53 "排除封套"对话框

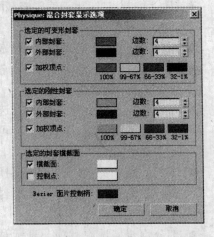

图 9-54 "混合封套显示选项"对话框

● <u>着色</u>：用于在视图中以着色方式显示权重的影响。这对于在视图中观察封套对顶点的影响非常有用。

（2）"链接"次对象

"链接"次对象用于设置改变关节周围变形的产生方式。当关节处于骨骼弯曲或旋转状态时，默认情况下，Physique 修改器会统一变形关节两侧网格对象的顶点。这种匀称的变形往往不符合实际的变形需要，我们可以使用链接此对象级别中的工具来更改这些默认设置。它包括"Physique 选择状态"、"链接设置"和"关节交点"三个卷展栏。

1）"Physique 选择状态"卷展栏。"Physique 选择状态"卷展栏用于显示当前 Physique 中选择的骨骼对象名称。

2）"链接设置"卷展栏。"链接设置"卷展栏用于对选择的关节进行弯曲、扭曲、滑动和径向缩放的调节设置，以满足真实的关节变形。它的参数面板如图 9-55 所示，它的参数解释如下：

● 激活：选中该项后，当前选择的链接对顶点将没有任何影响，对下面的任何参数的修改也不会起任何作用。

● 连续性：用于保持从父级链接到当前链接之间跨关节的平滑过渡。

● 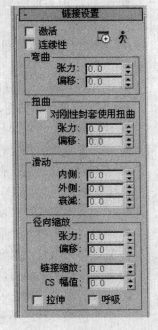（凸起编辑器）：用于在创建和编辑横截面时，通过编辑横截面的形状来使模型对象产生"凸出"效果。

图 9-55 "链接设置"卷展栏

- ⬛ （重新初始化选定的链接）：用于根据当前链接参数的设置重新初始化链接和其影响的顶点参数。此命令不会改变顶点分配或手动重新分配。

"弯曲"选项组

- 张力：它的取值范围为 0.0～2.0。当值为 0 时，表示关节的转折处没有任何平滑；当值为 2.0 时，表示转折处会产生平滑的关节。
- 偏移：默认值为 0.5 时，关节处的弯曲居中；大于 0.5 时，将扭曲转移到子链接。

"扭曲"选项组

- 对刚性封套使用扭曲：选中该项，扭曲将对刚性封套及其变形封套有效。
- 张力：它的取值范围为 0.0～2.0。当值低于 1.0 时，扭曲效果集中在关节附近；当值大于 1.0 时，扭曲效果远离关节。
- 偏移：用于改变扭曲的偏移值。值为 0.5 时，表示同时扭曲所选链接。值越大，扭曲越靠近子链接。

"滑动"选项组

- 内侧：值越大，蒙皮对象越远离关节。
- 外侧：值越大，蒙皮对象越靠近关节。
- 衰减：用于控制衰减的程度。值越大，效果越集中在关节附近。

"径向缩放"选项组

- 张力：它的取值范围为 0.0～2.0。当值越小，效果越靠近关节；值越大，效果越远离关节。
- 偏移：它的取值范围为 0.0～1.0。在默认值为 0.5 时，缩放既影响所选链接也影响子链接；低于 0.5 时，会改变所选链接的缩放效果；大于 0.5 时，会改变子链接的缩放效果。
- 链接缩放：它的取值范围为 0.0～10.0。径向放大或缩小整个链接，效果独立于任何横截面。当值为 1.0 时，链接缩放为实际大小，不产生效果。
- CS 幅值：它的取值范围为 0.0～10.0。当值为 0.0 时，将关闭横截面变形；当值大于 1.0 时，将会夸大横截面效果。
- 拉伸：选中该项，在链接改变长度时，将在保持链接的蒙皮体积的情况下产生拉伸效果。
- 呼吸：选中该项，当缩放骨骼节点时，会改变链接蒙皮的径向缩放。

3）"关节交点"卷展栏。"关节交点"卷展栏用于识别蒙皮的碰撞，并且能够通过弄皱蒙皮来更正蒙皮。它的参数面板如图 9-56 所示，它的参数解释如下：

"父关节上的折缝"选项组

- 激活：选中该项，Physique 将会对重叠的凸出作出补偿。
- 混合自："混合自"和"到"之间的区域包含了部分受这缝平面影响的顶点。改变该值，这些顶点将被转移，转移精确的数量由顶点到折缝平面之间的距离决定。
- 到：用于设置折缝平面对其没有影响的距离。
- 偏移：用于在混合区域内，设置折缝平面影响的力量。值为 0.0 时，表示相交平面在混合区域内没有效果；值为 1.0 时，表示相交平面在混合区域内具有全部的效果。默认设置为 0.25。

3ds max 8 中文版设计基础

"链接关节上的折缝"选项组

该选项组的命令与"父关节上的折缝"选项组相同。

（3）"凸出"次对象

"凸出"次对象用于在编辑封套子对象以提高整体模型变形质量之后，可以在旋转角色的关节时，创建出各种凸出效果，从而模拟出肌肉收缩和舒张的效果。它包括"Physique 选择状态"和"凸出"两个卷展栏。

1）"Physique 选择状态"卷展栏。"Physique 选择状态"卷展栏用于显示当前 Physique 中选择的骨骼对象名称。

2）"凸出"卷展栏。"凸出"卷展栏用于模拟肌肉收缩和舒张的效果。它的参数面板如图 9-57 所示，它的参数解释如下：

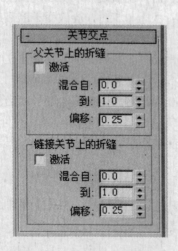

图 9-56 　"关节交点"卷展栏　　　　　　图 9-57 　"凸出"卷展栏

"选择级别"选项组

● ⌄ （链接）：用于在视图中选择链接。

● ⊕ （横截面）：用于对横截面进行表面隆起的编辑。

● □ （控制点）：用于编辑横截面上的控制点。

● ◁ （上一个）：移动到上一个链接。

● ▷ （下一个）：移动到下一个链接。

284

-  （凸起编辑器）：用于在创建和编辑横截面时，通过编辑横截面的形状来使模型对象产生"凸出"效果。
- （选择最近的凸出角度）：激活该按钮，可以选择离当前链接关节角度最近的凸出角度。
- 当前凸出角度：用于通过列表选择列表中的凸出角度。
- 凸出角度颜色：用于更改当前凸出角度的颜色。

"凸出角度参数"选项组

- （设置凸出角度）：用于将角度值更改为当前新设置的凸出角度。
- （插入凸出角度）：用于为当前选定的链接添加新的凸出角度。
- （删除凸出角度）：用于删除当前设置的凸出角度。
- 影响：用于设置凸出影响蒙皮的角度范围。
- 幂：用于控制产生凸出效果的速度。当值为 0 时，突出立刻产生效果；当值越大，凸起的速度越慢。
- 权重：用于在其他凸出效果的基础上增加当前凸出效果。

"横截面参数"选项组

- 截面：用于设置当前链接的横截面段数。
- 分隔：用于设置当前横截面的控制点的数目。
- 分辨率：用于设置横截面周围的径向分割数。
- 插入：用于手动插入新的横截面或控制点。
- 删除：用于删除当前选择的横截面或控制点。
- 复制：用于复制凸起或截面。
- 粘贴：用于粘贴复制的凸起或截面。
- 镜像：用于镜像凸起或截面。

"显示"选项组

- 交互重画：选中此项，表示在当前视图中编辑横截面或控制点时，对网格的影响会进行实时反应。
- 初始骨骼姿势：选中此项，蒙皮对象将回到调节前的初始状态。
- 显示选项：用于控制显示颜色。

（4）"腱"次对象

"封套"次对象具有平滑皮肤变形的作用，而"腱"次对象用于在此基础上产生额外的拉伸效果。它包括"Physiqiue 选择状态"和"腱"两个卷展栏。

1）"Physique 选择状态"卷展栏。"Physique 选择状态"卷展栏用于显示当前 Physique 中选择的骨骼对象名称。

2）"腱"卷展栏。"腱"卷展栏的参数面板如图 9-58 所示，它的参数解释如下：

图 9-58　"腱"卷展栏

"选择级别"选项组

- （链接）：用于在视图中选择链接。
- （横截面）：用于打开编辑腱横截面。
- （控制点）：用于打开可以编辑腱横截面上的控制点。

- ◇ （上一个）：移动到上一个链接。
- ◇ （下一个）：移动到下一个链接。

"插入设置"选项组

- 截面：用于设置腱的基本横截面的数量。
- 附加点：用于设置腱的基本横截面周围附加点的数量。
- 分辨率：用于设置基本横截面周围的径向分辨率。
- 插入：用于将新横截面插入当前选择的链接，或将控制点插入当前选择的横截面。
- 删除：用于删除当前选择的横截面或控制点。

"腱参数"选项组

- 半径：用于相对于横截面的中心缩放控制点。
- 拉力：用于设置沿链接的长度而拉伸的强度。
- 收缩：用于设置沿腱部基础链接的收缩量。
- 拉伸：用于设置沿附加链接的拉伸量。

"编辑命令"组

- 附加：用于选择横截面上的控制点。
- 分离：用于删除当前选择的腱链接。

"上边界条件"选项组

- 连接到子链接：选中该项，将允许腱影响子链接。这样就可以建立多个链接连接腱。
- 上边界：用于设置上边界重叠，值大于 1 时，将会影响子链接。
- 拉力偏移/收缩偏移/拉伸偏移：用于设置这些腱参数的上边界衰减效果。值为 0.0，表示没有任何效果。增大该值会使"拉力"、"收缩"或"拉伸"效果向子链接转移。默认值为 0.5。

"下边界条件"选项组

- 连接到父对象：选中该项，将允许腱影响父链接。这样就可以建立多个链接连接腱。否则，在没有设置腱部效果的链接之间存在边界。
- 下边界：用于设置下边界重叠，值小于 0 时，将会影响子链接。
- 拉力偏移/收缩偏移/拉伸偏移：用于设置这些腱参数的下边界衰减效果。值为 0.0，表示没有任何效果。增大该值会使"拉力"、"收缩"或"拉伸"效果向子链接转移。默认值为 0.5。

"显示"选项组

与前面"凸出"次对象中"凸出"卷展栏内的"显示"选项组的参数相同。

（5）"顶点"次对象

"顶点"次对象是使用封套来修改两足动物移动时蒙皮的行为方式，通过手动分配顶点属性来覆盖封套。它包括"Physiqiue 选择状态"和"顶点—链接指定"两个卷展栏。

1）"Physique 选择状态"卷展栏。"Physique 选择状态"卷展栏用于显示当前 Physique 中选择的骨骼对象名称。

2）"顶点—链接指定"卷展栏。"顶点—链接指定"卷展栏的参数面板如图 9-59 所示，它的参数解释如下：

"顶点类型"选项组

- 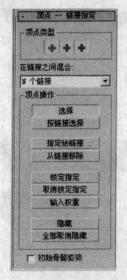（可变形顶点）：以红色加号表示，用于可变形的顶点。
- （刚性顶点）：以绿色加号表示，用于不可变形的顶点
- （根顶点）：以蓝色加号表示，用于未被指定链接的顶点。使用它需要重新指定链接，将其改变为可变形顶点或刚性顶点。

"顶点操作"选项组

- 选择：用于使用 （选择工具）选择顶点。
- 按链接选择：用于根据链接选择顶点。
- 指定给链接：用于将当前选择的顶点指定到一个链接上。
- 从链接移除：用于从一个链接上移除选择的顶点。
- 锁定指定：用于锁定选择的顶点。锁定后可防止对点进行任何的权重和混合进行修改。
- 取消锁定指定：用于取消对顶点的锁定。
- 输入权重：单击该按钮，可以弹出如图 9-60 所示的对话框，利用它可以为选择的顶点输入一个权重值。

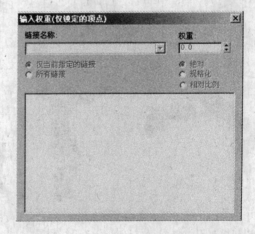

图 9-59　"顶点—链接指定"卷展栏　　　图 9-60　输入权重（仅选中的顶点）对话框

- 隐藏：用于隐藏选择的顶点。
- 全部取消隐藏：用于全部取消顶点的隐藏。
- 初始骨骼姿势：用于在使用修改器时让蒙皮物体回到初始姿势。

9.2　实例讲解

利用 Character Studio 的足迹模式来生成两足动物的走、跑、跳的动作是一种程序化的模式，缺少个性，还需要花费大量时间进行细致的调整才能符合角色的特性。实际工作中为了在较短的时间内准确地制作出逼真的动画，通常是调用已有的.bip 动作文件

3ds max 8 中文版设计基础

（这种文件可以通过两种方法得到：一是在 3ds max 中经过细致调整后保存的动作文件，二是可以通过动作捕捉设备来得到）。如果没有相应的动作，则必须进行手动的动画设置。

本节将通过"制作人物翻跟头动画"和"制作人物行走动画"两个实例来讲解分别利用character studio 的动作库和手动设置关键点来制作动画的方法。

9.2.1 制作人物翻跟头动画

 要点：

本例将利用character studio制作人物翻跟头的动画，如图9-61所示。通过本例学习应掌握physique修改器和调用已有的.bip动作文件的方法。

图9-61 人物翻跟头过程

操作步骤：

1. 将骨骼与模型进行匹配

1）执行菜单中的"文件|打开"命令，打开"配套光盘|第 9 章|9.2.1 制作人物翻跟头动画|人物源文件.max"文件，如图 9-62 所示。

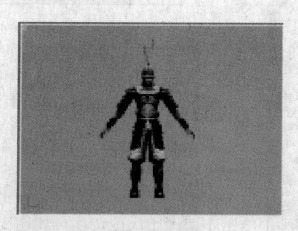

图 9-62　人物源文件

2）选中工具栏中的 ⊕（选择并移动）工具选中视图中的人物，此时在状态栏中会显示出它的坐标，如图 9-63 所示。为了下面便于将骨骼和模型进行对位，下面将其三个轴向的坐标均设为 0，如图 9-64 所示。

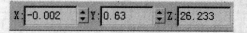

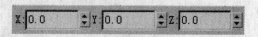

图 9-63　源文件人物坐标　　　　　　　　图 9-64　调整后人物坐标

3）单击 （创建）面板中的 （系统）按钮，然后单击其中的"Biped"按钮，如图 9-65 所示。接着在前视图中单击并拖动即可创建骨骼，如图 9-66 所示。

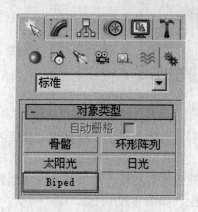

图 9-65　单击 Biped 按钮

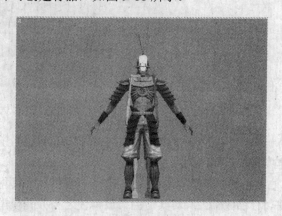

图 9-66　创建骨骼

4）进入 （运动）面板，然后单击 （体形模式）按钮进入体形模式，接着单击 ↔

3ds max 8 中文版设计基础

（躯干水平）按钮，如图 9-67 所示，将质心水平坐标归 0，如图 9-68 所示。

5）为了便于观看模型和骨骼的位置关系，下面按键盘上的<F3>，将模型以线框方式进行显示，结果如图 9-69 所示。

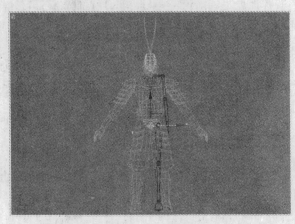

图 9-68　将质心水平坐标归 0

图 9-67　单击（躯干水平）按钮

图 9-69　将模型以线框方式进行显示

6）在各个视图中通过对质心的调整，使盆骨与模型大腿根部进行对位，结果如图 9-70 所示。

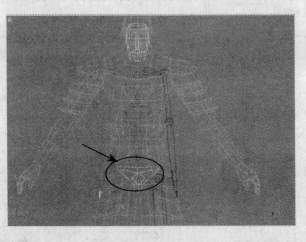

图 9-70　将盆骨与模型大腿根部进行对位

7）利用工具栏中的（选择并匀称缩放）工具对盆骨进行适当缩放，使盆骨与模型的宽度进行匹配，如图 9-71 所示。

8）利用工具栏中的（选择并旋转）工具将右侧大腿骨进行旋转，然后利用（选择并匀称缩放）工具对其适当缩放，使之与大腿模型进行匹配，如图 9-72 所示。

提示： 骨骼大小不要超出模型也不要过细。骨骼过粗，会造成封套过大，致使两腿的蒙皮相互影响；骨骼过细，会使封套的影响范围过小。

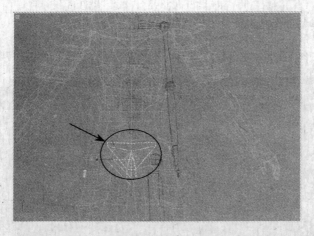

图 9-71　将盆骨与模型的宽度相匹配

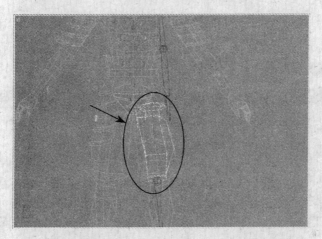

图 9-72　将大腿骨与大腿模型相匹配

9）同理，将右侧小腿骨与右侧小腿模型进行匹配，结果如图 9-73 所示。

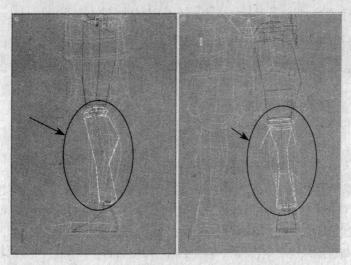

图 9-73　将小腿骨与小腿模型相匹配

3ds max 8 中文版设计基础

提示：在将骨骼与模型进行匹配时，要在多个视图中进行调整。

10）同理，将右侧脚部骨骼与右侧脚部模型进行匹配，结果如图9-74所示。

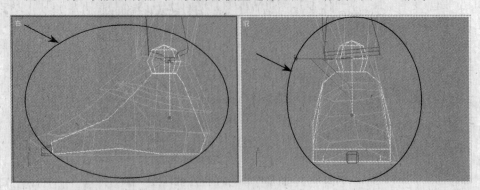

图9-74　将脚部骨骼与脚部模型进行匹配

11）由于本例中脚趾没有动画，下面在"结构"卷展栏中将"脚趾"和"脚趾链接"设为1，然后将其与右侧脚趾模型相匹配，结果如图9-75所示。

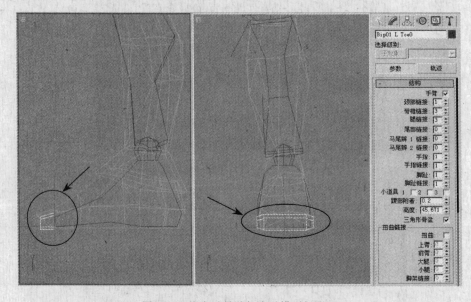

图9-75　将脚趾骨骼与脚趾模型相匹配

提示：脚趾是不能够被删除的，在Character Studio的任意模式下删除任意一块骨骼，都会删除所有骨骼。

12）对于左侧骨骼与模型的匹配，我们采用的是复制和粘贴的方式将右侧腿部骨骼复制到左侧。方法：双击大腿骨，从而选中整个腿部骨骼（即大腿骨、小腿骨和脚部骨骼），如图9-76所示。然后单击"复制/粘贴"卷展栏中的 ![图标]（创建集合）按钮，如图9-77所示，从而激活复制和粘贴状态。接着单击 ![图标]（复制姿态）按钮后再单击 ![图标]（向对面粘贴姿态）按钮，如图9-78所示，从而将调整后的大腿骨骼镜像到左侧，如图9-79所示。

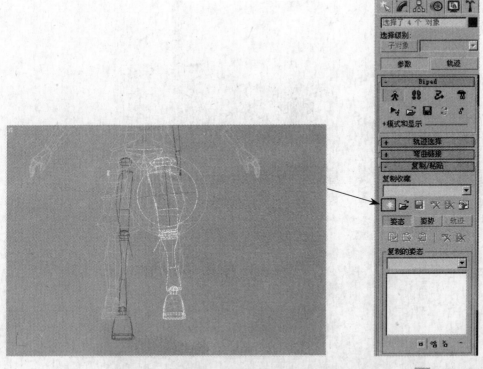

图 9-76　选中整个腿部骨骼　　　　　图 9-77　单击 ![icon]（创建集合）按钮

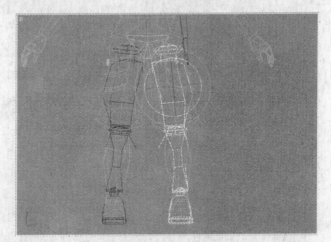

图 9-78　单击 ![icon]（向对面粘贴姿态）按钮　　　　图 9-79　粘贴后的效果

13）将脊椎与模型相匹配。方法：在 character studio 中脊椎链接默认有 4 节，在具体制作动画时可以根据模型动作的情况进行重新设定。此例模型身体动作较少，我们将脊椎链接设为 3 节，如图 9-80 所示。然后利用 ![icon]（选择并匀称缩放）工具分别对每节脊椎进行适当缩放，使之与身体进行匹配，如图 9-81 所示。

提示：脊椎的节数最多为5节。

14）利用工具栏中的 ![icon]（选择并旋转）工具将右侧肩胛骨进行旋转，然后利用 ![icon]（选择并匀称缩放）工具对其适当缩放，从而使右侧肩胛骨与模型肩部进行匹配，如图 9-82 所示。

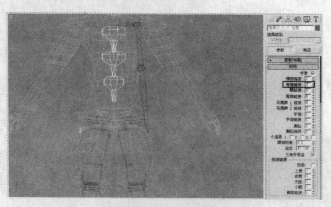

图 9-80 将脊椎链接设为 3

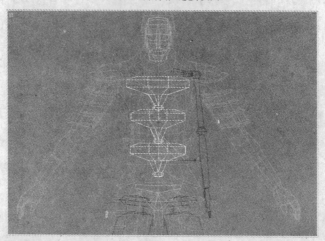

图 9-81 调整每节脊椎的大小

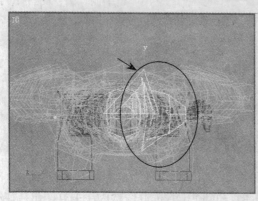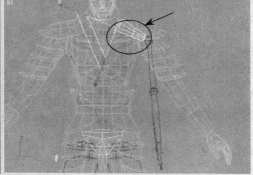

图 9-82 使肩胛骨与模型肩部进行匹配

提示：在Character Studio的"体形模式"下，通常只能对局部骨骼进行旋转和缩放操作。脊椎与骨盆相接的一节（Biped spine）、颈椎、肩胛骨、手指、脚趾、尾巴和辫子还可以进行单独移动。

15）同理，将右侧上臂骨骼与模型进行匹配，如图9-83所示。

提示：当上下臂不好对位时，可以通过移动手掌的位置来匹配整个手臂。

16）同理，将右侧前臂骨骼与模型进行匹配，如图 9-84 所示。

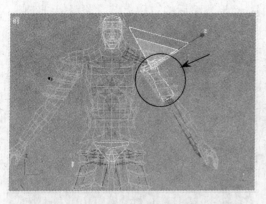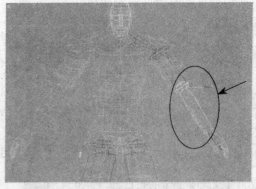

图 9-83　将右侧上臂骨骼与模型进行匹配　　　　图 9-84　将右侧前臂骨骼与模型进行匹配

17）同理，将右侧掌骨与模型进行匹配，如图 9-85 所示。

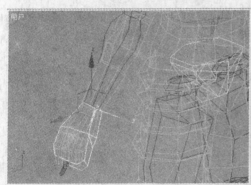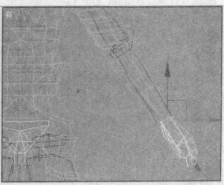

图 9-85　将右侧掌骨与模型进行匹配

18）由于手指没有动作，下面在"结构"卷展栏中将"手指"设为 0，如图 9-86 所示。

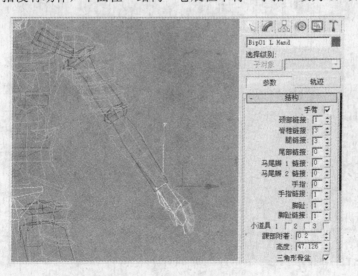

图 9-86　将"手指"设为 0

19）双击肩胛骨，从而选中右侧整个上肢骨骼，如图 9-87 所示。然后单击 ▣（复制姿态）按钮后再单击 ▣（向对面粘贴姿态）按钮，从而将调整后的右侧上肢骨骼镜像到左侧，如图9-88 所示。

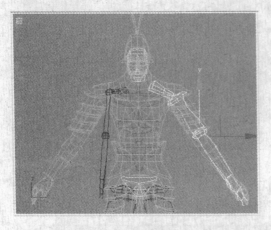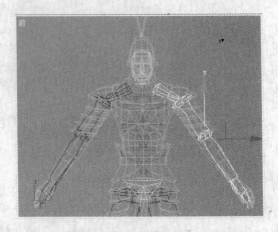

图 9-87　选中右侧整个上肢骨骼　　　　图 9-88　将调整后的右侧上肢骨骼镜像到左侧

20）将颈部骨骼与颈部模型进行匹配，如图 9-89 所示。

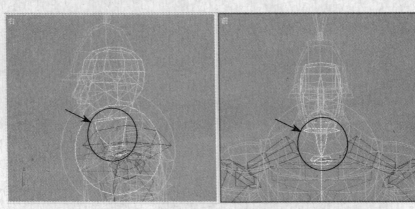

图 9-89　将颈部骨骼与颈部模型进行匹配

21）将头骨与头部模型进行匹配，如图 9-90 所示。至此骨骼与模型匹配完毕。

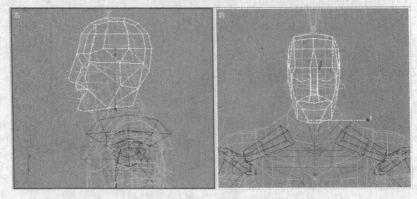

图 9-90　将头骨与头部模型进行匹配

2．将模型与骨骼进行绑定

1）选中模型后，执行修改器中的 Physique 命令，如图 9-91 所示。然后单击 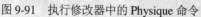（附加到节点）按钮后拾取视图中的质心，如图 9-92 所示。接着在弹出的对话框中单击"初始化"按钮，如图 9-93 所示。此时会出现一条贯穿模型身体各部分的线。

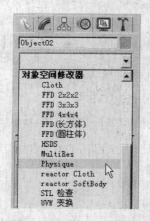

图 9-91　执行修改器中的 Physique 命令

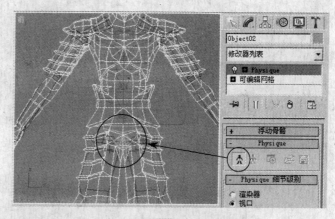

图 9-92　单击 按钮后拾取视图中的质心

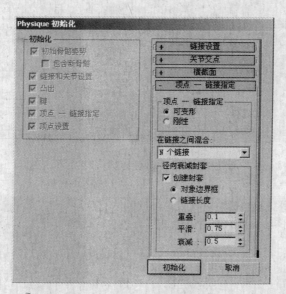

图 9-93　单击"初始化"按钮

2）此时选中脚步掌骨，移动一下，会发现大腿模型内侧出现拉扯现象，如图 9-94 所示，这是因为蒙皮权重影响区域的原因，下面就来解决这个问题。方法：进入 Physique 修改器的"顶点"层级，然后单击"按链接选择"按钮后拾取视图中的右侧大腿内部的线，如图 9-95 所示。

此时会发现左腿出现深灰色的顶点，这表示当前选中的线会影响到这部分顶点。下面单击"选择"按钮后选择左腿需要删除影响的顶点。然后单击"从链接中删除"按钮后拾取视图中的右侧大腿内部的线，，如图 9-96 所示，即可将这部分顶点删除与当前选中的线之间的链接。此时再次单击"按链接选择"按钮后，拾取视图中的右侧大腿内部的线，结果如

图 9-97 所示。

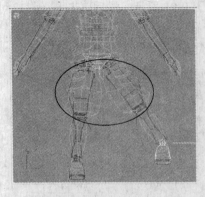 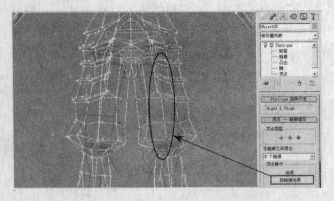

图 9-94 大腿模型内侧出现拉扯现象　　图 9-95 单击"按链接选择"按钮后拾取视图中的线

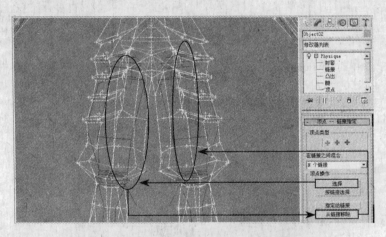

图 9-96 将选中顶点删除与选中的线之间的链接

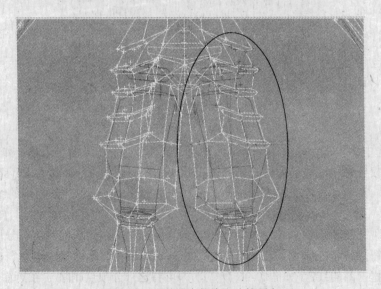

图 9-97 当前选中的线影响的顶点

3）将右腿处理后的效果复制到左腿。方法：进入 Physique 的"封套"层级，然后选择右侧大腿封套，单击"复制"按钮，如图 9-98 所示。接着选择左侧大腿封套，单击"粘贴"按钮即可，结果如图 9-99 所示。

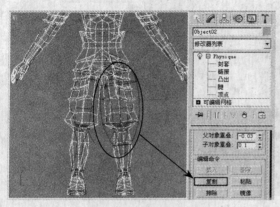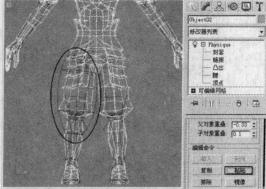

图 9-98　单击"复制"按钮　　　　图 9-99　单击"粘贴"按钮后的效果

4）此时旋转脊椎会发现模型头部的羽毛装饰会被拉扯，如图 9-100 所示。这是因为头骨的封套没有影响到该区域的结果，下面就来解决这个问题。方法：选中头部模型，然后进入 Physique 的"封套"层级，接着单击头部中的连接线，从而显示出封套范围，如图 9-101 所示。

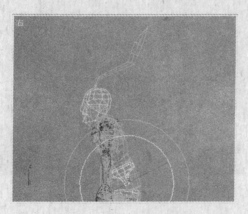

图 9-100　羽毛装饰被拉扯

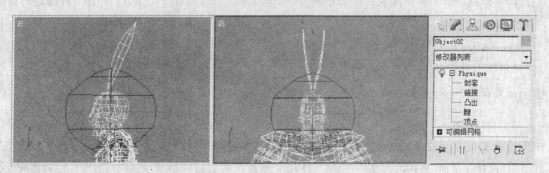

图 9-101　显示出头部封套

5）将"子对象重叠"设为"2"即可，如图 9-102 所示。

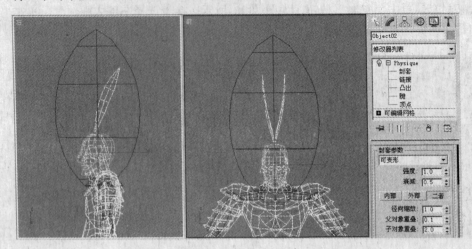

图 9-102　将"子对象重叠"设为"2"的效果

6）同理，调整右前臂的封套，使之能够影响到手部，如图 9-103 所示。然后调整好的封套复制到左前臂。

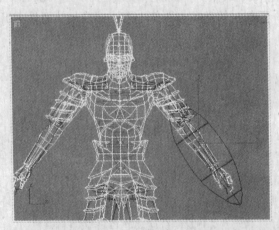

图 9-103　调整前臂的封套

7）同理，将脊椎和大腿间产生的两节额外的封套进行缩小。至此，模型与骨骼进行绑定完毕。

3. 调用.bip 动画文件

1）选择任何一块骨骼，然后单击 ![体形模式] （体形模式）按钮，推出体形模式。

提示：在调用.bip动画文件前必须退出体形模式。

2）单击 Biped 卷展栏中的 ![加载文件]（加载文件）按钮，如图 9-104 所示。然后在弹出的对话框中选择"配套光盘|Example|第 9 章|9.2.1 制作人物翻跟头动画|动作库|功夫|侧手翻转空翻_fs"文件，如图 9-105 所示，单击"打开"按钮。此时时间线上会显示出调用的动作库中的所有关键点，如图 9-106 所示。

图 9-104　单击 （加载文件）按钮　　　图 9-105　选择"侧手翻转空翻_fs"文件

图 9-106　调用动作库后的时间线分布

3）至此，整个人物行走的动画制作完毕。下面执行菜单中的"渲染|渲染"命令，将文件进行渲染输出。图 9-107 所示为输出后的几帧画面。

图 9-107　人物翻跟头过程

9.2.2 制作人物行走动画

 要点：

> 本例将制作人物行走的动画，如图9-108所示。通过本例学习应掌握利用character studio手动设置关键点来制作动画的方法。

图 9-108 人物行走过程

 操作步骤：

在制作人物行走动画之前，我们先对人行走的规律做一个分析，人正常行走的特征是：两腿交替向前，使身体前进，两手交替摆动保持身体平衡，同时身体会随着抬腿而上下移动，肩部也会发生相应倾斜。下面就来具体制作人物行走的动画。

1．制作腿部交替向前的动作

1）执行菜单中的"文件|打开"命令，打开"配套光盘|第 9 章|9.2.1 制作人物翻跟头动画|人物源文件.max"文件（这是一个模型与骨骼进行了匹配并绑定好的文件），如图 9-109 所示。

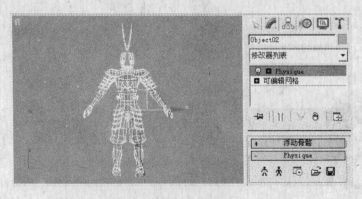

图 9-109 人物源文件

2）进入 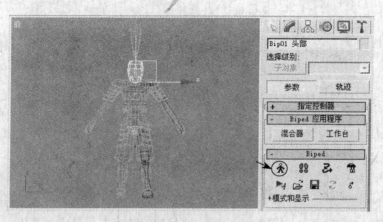 （运动）面板，单击 （体形模式）按钮，退出体形模式，如图 9-110 所示。

图 9-110　退出体形模式

提示： 当骨骼与模型匹配之后就应该推出体形模式，否则体形模式将改为动画中的姿态而不是与模型对位的初始姿态。

3）将时间长度调整为 50 帧。方法：单击动画控制区中的 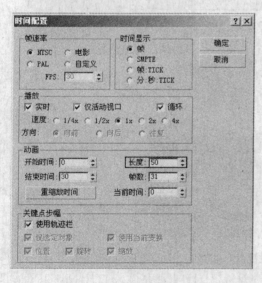 （时间配置）按钮，在弹出的对话框中按如图 9-111 所示设置，单击"确定"按钮。

4）在前视图中旋转上臂骨胳，然后移动脚部骨骼的位置，结果如图 9-112 所示。

图 9-111　设置时间长度

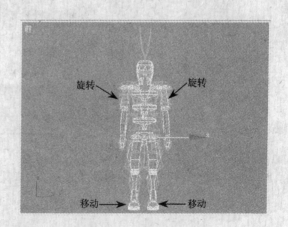

图 9-112　调整骨骼的形状

5）在右视图中分别调整脚部和手部骨骼的位置，使之成为人行走的初始状态，如图 9-113 所示。

6）双击质心，从而选中所有的骨骼，如图 9-114 所示。然后用鼠标右键单击时间线第 0 帧，弹出如图 9-115 所示的对话框，单击"确定"按钮，从而在第 0 帧插入一个关键点。

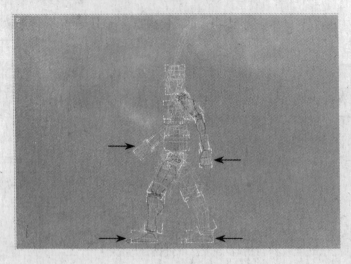

图 9-113　调整为人行走的初始状态

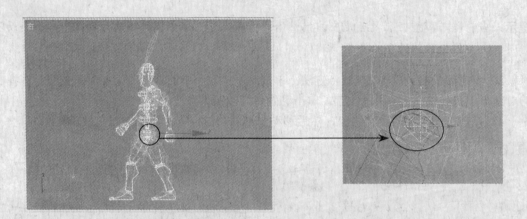

图 9-114　双击质心

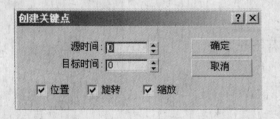

图 9-115　"创建关键点"对话框

提示：此时一定要双击质心，而不要双击骨盆。如果此时双击的是骨盆，下面在制作质心随身体行走而上下移动的动画时，会出现脚部移动的错误。

7）设置脚踏关键点。方法：激活 自动关键点 按钮，然后分别选中两只脚的骨骼，单击 👤（设置脚踏关键点）按钮，从而分别给两只脚添加一个脚踏关键点，设置了脚踏关键点的脚部前端会出现一个红色的点，如图 9-116 所示。

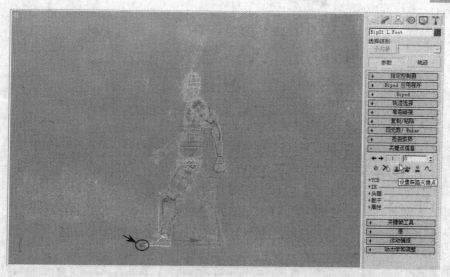

图 9-116　设置脚踏关键点

提示：插入脚踏关键点而不是普通关键点的目的是为了在设定质心动画时不会带动脚的运动。

8）由于右腿的第 0 帧和第 50 帧的动作相同，下面我们将第 0 帧复制到第 50 帧。方法：双击右腿大腿骨（即 Bip01 R Thigh），从而选中整个右腿骨骼，然后将时间线放置到第 0 帧，激活"姿势"按钮后，单击 ⬇（复制姿态）按钮，如图 9-117 所示。接着将时间线移动到第 50 帧，单击 📋（粘贴姿态）按钮，结果如图 9-118 所示。

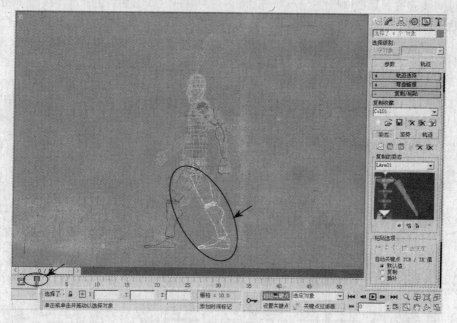

图 9-117　复制第 0 帧右腿姿势

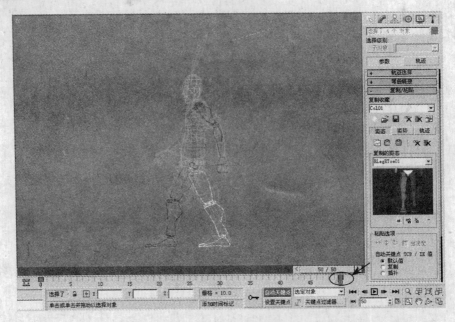

图 9-118　在第 50 帧粘贴姿势

提示：此时不能使用选中第0帧，然后配合键盘上的<Shift>键，将第0帧复制到第50帧的方法
复制帧。因为这样复制的不是姿势。

9）由于人在行走过程中左腿第 25 帧的姿势和右腿相同，下面将左腿的第 25 帧镜像复
制到右腿的第 25 帧。方法：双击左腿大腿骨（即 Bip01 L Thigh），从而选中整个左腿骨骼，
然后将时间线放置到第 25 帧，单击 🔲（复制姿态）按钮，如图 9-119 所示。接着单击 🔲（向
对面粘贴姿势）按钮，如图 9-120 所示。

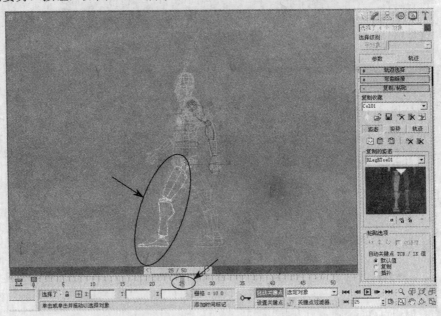

图 9-119　复制左腿第 25 帧姿势

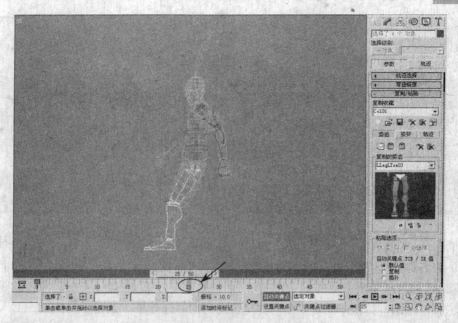

图 9-120　在第 25 帧处向对面粘贴姿态

10）制作第 12 帧左脚动作。方法：在第 12 帧，选中右脚（Bip01 R Foot），如图 9-121 所示。然后向上移动，并沿 z 轴旋转-5°，如图 9-122 所示。

图 9-121　在第 12 帧选中右脚

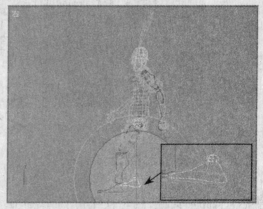

图 9-122　在第 12 帧向上移动并旋转右脚

11）制作抬脚和落脚的细节，使人物行走更加逼真。方法：在第 4 帧，将右脚沿 z 轴旋转 25°，如图 9-123 所示；在第 20 帧，将右脚向上移动并沿 z 轴旋转-20°，如图 9-124 所示。

12）由于人走路时两脚是交替前进的，下面将右腿姿态镜像复制到左腿的相应帧上。方法：将右腿的第 0 帧向对面粘贴到左腿的第 25 帧，然后将右腿的第 25 帧分别向对面粘贴到左腿的第 0 帧和第 50 帧。

提示：此时一定要确认 自动关键点 按钮是激活状态，镜像复制时无需选择右腿。

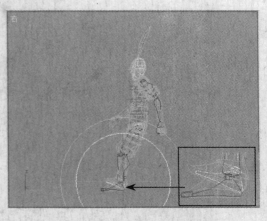

图 9-123　在第 4 帧旋转右脚　　　　图 9-124　在第 20 帧移动并旋转右脚

13）将右腿的第 4 帧向对面粘贴到左腿的第 29 帧。然后将右腿的第 12 帧向对面粘贴到左腿的第 37 帧。接着将右腿的第 20 帧向对面粘贴到左腿第 45 帧。此时，单击动画控制区中的 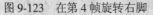（播放动画）按钮，即可看到两腿交替向前的动画效果，如图 9-125 所示。

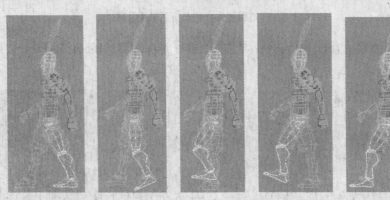

图 9-125　两腿交替向前的动画效果

2. 制作骨盆倾斜的动画

1）在前视图中，将第 0 帧将骨盆沿 y 轴旋转 5°，如图 9-126 所示。然后单击（复制姿态）按钮，复制姿势。接着将时间线移动到第 50 帧，单击（粘贴姿态）按钮，粘贴姿势。

2）在第 25 帧将骨盆沿 y 轴旋转-10°，如图 9-127 所示。

3. 制作质心上下运动的动画

1）选中质心，然后激活（垂直躯干）按钮后分别在第 25 帧和第 50 帧，单击（设置关键点）按钮，插入关键点，如图 9-128 所示。

提示：对于质心的复制必须选择"复制/粘贴"卷展栏中 按钮中的其中一个，此时我们选择的是（垂直躯干）按钮。

2）在第 12 帧向上移动质心，移动距离以脚不离开地面为准。然后将第 12 帧复制到第 37 帧。

308

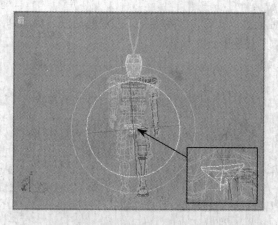

图 9-126　在第 0 帧将骨盆沿 y 轴旋转 5°

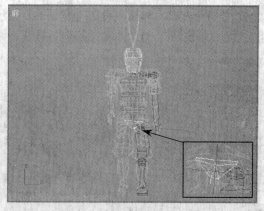

图 9-127　在第 25 帧将骨盆沿 y 轴旋转−10°

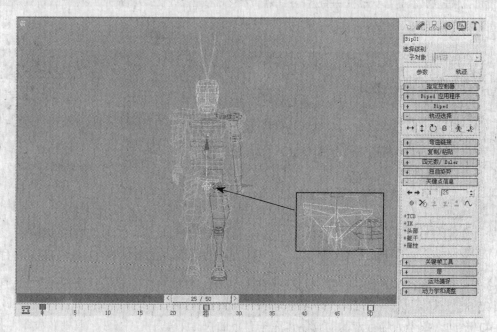

图 9-128　分别在第 25 帧和第 50 帧设置关键点

4. 制作肩部随人行走而倾斜的动画

1）选中最上面的一块椎骨（即 Bip01 Spine2），然后在前视图中，将第 0 帧的椎骨沿 y 轴旋转 5°，如图 9-129 所示。然后配合键盘上的<Shift>键，将第 0 帧复制到第 50 帧。

2）在第 25 帧，将最上面的一块椎骨（即 Bip01 Spine2）沿 z 轴旋转-10°，如图 9-130 所示。

5. 制作手臂前后摆动的动画

1）将右臂第 0 帧复制到第 50 帧。方法：双击右上臂（即 Bip01 R UpperArm），从而选中整个右臂，如图 9-131 所示。然后在第 0 帧单击 🖼 （复制姿态）按钮，复制姿势。接着将时间线移动到第 50 帧，单击 🖼 （粘贴姿态）按钮，粘贴姿势。

2）将左臂第 25 帧向对面粘贴到右臂第 25 帧。方法：双击左上臂（即 Bip01 L UpperArm），从而选中整个左臂。然后在第 25 帧单击▣（复制姿态）按钮，复制姿势。接着将时间线移动到第 25 帧，单击▣（向对面粘贴姿势）按钮，结果如图 9-132 所示。

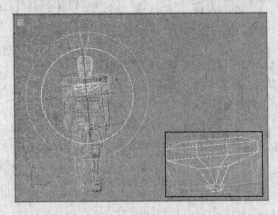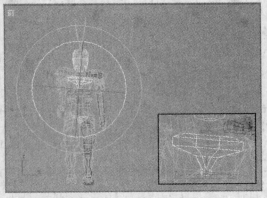

图 9-129　在第 0 帧旋转椎骨　　　　　　图 9-130　在第 25 帧旋转椎骨

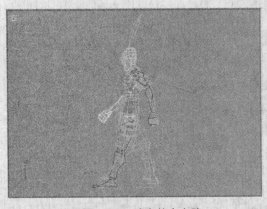

图 9-131　选中整个右臂　　　　　　图 9-132　将左臂第 25 帧姿势向对面粘贴到右臂

3）同理，将右臂的第 0 帧复制到右臂的第 50 帧，然后再将左臂第 0 帧镜像复制到右臂的第 25 帧。

4）至此，整个人物行走的动画制作完毕。下面执行菜单中的"渲染|渲染"命令，将文件进行渲染输出。图 9-133 所示为输出后的几帧画面。

图 9-133　人物行走过程

9.3　课后练习

1．填空题

（1）character studio 主要由三个基本插件组成，它们分别是＿＿＿＿、＿＿＿＿和＿＿＿＿。

（2）Biped 的参数面板由 4 种不同模式的面板组成，它们分别是＿＿＿、＿＿＿、＿＿＿和＿＿＿。其中＿＿＿、＿＿＿和＿＿＿卷展栏是这 4 种模式所共有的。

（3）Physique 包括＿＿＿、＿＿＿、＿＿＿、＿＿＿和＿＿＿5 个次对象层级。

2．选择题

（1）创建的两足动物的"脚趾"数量最小为（　　）

A．0　　　　　　B．1　　　　　　C．2　　　　　　D．3

（2）单击 Biped 按钮后，在下列哪个视图中进行拖拽可以创建在前视图中面向我们的两足动物？（　　）

A．左视图　　　B．前视图　　　C．透视图　　　D．顶视图

（3）使用 （橡皮圈模式）按钮可以重新定位两足动物的肘部和膝盖，而无需移动两足动物的手部和脚，也可以更改两足动物的重心，请问在下列哪种模式下可以使用这个按钮？（　　）

A．（体形模式）　　　　　　B．（足迹模式）
C．（运动流模式）　　　　　D．任何模式

3．问答题/上机练习

（1）上机练习 1：利用"配套光盘│第 9 章│上机练习 1.max"文件，和"配套光盘│第 9 章│前步侧踢.bip"文件，制作人物前步侧踢动画，如图 9-134 所示。

（2）上机练习 2：利用"配套光盘│第 9 章│上机练习 1.max"文件，制作人物行走动画，如图 9-135 所示。

图 9-134　上机练习 1.max

图 9-135　上机练习 1.max